최소한의 서양 고전

슈퍼히어로물의 원형,
수천 년 서양문명의 기원을 단숨에 파헤치는

최소한의 서양고전

안계환 지음

THE CLASSICAL TRADITION

나무
발전소

오라클·델파이·파이썬의 기원을 찾아서

'한국 축구 대표팀의 아킬레스건은 측면 수비 불안이다.'   − J 일보

'AI 디지털 교과서 도입, 판도라의 상자가 열린다.'   − M 방송

'한국 와인이 프랑스 와인과 어깨를 나란히 했다.'   − H 신문

'○○○ 위원장 정계를 떠나며, 손을 씻었다.'   − 주간 C

지금 당장 온오프라인 언론, 방송 등 각종 미디어와 접속하는 순간, 여러분은 쉴 새 없이 관용구와 마주치게 됩니다. 이들은 어디서부터 왔을까요? 위 기사에 나온 '아킬레스건'은 발뒤꿈치의 힘줄이 아니라 '치명적 약점'을 의미합니다. 그리스 고전 『일리아드』로부터 왔지요. '판도라의 상자가 열린다.'도 그리스 신화와 연관 짓지 않고는 알 수 없는 내용입니다. 이들은 서양 고전을 출처로 합니다. 그리고 '어깨를 나란히 하다Rub shoulders with'란 말은 로마사에서 유래된 표현입니다. 로마제국에선 사회계층에 따라 좌석 배치가 정해졌는데, 하류층 사람들은 상류

층 위에 앉고 극장의 상석은 아래층이랍니다, 상류층은 앞쪽 좌석에 앉아 어깨를 나란히 했지요. '손을 씻다.'는 말은 위생 의식을 강조하는 문장이 아니라 '책임지거나 관여하지 않는다.'는 의미로서 신약성서 「마태복음」에 등장하는 말입니다. '빌라도가 이 말을 듣고 매우 두려워하여 손을 씻어가며 말했다.'에서 유래했지요.

허큘리스 모니터, 델파이·오라클·파이썬 프로그램

제가 컴퓨터를 처음 접한 것은 20세기였고, 대학교 3학년 때였습니다. 같은 방 쓰던 친구가 아버지에게서 받은 수표를 들고 세운상가에 가서 사 온 컴퓨터였지요. 그때의 모니터 이름이 허큘리스Hercules였는데, 그때는 몰랐습니다. 그리스신화에 나오는, 열두 번의 과업을 치르고 올림포스에 올라 신이 된 헤라클레스와 같은 말이란 것을! 회사에 들어가서는 가장 많이 사용하던 데이터베이스 프로그램은 '오라클Oracle'이었습니다. 소프트웨어 프로그램 중엔 '델파이Delphi'란 이름도 있었고, 21세기 가장 인기 있는 프로그래밍 언어는 '파이썬Python'입니다.

이들오라클, 델파이, 파이썬은 재미있게도 하나의 장소를 가리키고 있습니다. 그리스공화국의 파르나소스 산 중턱에 있는 델포이, 그리스도교가 로마제국의 국교가 되기 전까지 유럽대륙에서 가장 신성한 장소로 여겨졌던 곳이지요. 오라클은 아폴론 신전의 무녀가 내려주던 영험한 신탁을 의미하고, 파이썬은 뭘까요? 파르나소스 산 중턱에 피톤이라는 이름의 뱀이 살고 있었습니다. 아폴론이 뱀을 잡은 후 이곳을 차지하였고, 사람들은 이곳에 아폴론을 모시는 성전을 지었죠. 파이썬의 어원이 되는 단어가 바로 피톤입니다.

이처럼 흔히 쓰이는 관용구뿐 아니라 회사명, 브랜드, 프로그램 등 서양 고전은 서양인의 마음에 중요한 자리를 차지하고 있을 뿐 아니라, 세계인의 속마음을 구성하는 많은 것이 담겨 있습니다. 한국인에게도 서양 고전의 영향력은 매우 큽니다. 그래선지 학창 시절 교사나 학자들은 '인문고전을 읽어라.'라고 말했지요.

그렇다면 어떤 작품을, 어떻게 읽으라는 말일까요?

철학서, 문학서, 역사서 등 인문고전은 범위가 넓고 다양합니다. 19세기 근대문학도 있고 정말 오래된 고대 문서도 있습니다. 이런 고전은 너무 어렵기에, 이를 습득해 생각의 변화를 끌어내는 것이 현실적이지 않습니다. 고전엔 무척 오래된 이야기가 실려 있습니다. 배경지식이나 맥락을 몰라서 읽기 어렵다고 말하는 사람이 있습니다. 게다가 서사시 같은 지식을 서술하는 방법이 오늘날과 다르기에 오는 난해함도 있습니다. 오랜 시간이 지난 작품일수록 정도가 심하지요. 그래서 학자가 아닌, 일반인에게 필요한 것은 고전 읽기가 아니라, '인문교양Liberal arts'의 습득일 것입니다.

고전을 읽어보기는 해야겠는데 그 난해함 때문에 어려움을 겪는 분들을 위해 '최소한의 지식'을 제공하는 책을 구상했습니다. 이 책은 서양 문화의 풍부한 원천인 고대의 책들을 다루고 있습니다. 호메로스와 헤시오도스로 대표되는 신화 고전, 헤로도토스와 리비우스의 역사 고전, 유대교와 그리스도교의 종교 고전을 소개하고 있습니다. 그리고 오랫동안 그리스도교와 대치해왔던 이슬람의 경전 '꾸란'도 함께 다루었습니다. 많은 이들이 이 고전들에 실린 내용을 어느 정도는 알고, 여러 문학작품을 통해서도 서양 문화를 이해하고 있을 겁니다. 하지만 정작 고전에서 말하는 본래 의미에 대해서는 잘 모르는 경우가 있습니다. 때로는 고전에 실린 내용이 왜곡되어 전달되는 경우도 있기 때문입니다.

어쩌면 고전은 읽는 것이 아니라, 참조하는 책이라고 말하는 게 옳을지 모릅니다. 내가 알고 있는 서양 문화의 내용을 실제 고전에서는 뭐라고 말했는지 이 책을 통해서 찾아보고, 그러다 진짜로 읽고 싶은 고전이 있다면 그때 한 권씩 꺼내 읽으시면 됩니다. 오늘의 유럽을 만든 고전 중의 고전 14권을 선별해 톺아보았습니다. 이 책이 서양인의 마음을 이해하는 가장 기본적인 교양을 제공하는 역할을 할 수 있기를 기대해 봅니다.

contents

PART 2 서양인의 문명을 읽는다, 역사고전

PART 3 서양인의 종교를 읽는다, 종교고전

서양인의 마음을 읽는다,
신화고전

1

그리스로마신화의 출발점
일리아드

노래하소서, 여신이여! 펠레우스의 아들 아킬레우스의 분노를
아카이아 족에게 헤아릴 수 없이 많은 고통을 가져다주었으며
숱한 영웅들의 굳센 혼백들을 하데스에게 보내고
그들 자신은 개들과 온갖 새들의 먹이가 되게 한 그 잔혹한 분노를!
인간의 왕 아트레우스의 아들과 고귀한 아킬레우스가
처음에 서로 다투고 갈라선 그날부터
이렇듯 제우스의 뜻은 이루어졌도다.

- 호메로스,『일리아드』-

호메로스! 서양지식인의 마음을 울리는 최고의 작가의 『일리아드』를
펼쳐 읽다 보면 15,693행에 이르는 긴 서사시의 호흡을 끌고 가는 호
메로스의 글 솜씨가 참 대단하다고 느껴집니다. 본래 읽으라고 쓴 글이
아니라 극장에서 공연되던 이야기였다고 생각하면 더욱 그렇습니다.

서사시 전체를 상연하려면 며칠이 걸릴 정도로 방대한 분량입니다. 지중해 여러 지역을 여행하며 고대그리스 도시의 유적지를 방문한 적이 있었는데요. 그 어떤 도시에서도 어김없이 발견할 수 있었던 건 신전이 아니라 고대극장 유적이었습니다. 아테네의 디오니소스 극장이나 이오니아의 밀레토스와 할리카르나소스뿐만 아니라 시칠리아 동부 타오르미나에도 전망 좋고 아름다운 극장 유적이 있었습니다. 이런 극장에서 호메로스 같은 변사들이 수많은 관객 앞에서 서사시를 읊었던 겁니다. 『일리아드』와 그 후속편『오뒷세이아』는 헬라인[1]의 가장 중요한 서사시였고, 훗날 서양인이 사랑하는 가장 중요한 고전이었습니다. 서양 지식인치고 두 책을 읽어보지 않은 이가 없을 정도로 고전 중의 고전이라고 할 수 있습니다.

트로이 전쟁

2004년에 개봉된 할리우드 영화 〈트로이〉는 아킬레우스브래드 피트 역가 테살리아 평원에서 적의 거인 장수와 싸우는 장면으로 시작합니다. 대장 아가멤논을 아주 싫어해 전쟁에 나가지 않으려고 늦잠자다가 호출되었는데도, 아킬레우스는 거인을 한칼에 쓰러뜨리는데요. 흡사 다윗이 거인 골리앗을 무너뜨리는 장면처럼 보이기도 합니다. 이 장면은

---

1 오늘날 그리스공화국을 포함한 헬라 문명권에 살던 사람들. 흑해 연안부터 터키 서해안 이오니아, 이탈리아 남부와 시칠리아에 걸쳐 있었다.

아가멤논이 테살리아의 영주를 제압해 아카이아 전체를 아우르게 되는 사건으로 다뤄집니다. 하지만 영화의 줄거리는 재미를 위한 각색일 뿐, 당시 아가멤논은 아카이아의 패권자는 아니었습니다. 그저 부자나라 트로이아를 공격하기 위해 떠난 원정군의 통합 사령관이었을 뿐이었죠.

영화와 달리 호메로스의 서사시 『일리아드』는 트로이 전쟁의 시초도 알려주지 않은 채 조금 황당한 사건부터 시작합니다. 첫 싸움에서 전리품으로 얻은 아폴론 신전의 무녀를 두고 아가멤논과 아킬레우스가 다투는 장면 말입니다. 전쟁에 나선 장수들끼리 포로가 된 여인 한 명을 서로 갖겠다고 다투었다니 조금 실망스럽기까지 합니다. 게다가 『일리아드』는 10년에 걸쳐 진행된 길고 긴 트로이 전쟁 중에서 두 남자의 다툼부터 트로이아의 왕자 헥토르의 장례식까지 열흘 남짓한 시간 동안에 벌어진 일만 다룹니다. 이것도 중간의 휴식 일을 빼면 겨우 4~5일에 불과합니다.

『일리아드』는 아카이아 부대 영내에 역병이 돌면서 시작됩니다. 역병의 원인은 아카이아 병사들이 아폴론 신전을 공격하던 중 포로로 잡은 사제의 딸 때문이었습니다. 딸을 빼앗긴데 화가 난 신전의 사제는 딸을 돌려달라고 부탁했지만 아가멤논이 거부했습니다. 그러자 사제는 자신이 모시던 아폴론에게 역병을 일으키는 화살을 아카이아 병사들에게 쏘아 달라고 부탁했는데요. 아폴론은 이를 들어주었고 이로부터 '지혜의 신' 아폴론이 '역병의 신'으로도 불리게 되었습니다. 수많은 병사가 역병으로 쓰러지자 아가멤논은 어쩔 수 없이 사제의 딸 크리세이스를 돌려주었고, 아킬레우스의 전리품이던 여인 브리세이스를 빼앗아 갔는데요. 그로 인해 두 사내가 한 여자를 두고 다투게 되었던 겁니다.

전리품으로 얻은 여인을 아가멤논에게 빼앗긴 아킬레우스는 더 이상 전투에 참여하지 않겠노라고 선언합니다. 아킬레우스의 어머니 테티스 여신도 이에 동조해 "아킬레우스의 명예가 회복되지 않는 이상 절대 아카이아족이 전쟁에서 승리할 수 없게 해 달라."고 제우스에게 탄원합니다. 아킬레우스가 전투에 가담하지 않자 아카이아와 트로이아 사이에 일진일퇴 공방만 반복되었고 그 과정에서 수많은 장수가 부상을 당합니다. 이를 지켜보던 이가 있었으니 아킬레우스의 친구이자 애인이었던 파트로클로스였습니다. 아킬레우스의 지시로 전투에 나가지 못하던 그는 자신의 용맹을 자랑하지 못해 답답했던 모양입니다. 그래서 아킬레우스의 갑옷을 빌려 입고 전장으로 나갔다가 트로이아의 장수 헥토르에게 살해되었는데요. 그로 인해 아킬레우스의 갑옷도 헥토르에게 가게 됩니다.

이제 트로이 전쟁 중 최고의 장면이 등장할 차례입니다. 그건 바로 아킬레우스와 헥토르 간의 대결이죠. 사랑하는 파트로클로스의 죽음에 분노한 아킬레우스는 자신이 전투에 참여할 때란 걸 압니다. 그런데 자신의 무구를 헥토르에게 빼앗겼기에 어머니 테티스 여신에게 새 갑옷을 준비해 달라고 부탁합니다. 우리는 아킬레우스의 발뒤꿈치가 '치명적인 약점'이란 걸 모두 알고 있는데요. 탄생 직후 어머니가 아들의 몸을 스틱스[2]에 담글 때 손으로 잡은 부위가 발뒤꿈치였다는 설화가 있습니다. 하지만 아킬레우스는 본래 인간을 아버지로 둔 불멸일 수 없는 존재입니다. 그를 '불멸에 가까운 존재'로 만들어준 건 스틱스가 아니라, 대장장이의 신 헤파이스토스가 제작해준 무구였습니다. 하지만 신이 만든 초강력 무구라도 발뒤꿈치까지 보호할 수는 없었나 봅니다. 아킬레우스가 발뒤꿈치에 화살을 맞아 죽는 건 어쩌면 그의 운명이라 할 수 있습니다.

아킬레우스는 헤파이스토스가 새로 제작한 갑옷을 입고 출전합니다. 그리고 뛰어난 무공으로 트로이아의 장수들을 하나씩 쓰러뜨렸습니다. 심지어 프리아모스 왕이 가장 사랑했던 막내아들 폴리도로스까지 죽자 그의 형 헥토르는 아킬레우스와의 대결을 피할 수 없다는 걸 알게 됩니다. 마침내 두 사람은 성벽 앞에서 창을 날리며 대결을 벌이는데…

트로이아의 영웅 헥토르는 자신의 운명을 이렇게 독백합니다.

"아아! 이제야말로 신들께서 나를 죽음으로 부르시는구나. 나는 데이포보스[3]가 내 곁에 있는 줄 알았는데 그는 성벽 안에 있으니 아테나가 나를

---

2 저승을 흐르는 네 개의 강들 중 하나다. 신들이 꼭 지켜야 할 엄숙한 맹세를 할 때 이 강을 증인으로 삼는다.
3 트로이아를 돕던 아폴론을 의미한다. 헥토르의 형제로 파리스가 죽은 후 헬레네의 남편이 되었다.

희비극이 상영되었던 아테네 디오니소스 극장 ⓒ안계환

속였구나. 이제 사악한 죽음이 가까이 있고 더 이상 멀리 있지 않으니 피할 길이 없구나. 하지만 내 결코 싸우지도 않고 명성도 없이 죽고 싶지는 않으니 후세 사람들도 들어서 알게 될 큰일을 하고 나서 죽으리라."[4]

성문 앞에서 벌어진 두 장수의 치열한 대결은 아킬레우스의 승리로 귀결되고, 아킬레우스는 죽은 헥토르의 발뒤꿈치를 뚫어 시신을 전차에 매달고 성을 일곱 바퀴 돕니다. "나의 시신을 개들이 뜯어먹게 두지 말고 화장할 수 있도록 해 달라."고 말하던 헥토르의 부탁을 아킬레우스는 들어주지 않았습니다. 성 위에서 두 장수의 싸움을 지켜보던 트로이아 백성들을 좌절하게 하고 패배한 자의 시신을 훼손해 상대방을 모욕하려는 의도였죠.

하지만 아킬레우스를 지지하는 아테나 여신처럼, 헥토르에게는 아프로디테 여신이 있었습니다. 아프로디테는 헥토르의 시신에 장미 기

4　일리아드, p603

름을 발라 시신이 찢기지 않게 했는데요. 그날 밤이 깊어지자 헥토르의 아버지 프리아모스 왕이 값비싼 보석을 가지고 아킬레우스를 찾아와서 아들의 몸값을 치릅니다. 그렇게 헥토르의 시신이 트로이아 성으로 돌아가고, 장례가 치러지며 서사시는 끝을 맺습니다.

『일리아드』의 근간이 되는 트로이 전쟁은 기원전 12세기경 지중해를 배경으로 실제 있었던 사건으로 알려져 있습니다. 마케도니아의 알렉산드로스가 동방원정길에 트로이아를 지나며 아킬레우스의 무덤에 꽃을 올려놓았다는 이야기도 전해지고요. 전체 스토리를 구성한 신화에서는 트로이아의 왕자 파리스가 라케다이몬의 왕비 헬레네를 납치했기 때문에 전쟁이 벌어졌으며, 파리스가 헬레네를 납치하게 된 이유는 아프로디테 여신이 헬레네를 선물로 주었기 때문이라고 하는데요. 헬레네의 남편 메넬라오스는 형인 아가멤논에게 아내를 되찾아달라고 부탁했습니다. 아카이아족의 패권에 욕심내던 미케네의 왕 아가멤논은 이를 좋은 기회로 여겨 모든 아카이아족 영웅들에게 호소해 트로이아 정벌에 나서게 됩니다.

그런데 납치된 여인 한 명을 데려오기 위해 여러 도시의 수많은 사람들이 뭉쳐 전쟁까지 나설 이유가 있었을까요? 헬라인들은 전쟁의 원인을 여자에게 돌리는 나쁜 버릇이 있었습니다. 여러 비극에서 클리셰처럼 사용하고 있는데요. 극장에서 서사시를 읊을 때 전쟁 원인을 여자에게 돌리면 관객들이 재미있어하기에 그런 게 아닐까 싶기도 합니다. 아

미케네의 사자문. 미케네는 황금이 풍요로운 장소이자 아가멤논의 도시이다. ⓒ안계환

무리 헬레네가 제우스의 딸이며 한 나라의 왕비라고 하더라도 오뒷세우스나 아킬레우스 같은 영웅들이 목숨 걸고 전쟁에 나서야 할 이유는 없습니다. 미케네의 세력이 강하더라도 다른 도시를 강제할 힘까진 없었기에 이것만으로 전쟁에 나설 리도 없었을 거고요. 그렇다면 아카이아인들이 트로이아로 원정을 떠난 진짜 이유가 무엇이었을까요?

전리품을 노린 영웅들의 전쟁

역사가 투퀴디데스가 말한 전쟁의 원인이 가장 타당한 설명으로 여겨집니다. 해적 활동을 주요 비즈니스로 했던 헬라인들이 납치된 헬레네 왕비를 핑계 삼아 트로이아의 재물을 약탈하기 위해 침략했다는 겁니다. 지중해에서 벌어졌던 수많은 전쟁의 주요 목적은 재물이나 노예 등 전리품을 확보하는 것이었습니다. 그래서 대규모 부대가 공동의 목표로 삼으려면 그만큼 풍부한 재물을 보유한 나라여야 했던 거구요. 유럽과 아시아의 경계지역에 있으면서 흑해와 에게 해의 중계무역으로 번성했던 트로이아가 바로 표적이 됩니다.

당시 흑해 연안에선 밀과 보리 등 곡물이 풍부하게 생산되었고, 에게 해 주변에서는 포도주와 올리브유가 주로 생산되었습니다. 인간이 보리떡만 먹고 살 수는 없고 와인만 마실 수는 없습니다. 필요에 따라 두 지역 간의 교역은 필수였습니다. 흑해와 에게 해 양쪽의 산물을 실은 무역선이 오가는 헬라스폰토스 해협에 트로이아가 자리 잡고 있었는데요. 트로이아는 여러 나라와 직접 교역을 할 수도 있었고, 무역선에 시장을 열어줄 수도 있었으며, 오가는 배들로부터 통행세를 받을 수도 있었습니다. 이러한 지리적 이점으로 부를 축적해 온 트로이아는 아가멤논과 아카이아족이 정복할 대상으로서 충분했습니다. 게다가 정복 후엔 트로이아를 거점 삼아 해상 패권을 차지할 수도 있었을 것이고요.

『일리아드』가 전하는 건 열흘간의 이야기뿐이지만, 다른 고전이 전해주는 스토리까지 총합하면 이렇습니다. 예로부터 트로이아는 중계무역으로 부를 축적한 나라였으며, 이에 욕심 난 아가멤논이 에게 해 서쪽 도시들을 구슬려 함대를 편성하고 트로이아를 정벌하러 떠납니다.

여기에 아킬레우스, 오뒷세우스, 아이아스도 참전했죠. 결국 트로이아의 수도 일리온에서 오랫동안 전투가 벌어졌고, 결과는 아카이아족의 승리로 끝납니다.

　이 전쟁엔 올림포스의 신들도 편을 나눠 참전했는데요. 아테나와 헤라는 아카이아 편을 도왔고, 아폴론과 아프로디테는 트로이아를 지원했습니다. 제우스는 중간에서 신들끼리의 다툼을 중재했는데요. 결과는 아테나와 헤라가 도운 아카이아족의 승리로 끝났습니다. 꾀돌이로 불리는 오뒷세우스가 초대형 목마를 제작하고 내부에 병사를 배치해 트로이아를 멸망시켰기 때문입니다. 이 과정에서 아킬레우스는 날아온

아마존족 여왕과 싸우는 아킬레우스가 그려진 항아리. 영국박물관 ⓒ안계환

서양인의 마음을 읽는다, 신화고전

화살에 발뒤꿈치를 맞아 죽습니다. 헤파이스토스가 만들어준 강력한 갑옷도 아킬레스건을 보호해주지는 못했습니다. 어머니 테티스 여신은 아들이 전쟁에서 죽을 거라는 걸 이미 알고 있었습니다. 그럼에도 고민하는 아들에게 영웅의 삶이란 원래 그런 거라며 전쟁에 나서길 독려했는데요. 고향에서 처자식 건사하며 사는 평범한 삶보다 영웅으로 죽음으로써 불멸의 존재가 되길 원했던 겁니다.

불타는 트로이아를 뒤로하고 아카이아 군대는 각자 전리품을 챙겨 자신들의 나라로 돌아갔습니다. 하지만 승자들의 귀환이 모두 순탄한 것은 아니었는데요. 헬레네를 되찾은 메넬라오스는 고향으로 편히 돌아갔지만, 아가멤논을 기다리고 있는 건 아내의 칼이었습니다. 서양에서 악녀의 대명사로 불리는 클뤼타임네스트라는 애인과 짜고 귀향한 아가멤논을 살해했죠. 자신의 가문을 멸망하게 했을 뿐 아니라, 딸 이피게네이아를 사냥의 여신에게 바친 남편이었기 때문입니다. 훗날 이피게네이아의 슬픈 이야기는 독일의 대문호 괴테에 의해 희곡으로 재탄생합니다.[5] 그리고 아가멤논과 클뤼타임네스트라, 딸 이피게네이아, 아들 오레스테스에 얽힌 비극적 이야기는 훗날 셰익스피어에 의해 새롭게 각색되어 유럽인, 아니 전 세계인에게 사랑받는 문화콘텐츠가 됩니다. 바로 『햄릿』이죠!

그런데 『일리아드』는 아킬레우스와 아가멤논이 다투는 이야기부터

---

5 괴테의 비극 「타우리스 섬의 이피게네이아」이다. 1786년 이탈리아 여행 중 시 형식으로 제작했다.

헥토르의 죽음까지, 단 열흘간의 이야기라고 말씀드렸잖아요? 그렇다면 나머지 이야기들, 트로이 전쟁의 발단인 세 여신의 미모 대결, 헬레나와 파리스의 선택, 아킬레우스가 발뒤꿈치에 화살 맞는 장면, 오뒷세우스가 만든 목마는 대체 어디에 기록되어 있었을까요? 물론 트로이의 목마 이야기는 『오뒷세이아』에 일부 등장하기는 합니다. 그러나 트로이아가 어떤 과정을 거쳐 전쟁에서 패했는지는 두 고전에 나오지 않습니다.

고대에는 트로이 전쟁에 관한 8개의 서사시가 있었다고 전해집니다. '파리스의 선택'과 전쟁이 시작되고 나서 9년 동안의 이야기는 스타시노스의 『퀴프리아』에 등장하고요. 『일리아드』는 두 번째였습니다. 그다음은 아마조네스 여왕 펜테실레이아와 아킬레우스의 전투, 그리고 파리스가 쏜 화살에 맞아 아킬레우스가 죽는 장면은 아르크티노스가 쓴 『아이티피오스』에 나와 있었답니다. 트로이 목마의 제작과 아킬레우스의 죽음 이후 사건은 레스체스가 쓴 『소 일리아드』가 있었다고 하지요. 트로이 멸망 후 아가멤논이 미케네로 돌아가 아내 클뤼타임네스트라에게 살해되는 이야기는 아기아스라는 작가가 쓴 『노스토이』에 있었답니다. 하지만 여덟 권의 서사시 중 호메로스가 썼다는 『일리아드』와 『오뒷세이아』 딱 두 권만 남고, 나머지 여섯 권은 자취를 감췄습니다. 오랜 전란과 유일신 사상이 등장하는 종교적 광풍에 의한 인위적 파괴는 고전들이 살아남기 어려운 환경이었기 때문이죠. 후대인은 사라진 여섯 권을 '서사시권'이라 불렀습니다.

아가멤논의 황금 가면 ⓒ안계환

책들은 사라졌지만 이야기는 남았습니다. 기원전 5세기 소포클레스 등 아테네 작가와 베르길리우스 등 로마 작가에 의해 트로이 전쟁 속 에피소드가 재생산되었고, 그로 인해 오랜 세월 동안 트로이 전쟁은 시, 소설, 음악, 미술, 영화, 드라마, 컴퓨터 그래픽 게임 등 인류가 만든 모든 문화 장르에 영향을 미쳤습니다. 그리고 21세기에도 『일리아드』 속 인물들이 새로운 문화의 대표 캐릭터로 거듭나리란 건 지난 역사가 이미 증명하고 있습니다.

참고도서
호메로스, 일리아드, 천병희 옮김, 도서출판 숲, 2007

2

고향으로 돌아온 영웅의 이야기
오뒷세이아

들려주소서, 무사 여신이여! 트로이아의 신성한 도시를 파괴한 뒤 많이도 떠돌아다녔던 임기응변에 능한 그 사람의 이야기를. 그는 수많은 사람들의 도시를 보았고 그들의 마음을 알았으며 바다에서는 자신의 목숨을 구하고 전우들을 귀향시키려다 마음속으로 많은 고통을 당했습니다. 그토록 애썼건만 전우들을 구하지 못했으니, 그들은 자신들의 못된 짓으로 말미암아 파멸하고 말았던 것입니다. 그 바보들이 헬리오스 휘페리온의 소떼를 잡아먹은 탓에 헬리오스 신이 그들에게서 귀향의 날을 빼앗아버렸던 것입니다. 이 일들에 관해 아무 대목이든. 여신이여, 제우스의 따님이여[6], 우리에게도 들려주소서!

– 호메로스, 『오뒷세이아』 –

---

6 오뒷세우스의 여행 중 아테나가 늘 도와준다.

트로이 전쟁과 오뒷세이아

『오뒷세이아』는 『일리아드』의 후속편 같은 작품입니다. 트로이 전쟁 후 오뒷세우스가 고향으로 가기 위해 10년 동안 서지중해를 떠돌던 모습을 그리고 있죠. 오뒷세우스가 지나갔다고 하는 지중해 곳곳에는 그의 이야기가 전설처럼 내려옵니다. 이탈리아반도 남부와 시칠리아에는 이 책에 등장하는 구체적 장소들이 꽤 많은데요. 세계 3대 미항의 하나라는 나폴리 항구 남쪽에는 세이렌 여신이 노래했다던 해안 절벽이 있고, 시칠리아 동부에는 거인 폴리페모스가 던진 바위섬들이 있습니다. 몰타 섬에는 여신 칼립소가 오뒷세우스와 함께 살았다고 알려진 동굴도 있는데요. 관광객들은 이곳 동굴을 찾아 오뒷세우스와 칼립소의 흔적을 만나는 기쁨을 누리려 합니다. 물론 과학적 증거물이 있는 게 아니라 옛사람들이 그랬다고 말하는 전설 같은 것이지만요.

2003년에 상영이 시작된 영화 〈캐리비안의 해적들〉 시리즈는 1편 '블랙 펄의 저주'의 성공으로 '죽은 자는 말이 없다'까지 14년에 걸쳐 5편이 만들어졌습니다. 눈치 빠른 관객이라면 캡틴 잭 스패로우가 희화된 오뒷세우스이고, 시대와 배경을 고대에서 대항해시대로, 지중해에서 캐리비안 해로 옮긴 '오뒷세이아'라는 것을 눈치 챘을 것입니다. 실제 캐리비안의 해적 시리즈에는 세이렌, 칼립소 등 『오뒷세이아』에 등장하는 괴물과 인물이 그대로 등장하기까지 합니다. 이렇게 21세기 최고의 판타지 영화이자 해양 활극의 대명사 〈캐리비안의 해적들〉 시리즈에도 호메로스의 인장이 찍혀 있죠.

『일리아드』와 『오뒷세이아』의 작자는 한 사람 즉, 눈먼 호메로스라는 정체불명의 한 인물로 알려져 있습니다. 하지만 두 책을 읽어보면 같은 서사시 형태지만 서술방식은 상당히 다르다는 것을 알게 됩니다. 『일리아드』가 열흘이라는 기간을 시간 순으로 일관성 있게 말하는 데에 비해 『오뒷세이아』는 그보다 훨씬 더 복합적인 구성을 하고 있는데요. 전혀 다른 인물이 책을 저술한 것처럼 느껴질 정도입니다. 어쩌면 특정한 저자가 존재하지 않았을지도 모릅니다. 『삼국지연의』가 삼국시대의 역사를 바탕으로 수많은 이가 각색한 이야기들을 원말명초 작가 나관중이 정리한 것처럼, 아마도 구전으로 전해온 여러 이야기들을 누군가가 정리 및 기록했을 겁니다. 그리고 당대 가장 유명했던 변사였던 호메로스의 이름을 붙이지 않았을까 추측해 봅니다.

『오뒷세이아』는 오뒷세우스를 고향에 보내주자는 신들의 회의 장면으로 시작되고, 그다음은 오뒷세우스의 아들 텔레마코스가 아버지를 찾는 이야기, 제5권에 가서야 오뒷세우스가 등장합니다. 그것도 여러 지역을 떠돌다가 모든 부하를 잃고 여신 칼립소에게 억류된 모습으로 말이죠. 주인공 오뒷세우스뿐 아니라 다른 장소에서 아들이 등장하고, 과거와 현재를 오가기에 마치 오늘날의 드라마를 보는 듯합니다. 이 서사시가 고대극장에서 상연되었다는 걸 생각하면 『일리아드』보다 『오뒷세이아』가 더 높은 인기를 누리지 않았을까 짐작하게 됩니다. 더구나

서양인의 마음을 읽는다. 신화고전

『일리아드』가 비극적으로 끝나는데 비해 『오뒷세이아』는 행복한 결말이기도 하거든요.

지중해를 떠돌다

트로이 전쟁 후 오뒷세우스와 부하들은 고향 이타카 섬으로 돌아가지 못한 채 지중해를 떠돌게 되는데요. 바다의 신 포세이돈을 화나게 했기 때문입니다. 오뒷세우스 일행은 거인족 키클롭스가 사는 섬에 도착했는데, 그곳에서 양을 치며 살던 외눈박이 거인 폴리페모스가 오뒷세우스 일행을 발견하고 즉시 집으로 사용하는 동굴에 가둡니다. 저녁마다 한 명씩 폴리페모스에게 잡아먹히던 오뒷세우스 일행은 꾀를 내어 가져간 포도주를 거인에게 먹여 잠을 재웁니다. 그리고 큰 나무를 날카롭게 벼리고 불에 달궈 폴리페모스의 외눈을 찌르죠. 그리곤 양들의 배에 바짝 붙어 동굴을 빠져나갑니다.

이때 오뒷세우스가 그냥 도망쳤다면 좋았으련만 배에 도착 후 폴리페모스에게 자신의 이름을 밝히는 실수를 저지릅니다. 폴리페모스는 아버지 포세이돈에게 원수를 갚아달라고 하소연했고, 오뒷세우스는 포세이돈이 일으킨 풍랑을 만나 부하들을 모두 잃게 됩니다. 이때 폴리페모스는 오뒷세우스 일행이 타고 도망치던 배를 향해 바위를 던졌는데요. 시칠리아 동부에 있는 아치레알레에는 폴리페모스가 던졌다는 '키

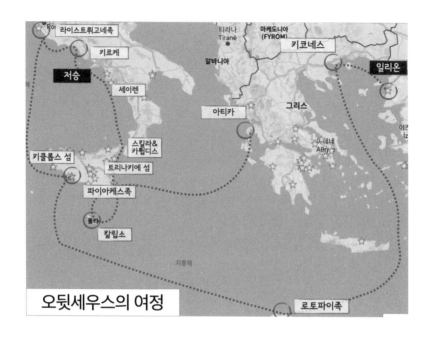

오뒷세우스의 여정

클롭스의 섬'이라는 바위들이 있습니다. 시칠리아 여행 중 카타니아 부근 현지인으로부터 그 이야기를 듣는데 어찌나 실감 나던지요! 덕분에 지금은 수많은 여행자가 찾는 해안 관광지로 개발되었답니다.

그 후 오뒷세우스 일행은 어느 해안에 상륙하는데 그곳엔 키르케가 사는 성이 있었습니다. 키르케는 찾아오는 사람들에게 약을 먹여 가축으로 만드는 마녀였지요. 오뒷세우스는 만일을 위해 동료들을 두 편으로 나누었습니다. 오뒷세우스가 이끄는 팀은 바다에서 대기하고, 에우릴로코스가 이끄는 팀이 먼저 상륙했습니다. 성으로 들어간 부하들은 마녀가 준 약을 먹고 돼지로 변하는 봉변을 당하는데요. 오직 성에 들어가지 않았던 에우릴로코스만 돌아와 오뒷세우스에게 보고합니다. 오 뒷세우스가 곧바로 마녀의 성으로 쳐들어가려 하자 제우스의 연락병 역할을 하는 헤르메스가 오뒷세우스에게 나타났습니다. 그리고 마녀 키르케의 흉계를 낱낱이 알려주었죠. 오뒷세우스는 칼을 들고 마녀를 위협해 마침내 동료들을 모두 구해냅니다.

트로이 전쟁에서 신들이 인간들과 함께했던 것처럼 오뒷세우스의 여 행에도 늘 신들이 함께하며 필요할 때 도와줍니다. 그리스신화에서 제 우스를 비롯한 여러 신들이 위대한 이들을 돕지 않았다면 영웅이 존재 하지 않았을 텐데요. 신이 만든 세상에서 인간은 언제나 신의 도움으로 살아가는 존재라고 헬라스인은 생각했기 때문입니다. 제우스는 헤르메 스를 보내 오뒷세우스가 돼지로 변하지 않도록 돕고, 아테나를 보내 세 이렌 여인의 노랫소리에 취하지 않도록 했는데요. 오뒷세우스의 아들 인 텔레마코스가 잘 성장할 수 있도록 도왔던 멘토스도 아테나가 변신 한 모습이었습니다.

마녀 키르케 이후 이어지는 모험은 악녀 세이렌과의 에피소드입니 다. 세이렌은 스타벅스커피 로고에 등장하는 여인이라서 우리에게 익 숙한데요. 오뒷세우스가 부하들과 배를 출항시키려 할 때 아테나가 다 가와 오뒷세우스에게 속삭였습니다. 배가 지나는 길에 세이렌이란 여 인들이 노래를 부를 것이고, 그 노랫소리를 들으면 미쳐 날뛸 수밖에 없으니 대비하라고 말입니다. 아테나의 조언에 따라 오뒷세우스는 선원들에게 미리 항해할 길에 대한 명령을 내려둔 후 그들의 귓구멍을 밀랍으로 막도록 조치했습니다. 그리고 자신은 돛대에 몸을 묶는 대신 귓구멍은 막지 않도록 조치했습니다. 세이렌의 노랫소리를 듣고 싶었기 때문입니다.

이제 한참을 항해하다 보니 세이렌 여인들의 노랫소리가 들리기 시작했습니다. 그 노랫소리는 너무나 아름다워 누구라도 미쳐 날뛸 수밖에 없었는데요. 오뒷세우스는 미쳐서 부하들을 향해 절벽을 향해 노를 저으라고 소리쳤습니다. 하지만 귀가 열려 들을 수 있는 건 오뒷세우스뿐이었고, 그가 아무리 미쳐 날뛰며 명령을 내려도 귓구멍을 밀랍으로 막은 부하들은 묵묵히 노를 저을 뿐이었습니다. 그렇게 위험한 코스를 지난 후 오뒷세우스의 배는 세이렌을 피할 수 있었습니다.

고대의 배들은 먼 바다가 아니라 주로 해안선을 따라서 이동했습니다. 현재의 이탈리아 나폴리 부근은 해안 절벽으로 이루어져 있는데요. 잘못 항해하면 암초나 절벽에 부딪혀 난파하기 쉬운 지역입니다. 오랜 세월 꽤 많은 배가 난파됐던 모양인데요. 그럴 때마다 선원들이 세이렌의 노랫소리 때문이었다고 변명해서 그랬을까요? 이 지역 도시이름에는 세이렌에서 파생된 듯 한 이름이 유난히 많답니다. 살레, 소렌토, 살레르노 등이 그런 도시들이죠. 이 지역 사람들에게서 내려오는 전설을 호메로스가 수집해서 정리했던 것일까요, 아니면 『오뒷세이아』에 담긴 내용이 전설이 된 것일까요? 어쨌든 이 책의 에피소드들이 실제와 전혀 동떨어진 건 아니라는 것을 알게 됩니다. 이어지는 스킬라와 카립디스 여인들[7]이 일으키는 소용돌이 또한 오늘날 이탈리아반도와 시칠리아섬 사이 메시나 해협에서 벌어진 일이라고 전해집니다.

귀향

『오뒷세이아』의 시작은 오기기아 섬에 억류되어 있던 오뒷세우스의 귀향에 대해 신들이 회의하는 모습입니다. 오뒷세우스가 풍랑을 맞아 이 섬에 머문 지 7년이 지난 시점이었지요. 그는 왜 이곳에 억류되었을까요? 폴리페모스를 공격해 바다의 신 포세이돈의 화를 부른 탓이죠. 오뒷세우스가 동료들을 모두 잃고 표류했을 때 칼립소는 님프들과 함께 그를 정성스럽게 치료하고 간호해 주었습니다. 그러다 칼립소에게 점점 사랑의 감정이 싹터 오뒷세우스를 남편이자 영원한 동반자로 삼기로 마음먹었죠.

제우스를 비롯한 신들은 오뒷세우스를 귀향시키기로 결정합니다. 전령의 신 헤르메스가 날아서 오기기아 섬으로 갔고 칼립소에게 먼저 이소식을 전하는데요. 칼립소는 오뒷세우스가 섬을 떠나면 고난을 겪을 것이고, 무엇보다 그의 아내인 페넬로페보다 자신이 더 아름다우니 함

---

7 스킬라와 카리브디스는 신화속에서 바닷가에 사는 암놈의 괴물들이다. 여기서 스킬라와 카리브디스사 이라는 관용구가 생겨났으며 진퇴양난의 의미로 쓰인다.

칼립소가 살았다고 전해지는 동굴, 몰타 섬

께 살자고 설득합니다. 하지만 오뒷세우스는 다음과 같이 역설합니다.

"존경스러운 여신이여, 사려 깊은 페넬로페가 생김새와 키에서 그대만
못하다는 것은 나도 잘 아오. 더구나 그대는 늙지도 죽지도 않지만 페넬
로페는 필멸의 인간이라오. 그럼에도 난 집에 돌아가서 귀향의 날을 보
기를 날마다 원한다오. 설혹 신들 중에서 어떤 분이 또다시 포도주빛 바
다에서 나를 난파시킨다 해도 가슴속에 고통을 참는 마음이 있기에 나는
참을 것이오."[8]

8 오뒷세이아, p141

사랑하는 아내가 그립고 고향에 가고픈 마음에 오뒷세우스가 귀향을 강력히 원하자 칼립소는 그를 놓아줄 수밖에 없었습니다. 그녀는 오뒷세우스가 배를 만드는 데 도움을 주고 식량, 물, 가죽 부대에 포도주도 가득 채워 줍니다. 모든 부하를 잃었고 오랜 시간이 흘렀지만 오뒷세우스는 고향에 갈 수 있게 되었죠. 이제 신들의 도움으로 칼립소의 섬을 떠나 다시 항해를 떠났습니다. 그러나 여전히 화가 풀리지 않은 포세이돈이 일으킨 풍랑 때문에 다시 낯선 섬에 상륙해야 했습니다.

그곳은 알키노오스가 통치하는 파이아케스족의 땅 스케리아 섬이었습니다. 그곳의 나우시카 공주는 바닷가에 빨래하러 갔다가 오뒷세우스를 발견합니다. 왜 공주가 바다로 빨래하러 갔냐고 묻는다면 그건 아테나 여신이 시켰으니까 그랬다고 말할 수밖에 없습니다. 공주는 풍랑으로 인해 모든 것을 잃어버리고 옷까지 입지 못한 오뒷세우스에게 옷을 준 후 아버지가 통치하는 성으로 데려갔습니다. 오뒷세우스는 왕에게 자신의 여정을 이야기합니다. 키클롭스 섬에서 폴리페모스를 무찌른 일, 마녀 키르케를 만나고 저승을 여행했던 이야기, 세이렌의 노랫소리와 카립디스의 소용돌이, 칼립소 여신에게 억류되었던 이야기까지 말입니다. 왕은 오뒷세우스가 고향 이타카로 갈 수 있도록 도와줍니다. 물론 여기에는 나우시카 공주의 적극적 의견이 작용했는데요. 훗날 그녀가 오뒷세우스의 아들 텔레마코스와 결혼했다는 이야기가 전해집니다. 오뒷세우스와 나우시카는 시아버지와 며느리가 되고, 두 나라는 사돈지간이 되었다지요.

오뒷세우스의 저승여행

『오뒷세이아』에 등장하는 에피소드 중 가장 큰 흥미로운 건 오뒷세우스가 저승에 다녀오는 이야기입니다. 그리스신화를 보면 저승에 다녀온 인물을 여럿 발견할 수 있는데요. 영웅 헤라클레스는 저승 입구를 지키는 머리가 세 개인 개 케르베로스를 잡으러 다녀왔고, 음악의 신이 된 오르페우스는 아내 에우리디케를 찾으러 갔었고, 술의 신 디오니소스는 어머니 세멜레를 구하기 위해 저승을 다녀왔다는 신화가 있습니다. 그런데 시간상으로 보면 기원전 8세기에 기록된 오뒷세우스의 저승여행이 가장 이른 시기에 기록된 것입니다. 이때까지만 해도 저승여행은 특별한 사람이 하는 것 정도로만 생각했던 것 같습니다. 오뒷세우스는 신이 되지 않았기 때문입니다.

그런데 헤라클레스와 디오니소스에 이르면 저승에 다녀온다는 것이 아주 특별한 행동으로 바뀝니다. 그건 '인간의 몸을 가진 이들 중 저승을 다녀온 이는 올림포스의 신이 될 수 있다.'고 말합니다. 특히 아스클레피오스[9]나 오르페우스[10]는 저승에 다녀왔다는 이유로 사람들에게 아주 특별한 사람 즉, 신앙의 대상이 되었습니다. 영혼이 육체를 떠나 저승에 갔는데 그곳에 머물지 않고 돌아올 수 있다는 것, 다른 말로 '부활'이란 보통 인간이 아닌 특별한 존재들만 체험할 수 있는 행위라고 사람

9   죽은 자를 살릴 정도로 대단한 의술을 지녔던 인물로 저승에 다녀왔기에 의료의 신이 되었다.
10 뛰어난 음악 실력으로 저승에 가서 하데스와 페르세포네를 감동시켰고, 돌아와 음악의 신으로 추앙받았다.

들은 생각했던 거죠. 그래서 헬라스지역에서 오르페우스와 디오니소스 비밀교가 성행하게 되었던 겁니다.

오뒷세우스가 저승에 가게 된 것은 마녀 키르케가 그가 고향으로 돌아가는 방법을 알려면 하데스와 페르세포네의 집으로 가서 눈먼 예언자 테이레시아스의 혼백에게 물어야 한다고 말했기 때문입니다. 그렇게 오뒷세우스는 저승여행을 하게 되었는데, 저승이 어떻게 생겼을지 궁금해 하는 사람들의 호기심을 만족시켰죠. 이때까지도 저승은 하데스와 페르세포네가 다스리는 곳이었을 뿐, 저승을 넘어야 할 4개의 강[11]이나 지옥 또는 천국의 개념은 존재하지 않았습니다. 이 장면은 훗날 베르길리우스에 의해 『아이네이스』에서 다시 언급되었고, 14세기 이탈리아의 단테에 의해 『신곡』에서 다시 묘사되고 있습니다.

저승에 갔던 오뒷세우스는 그곳에서 돌아가신 어머니와 예언자 테이레시아스의 영혼을 만났습니다. 어머니에게 아내 페넬로페가 굳건히 궁전을 지키고 있다는 말을, 테이레시아스로부터는 고향에 돌아갈 방법을 듣게 됩니다. 그리고 트로이아를 떠나 함께 고향으로 출발했던 아가멤논도 만났습니다. 아가멤논은 자신이 아내에게 살해당했다는 이야기를 오뒷세우스에게 하며 "당신의 아내 페넬로페는 정절을 잘 지키고 있지만 이타카에 돌아가면 처음엔 당신의 정체를 숨기라."고 조언합니다.

---

11 이승과 저승 사이에는 아케론 강, 플레게톤 강, 스틱스 강, 레떼 강 등 4개의 강이 있다고 여러 고전에 등장한다.

가장 의미심장한 대목은 트로이에서 화살에 맞아 죽었기에 이미 저 승에 와 있었던 아킬레우스와의 만남인데요. 오뒷세우스는 저승에서도 통치자 행세하는 아킬레우스에게 "비록 죽었다 할지라도 슬퍼하지 말라." 고 이야기합니다. 그러자 아킬레우스가 이렇게 답합니다.

"죽음에 대해 그럴싸하게 말하지 마시오. 영광스런 오뒷세우스여! 나는 세상을 떠난 모든 이들을 통치하느니 차라리 지상에서 머슴이 되어 농 토도 없고 재산도 많지 않은 가난한 사람 밑에서 품이라도 팔고 싶소이 다."[12]

큰소리치며 저승에서 사는 것보다 비천하게라도 이승에서 사는 게 훨씬 좋다는 겁니다. 재미있는 장면 중 하나는 저승에서 벌 받는 존재 들을 소개하는 대목입니다. 우선 그곳엔 제우스의 아들로 목이 말라도 마실 수 없는 벌을 받는 탄탈로스가 있었습니다. 그가 벌을 받는 이유 는 신들의 각별한 사랑를 받아 신들의 식탁에 초대를 받았지만 신들의 음식인 암브로시아와 넥타르를 훔쳐 인간 친구들에게 주고 신들의 대 화에서 들은 비밀을 인간들에게 누설했기 때문입니다. 저승에서 끝없 이 바위를 언덕위로 밀어 올려야 한다던 시지포스 이야기도 이곳에 등 장하는데요. 신을 속인 죄로 거대한 바위를 산꼭대기에 올려놓지만 바 위는 다시 밑으로 떨어지고, 시시포스는 이를 반복하며 살아가고 있었 습니다.

12   오뒷세이아, p258

신화와 역사의 보물창고

『일리아드』가 죽음을 무릅쓰고 운명을 개척하러 떠난 영웅들의 이야기라면 『오뒷세이아』는 운명 앞에서 흔들리는 평범한 인간의 이야기라 할 수 있습니다. 신을 어머니로 둔 영웅 아킬레우스는 죽음이 올 것을 알면서도 영광을 얻기 위해 원정을 떠납니다. 그런데 오뒷세우스는 그저 고향에 돌아가겠다는 일념 하나로 처절한 여행을 해야 합니다. 폴리페모스를 만나 죽을 고비도 넘기고 부하들을 잃기도 하면서 하나하나 문제를 해결해 나갑니다. 여신 칼립소와의 편하고 달콤한 생활도 지루함에 못 견뎌 버리게 되죠. 그래서 인생 항해를 하는 사람을 오뒷세우스에 빗대 이야기하기도 합니다.

『일리아드』와 『오뒷세이아』 원전 읽기가 쉽지는 않은데요. 본래 이 책들이 사람들에게 읽히기 위한 것이 아니라 극장에서 낭송하기 위한 서사시 형식을 취하기 때문에 더욱 그렇습니다. 이럴 땐 읽는 방법을 달리할 필요도 있는데요. 이미 아는 이야기가 원전엔 어떻게 기록되었는지 확인하는 방법으로 읽는 거죠. 2,000년 넘는 세월 동안 서양 지식인들은 두 서사시를 반복적으로 다루며 다양한 이야기를 뽑아냈습니다. 두 고전에는 서양 문화의 핵심이 들어있습니다.

"스무 살이 되거든 집을 떠나 너의 길을 찾아가거라. 편한 삶에 안주하지 않으면 영광이 너의 것이 될 것이다."

참고도서
호메로스, 오뒷세이아, 천병희 옮김, 도서출판 숲, 2007

3

신화의 계통도
신들의 계보

노래를 헬리콘 산의 무사 여신들로부터 시작하기로 하자.

그분들은 크고 신성한 헬리콘 산을 차지하시고는

검푸른 샘과 크로노스의 강력한 아드님의 제단 주위에서

사뿐사뿐 춤추신다.

아이기스를 가지신 제우스, 아르고스의 여주인이신

헤라와 황금 샌들을 걷는 이,

아이기스를 가지신 제우스의 따님이신 빛나는 눈의 아테네,

포이보스 아폴론,

활을 쏘는 아르테미스, 대지를 붙들고 있는 대지를 흔드는 포세이돈,

존경스런 테미스, 속눈썹을 잘 깜박이는 아프로디테,

황금 머리띠의 헤베, 아름다운 디오네, 레토, 이아페토스,

음모를 꾸미는 크로노스,

에오스, 강력한 헬리오스, 빛나는 셀레네, 가이아,

위대한 오케아노스, 어두운 밤,

그밖에 다른 영생불멸하는 신들이 신성한 종족을!

- 헤시오도스, 『신들의 계보』-

제우스는 어떻게 신들의 왕이되었을까?

그리스로마신화에 관한 고대 문헌은 많습니다. 호메로스와 헤시오도스는 서사시 형태로 남겼고, 그리스 3대 비극작가 아이스킬로스, 소포클레스, 에우리피데스는 극장용 대본을 만들었지요. 헬레니즘 시대 알렉산드리아에서 활약한 아폴로도로스는 산문으로 정리했고요. 로마시대에 이르러선 베르길리우스와 오비디우스의 작품을 빼놓을 수 없습니다. 신화의 내용은 고정된 것이 없고 누가 쓴 책을 접하느냐에 따라 조금씩 달라집니다. 신화란 특정시대의 역사기록이 아닌 여러 지역의 온갖 전설과 이야기들을 모아놓은 것이기에 그렇습니다.

호메로스와 쌍벽을 이루는 이는 헤시오도스입니다. 인간이 살아가는 세상에서 신의 활약이 섞여 있는 다른 작품들과는 다르게 『신들의 계보』에서는 신들의 탄생과 고대인들이 생각했던 우주의 기원에 대한 이야기를 담고 있습니다. 이 작품은 세상과 신들의 탄생, 제우스의 통치 하에 올림포스 신들의 질서 확립 등을 다루며, 그리스 신화의 중심적인 이야기와 신들의 관계를 설명합니다. 『신들의 계보』는 그리스로마신화와 종교에 대한 깊은 이해를 제공하는 문학작품입니다.

우주에서 맨 처음 생긴 것은 혼돈을 말하는 '카오스'고 그 다음에 대지를 의미하는 '가이아'가 있습니다. 유대교에서 말하는 창조주는 없습니다. 이어서 탄생하는 건 '에로스우주의 원초적 생식력'였습니다. 가이아는 신과 인간의 거처가 될 대지니 그렇다 치고, 에로스는 왜 이렇게 빨리 탄생했던 걸까요? 헬라인은 결합 없이 탄생하는 건 카오스와 가이아뿐이고 모든 존재는 결합의 산물이라고 생각했습니다. 결합이 이루어지려면? 음과 양, 그리고 에로스의 조화가 존재해야 비로소 탄생할 수 있습니다. 인간뿐 아니라 신들도 예외는 없습니다. 카오스로부터 암흑의 신 '에레보스'와 밤의 여신 '닉스'가 생겨나고, 암흑과 밤의 사랑을 통해 창공의 신 '아이테르'와 낮의 신 '헤메라'가 태어납니다. 이 모든 것이 에로스의 조화였습니다.

가이아는 '우라노스'를 낳은 후 자기 주위를 감싸게 함으로써 우라노스가 축복받은 신들의 안전한 거처가 되게 했습니다. 가이아는 우라노스와 결합해 '폰토스'를 낳았고 '오케아노스', '코이노스', '레아', '테미스', '크로노스'를 낳았습니다. 또한 키클롭스들과 백 개의 팔을 가진 헤카톤 케이레스 등 괴물을 낳았는데, 최초의 권력자 우라노스는 이들을 매우 싫어했습니다. 자식들이 자신의 입지를 흔들지 않을까 두려웠던 듯합니다. 그래서 태어나는 족족 이들을 가이아의 배 속에 감추고 밖으로 나오지 못하게 했는데요. 대지의 신이자 어머니 가이아는 뱃속에 아

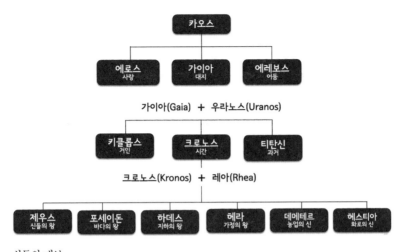

신들의 계보

이들로 인해 괴로워하다가 큰 낫을 만들어 자식들에게 보여줬습니다. 아버지의 잘못을 바로잡으라고 말입니다.

우라노스가 사랑을 나누려고 가이아에게 다가왔을 때 막내아들 크로노스는 거대한 낫으로 아버지의 남근을 잘라 등 뒤로 던져버렸습니다. 아버지 우라노스에게 남근이란 권력의 상징이었던 것인데, 그가 더 이상 새로운 존재를 탄생시키지 못하게 했던 거죠. 그렇게 바다로 떨어진 남근으로부터 정액이 나왔고 거기서 거품이 일어 미의 여신이자 선원들의 수호신 아프로디테가 태어났습니다. 그 장소는 지중해 동부에 있는 키프로스 섬 서쪽 바닷가라고 알려져 있는데요. 물론 그 지역 사람들이 그렇게 주장한 겁니다.

특이하게도 아프로디테의 탄생 신화는 호메로스 버전의 이야기도 있는데요. 호메로스에 따르면 그녀는 제우스와 디오네 사이에서 태어났습니다. 그녀는 추남이자 대장장이의 신 헤파이스토스의 아내였는데요. 그녀는 사랑의 여신답게 남편 몰래 사랑을 나누기로 유명했습니다. 특히 전쟁의 신 아레스와 불륜관계였던 것으로 고대세계의 가장 유명한 에피소드를 남기기도 했죠. 많은 예술작가들이 아프로디테와 아레스가 불륜을 하는 장면과 이를 잡아내는 남편 헤파이스토스의 모습을 그려냈고요. 15세기 피렌체의 보티첼리가 그린 아프로디테는[13] 우라노스의 혈통으로 조가비 위에서 탄생한 것으로 묘사됩니다.

아버지 우라노스로부터 권력은 빼앗은 크로노스는 신과 인간계를 다스리는 독재자가 됩니다. 그리고 수없이 많은 신이 탄생하는 와중에 레아는 크로노스와 많은 자식들을 낳았는데 화로의 신 헤스티아, 농업의 신 데메테르, 황금 샌들의 헤라, 저승을 다스리는 하데스, 대지를 흔드는 포세이돈, 지략이 뛰어난 제우스 등입니다. 그리고 또 한 번 아버지의 권력을 무너뜨리는 신화가 등장하죠.

우라노스가 그랬던 것처럼 크로노스도 자식에게 권력을 뺏기지 않기 위해 자식들이 태어나자마자 차례차례 삼켰습니다. 근데 걱정하면 이루어지는 게 신화의 재밌는 원칙이죠? 어머니 레아의 기지로 살아남은 제우스는 크레타 섬에서 성장한 후 토하는 약을 크로노스가 삼키게 해

13 보티첼리, 비너스의 탄생, 1478년 작, 우피치 미술관 소장

서 포세이돈, 하데스, 데메테르, 헤라, 헤스티아를 되살려냈습니다. 크로노스의 배 속에 있었던 그들은 성장하지 않았기에 막내 제우스가 형이 되는 상황이 연출됩니다. 이제 제우스가 최고 권력자이자 신들의 리더가 될 차례입니다.

　제우스는 형제들을 규합한 뒤 아버지 크로노스, 그리고 이전에 탄생한 신들과 전쟁을 개시하는데 이를 티타노마키아틴탄들과의 싸움라고 합니다. 10년에 걸친 전쟁은 치열했습니다. 두 세력 모두 불사의 존재였고 힘도 대등했기 때문입니다. 이때 가이아가 제우스에게 힘의 균형을 깰 방법을 알려줍니다. 가이아의 조언에 따라 제우스는 지하세계에 갇혀 있던 키클롭스를 꺼내주는 대신 그들에게 무기를 만들게 했습니다. 그

창을 날리고 있는 포세이돈 또는 제우스 청동상, 아테네 국립 박물관 ⓒ안계환

렇게 해서 탄생한 것이 제우스의 번개, 포세이돈의 삼지창, 하데스의 투구입니다.

강력한 무기를 장착한 제우스 형제들은 사촌 당숙격인 티탄들을 물리치고 승리를 거둡니다. 그리고 티탄의 일원이던 아틀라스에게 영원히 하늘을 지고 있도록 벌을 내렸고[14] 제우스의 형제들끼리 천하를 나누어 가집니다. 그렇게 포세이돈은 바다를, 하데스는 저승을, 제우스는 지상과 하늘을 가지면서 패권이 완성되고, 올림포스의 1인자가 되었습니다.

대지의 신 가이아와 창공의 신 우라노스

아버지를 몰아내고 권력을 차지하던 전통은 더 이상 이어지지 않았습니다. 평화롭게 세상을 다스리기 위해 제우스는 형제들과 권력을 나눠 가졌고, 자식들에게도 자신의 권위를 조금씩 분배해 주었기 때문입니다. 사랑하는 딸 아테나는 지혜의 신, 아르테미스는 사냥의 신, 헤파이스토스는 대장장이 신이 되었습니다. 제우스는 신과 영웅들의 아버지가 되었습니다. 그리고 헤라가 정실부인이 되긴 하지만 그녀에게 모든 신의 어머니 역할을 맡길 수는 없었던지, 레토, 데메테르, 마이아와 사랑을 나눠 아폴론, 페르세포네, 헤르메스를 낳습니다. 다나에와 알크메네 등 인간 여인에게서는 페르세우스와 헤라클레스를 낳았죠.

14 모로코에 있는 아틀라스 산맥은 아틀라스가 하늘을 지는 벌을 치르고 있기에 그렇다고 한다.

제우스의 역할은 세계의 조정자입니다. 트로이 전쟁에서 신마다 각자 응원하는 세력이 있었지만, 제우스는 어느 한 편을 들지 않는데요. 그에겐 인간들의 세계 즉, 아카이아와 트로이아 모두 자신이 다스려야 할 존재이기 때문입니다. 제우스는 똘똘한 딸과 아들인 아테나와 아폴론을 핵심 참모로 거느리고 신들 간의 문제를 해결하고, 아폴론에게 태양신의 권위와 신탁능력을 위탁하여 인간의 문제를 해결하도록 합니다.

『일리아드』와 『오뒷세이아』는 인간의 이야기에 가깝고, 헤시오도스가 정리한 『신들의 계보』는 인간들 사이에 전해져온 신들의 이야기입니다. 제가 신화에 관한 강의를 할 때는 늘 대지의 신 가이아와 창공의 신 우라노스 이야기부터 시작합니다. 제우스 가족 구성 순서대로 말하는 게 일관성 있고 이해하기도 쉬운 편입니다. 올림포스의 12신도 제우스의 가계도로 그려지는 경우가 많죠.

그리스와 로마 사람들은 올림포스에 신들이 살고 있다고 생각했는데요. 그들이 모셔야 할 가장 중요한 신으로 열두 명을 꼽습니다. 여러 시와 예술에 등장하는 고전적 구성에 따르면 제우스, 헤라, 포세이돈, 데메테르, 아테나, 아폴론, 아르테미스, 아레스, 아프로디테, 헤르메스, 헤파이스토스, 디오니소스입니다. 여기서 의문점은 저승의 신 하데스와 화로의 신 헤스티아가 빠진 것인데요. 하데스가 올림포스에 살지 않는 건 당연하지만 헤스티아까지 올림포스에서 퇴출당한 이유는 알 수 없습니다. 날씨가 따뜻한 지중해에서 화로의 신의 역할이 작았기에 헤스

올림포스 12신

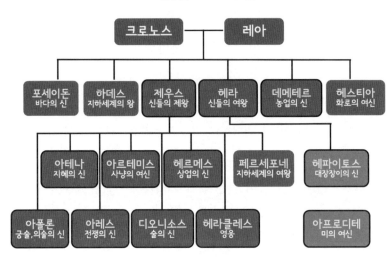

굵은 테두리가 쳐진 것이 올림포스 12신에 해당한다.

티아와 관련한 신화가 적은 탓일 겁니다.

　열두 신에 관한 다른 의견도 있는데요. 역사가 헤로도토스는 12신 중 한 명으로 헤라클레스를 언급합니다. 로마의 루키아노스는 헤라클레스와 아스클레피오스[15]를 포함하곤 누구를 뺄 것인지는 밝히지 않았습니다. 코스에선 헤라클레스와 디오니소스를 포함하면서 아레스와 헤파이스토스를 제외했습니다. 고대에 자주 등장하는 '12'라는 숫자는 고대 바빌론에서 통용되던 '12 천문 성좌도'와 관련이 있는데요. 올림포스에 12신이 있었듯 훗날 팔레스타인에서 그리스도로 인정된 예수에겐 12

15　의료의 신으로 아폴론의 아들로 설정되어 있다.

명의 제자가 있었습니다.

헤시오도스는 누구?

헤시오도스의 태생이나 삶은 잘 알려진 편입니다. 이오니아의 스미르나 출신이라는 정도만 알려진 호메로스와 다르죠. 헤시오도스는 기원전 7세기경 소아시아의 키메에서 태어나 무역업을 운영하던 아버지를 따라 보이오티아 지방에 정착해 살았습니다. 농사를 싫어하던 동생이 유력자에게 뇌물을 주고 자신의 상속분을 빼앗으려고 하자, 동생을 훈계할 목적으로 노동의 신성함을 설파하는 『일과 나날』을 쓰기도 했지요. 여기엔 최초의 여성 판도라와 더불어 프로메테우스[16] 관련 신화도 실려 있습니다. 그의 저작을 관통하는 한 가지 생각은 수많은 헬라인에게 큰 영향을 주었습니다. 헤시오도스의 생각을 한 줄로 요약하면 다음과 같습니다.

'제우스가 주관하는 세상에서 조화롭고 균형 있게 살아야 한다.'

참고도서
헤시오도스, 신들의 계보, 천병희 옮김, 도서출판 숲, 2007

---

16 인간에게 불을 주었다는 죄로 제우스에 의해 코카서스 산, 바위에 묶여 독수리에게 간을 쪼아 먹히는 벌을 받았다.

4

가장 대중적인 원전
아폴로도로스 신화집

우라노스하늘가 처음에 온 우주코스모스를 다스렸다. 그는 게땅와 결합하여 우선 팔이 백 개인 존재라 불리는 것들을 낳았다. 그들은 브리아레오스, 귀에스, 콧토스로서 크기에 있어서 능가할 이 없으며 힘에 있어서 으뜸 인 자들이었다. 그들은 팔이 백 개요, 머리는 각각 쉰 개씩이었다.

-『아폴로도로스 신화집』-

그리스로마신화

그리스로마신화를 쉽게 파악할 수 있는 책을 한권 추천해달라는 분이 가끔 있습니다. 시중에는 그리스로마신화 관련 서적만 해도 엄청나게 많이 나와 있기 때문이죠. 무엇부터 읽어야 할지 엄두가 나지 않기도 합니다. 대부분 국내 그리스로마신화 관련 서적은 19세기 말 토머스

불핀치와 20세기 조지프 캠벨 등 신화학자들에 의해 정리된 번역서를 토대로 합니다. 호메로스와 헤시오도스, 아테네의 3대 비극작가들, 오비디우스의 작품에서 그리스로마신화를 찾을 수 있지만 서로 일치하지 않는 내용도 더러 있습니다.

그런데 서양유럽학자로부터 전해 듣는 그리스로마신화는 다소 불편한 점이 있습니다. 오늘날의 그리스공화국 영역으로만 신화를 한정하려 한다는 겁니다. 그래서 지도가 없이 글만을 읽다보면 모든 사건이 아테네와 그 주변에서만 일어난 일인 듯 여겨집니다. 하지만 그리스로마신화는 헬라인이 활약했던 동서지중해 전역과 흑해 곳곳에서 일어난 일을 모아놓은 것입니다.

그리스로마신화는 고대 그리스인 즉, 헬라인의 종교이자 삶의 일부였습니다. 헬라인은 오늘날의 그리스공화국보다 훨씬 넓은 지역에서 살았습니다. 흑해의 동쪽 끝 콜키스에서부터 서쪽의 이베리아반도까지 헬라인이 개척한 도시가 있었는데요. 프로메테우스가 카프카즈 산맥 언덕에서 독수리에게 간을 쪼아 먹힌다는 것과 북아프리카 서쪽 끝의 아틀라스 산맥은 티탄이었던 아틀라스가 벌을 받고 있다는 신화가 그 증거입니다. 이탈리아 남부와 시칠리아에도 헬라스의 도시가 있었고요. 특히 빼놓을 수 없는 곳이 오늘날 튀르키예입니다. 달과 사냥의 여신 아르테미스가 모셔졌던 곳이 튀르키예 서부해안지역을 의미하는 이오니아였습니다. 미의 여신 아프로디테가 거품에서 태어난 곳은 키프로스 섬, 페르세우스와 메두사 이야기가 전개된 지역은 에게 해와 지중해 동쪽이었습니다. 그러나 19세기 서양인은 오스만제국이 차지하던 지역에 관해선 자세히 다루려 하지 않았습니다. 심지어 호메로스의 탄생지가 오늘날 튀르키예의 3대도시 이즈미르였다는 것, 헤로도토스와 신약성서의 기록자가 이 지역 언어[17]를 사용했다는 것도 잘 알려지지 않았죠.

아폴로도로스 신화집

근대 서양인에 의해 수집되고 해설된 그리스로마신화 말고 원전 중에서 쉽게 접할 수 있는 책이 없나? 라고 묻는다면 『비블리오테케도서관』를 소개해 드릴 수 있습니다. 아테네 출신 아폴로도로스가 신화와 영웅에 대해 포괄적으로 요약한 책이라 할 수 있습니다. 국내에는 『아폴로도로스 신화집』이란 이름으로 번역 소개되고 있는데요. 신화를 간결하고 체계적으로 정리한 게 특징인데, 산문 형식이라 비교적 쉽게 읽을 수 있습니다. 저자의 생애에 대해선 알려진 바가 없습니다. 2세기에 활약했던 아테네 출신 문법학자였다고 하지만 동명이인이라는 설도 있고요. 어쨌든 그는 당시까지 알려졌던 신화를 간략하게 정리해서 신화집을 펴냈습니다. 그리스로마신화를 원전으로 읽으려 한다면 이 책이 꽤 유용하다는 건 분명합니다.

17 표준 그리스어 또는 코이네라 부르며 아티케 방언과 이오니아 방언이 결합하여 만들어졌다.

아폴로도로스도 헤시오도스처럼 가이아와 우라노스 이야기부터 시작합니다. 우라노스에서 시작해 크로노스와 제우스로 이어지는 권력의 계보, 제우스가 거인들과의 전쟁을 거쳐 최종적으로 형제들과 세상의 권력을 나눠 가지는 과정을 설명합니다. 눈여겨 볼만한 사건은 인간을 멸하기 위해 제우스가 일으킨 홍수입니다. 권력자 제우스는 인간들이 도덕적으로 타락하고 신들을 존중하지 않자 분노하여 인류에 대한 처벌을 결정하는데요. 니네베의 고대 아시리아 유적지에서 발굴된 점토판에도, 구약성서의 「창세기」에도, 『아폴로도로스 신화집』에도 대홍수에 얽힌 이야기가 나온다는 점이 흥미롭습니다.

헤시오도스에 의하면 신이 창조하고, 인간이 살았던 다섯 시대가 있었습니다. 황금의 시대, 은의 시대, 청동의 시대, 영웅의 시대, 철의 시대로 구분합니다. 그중 황금의 시대가 가장 이상적이었는데 황금의 종족은 삶의 걱정도 고통도 몰랐으며 축제의 연속이었습니다. 이 종족은 늙지도 않고 죽음도 두려워하지 않았습니다. 창세기에서 말하는 에덴동산의 시대였다고 할 수 있죠. 두 번째 은의 시대는 앞의 시대보다 열등해졌고 신들이 다스리던 시대였습니다. 인간은 성장이 느렸고 성년이 되어선 어리석음 때문에 온갖 종류의 고통을 겪었습니다. 세 번째 청동의 시대는 인간이 무기를 사용하고 폭력에 열중했던 시대입니다.

이렇게 서로 싸우고 죽이는 혼돈의 시대를 만든 인간을 미워했던 제우스는 엄청난 비를 쏟아부어 지상을 홍수로 휩쓸어버리려 했습니다.

다만, 프로메테우스의 아들 데우칼리온과 그의 아내 퓌르라는 신성을 두려워하고 도덕적인 삶을 살았기 때문에 제우스의 동정을 받습니다. 엄청난 비가 쏟아졌고 모든 인간이 홍수로 사라져갈 때 데우칼리온과 퓌르라는 궤짝에 탄 채 9일 낮과 9일 밤 동안 이리저리 흘러갔습니다. 이윽고 궤짝은 신성한 산 파르나소스[18]에 닿았습니다.

비가 그치자 궤짝에서 나온 데우칼리온은 제우스에게 제사를 드렸고, 제우스는 헤르메스를 보내 소원을 들어주기로 했습니다. 인간들이 태어나길 바라기에 돌을 던지게 했는데 데우칼리온이 던진 돌은 남자, 퓌르라가 던진 돌은 여자가 되었습니다. 두 사람 사이에서도 아이가 태어났는데 첫째 이름은 헬렌이었습니다. 헬렌은 자기 이름을 따서 사람들을 헬레네스라고 불렀는데요. 그래서 헬라스 사람들은 자신을 헬렌의 후예라고 말했습니다. 오늘날 그리스의 정식 명칭은 헬레닉 공화국 Hellenic Republic 이랍니다. 그리스인은 프로메테우스의 후손이라고 말해도 틀리지 않습니다.

이어서 아폴로도로스는 영웅의 시대를 정리합니다. 페르세우스와 메두사 이야기, 이아손의 아르고 호 모험, 헤라클레스가 겪은 열두 번의 모험, 트로이 전쟁의 원인과 과정, 그리고 아킬레우스의 죽음과 목마에 관해 자세히 이야기합니다. 이 책에서 가장 재미있게 읽히는 부분이죠. 헬라인은 흑해 동쪽 끝부터 지중해 서쪽 끝까지 배를 타고 이동할 수

---

18 델포이 아폴론 신전이 있는 뒷산으로 아테네에서 차로 3시간 거리에 있다.

있는 지역을 활동 무대로 삼았습니다.

　유럽여행을 하는 분들은 그리스나 이탈리아에서 만나는 지중해의 맑고 깨끗한 물에 감탄합니다. 에게 해 한가운데 산토리니 섬을 둘러싼 청정 바다는 푸른빛을 띠며 아름다움을 뽐내죠. 우리나라 황해의 뿌연 바다와도 다르고 남해에서 느끼는 비릿한 바다 냄새도 거의 없습니다. 동글동글한 조약돌이 깔린 해변은 해수욕하며 놀기에 최적의 장소입니다. 그런데 이것이 좋기만 한 걸까요? 바다가 맑고 냄새가 없는 건 플랑크톤과 어류, 해조류가 적기 때문입니다. 어류와 해조류는 왜 적을까요? 바다에 무기물과 유기물이 부족하기 때문이고 이를 바다에 공급하는 땅이 척박하기 때문입니다.

　헬라스의 땅은 여름에는 뜨겁고 비가 거의 오지 않고 겨울이 되어야 적은 비가 내리므로 언제나 물이 부족하고 척박해 식량 생산이 어려웠습니다. 오늘날에도 밀과 보리가 재배되는 지역은 적고 올리브와 포도를 생산하는 곳이 대다수입니다. 이런 곳에선 생산품을 서로 바꾸는 교역을 하거나 다른 지역을 약탈해서 빼앗는 것이 일상이었습니다. 그래서 지중해의 폴리스들은 대부분은 바닷가에 위치하고 있었고 교역이나 약탈 원정이 그들의 주요 비즈니스였습니다. 그 과정에서 겪었던 수많은 전쟁과 모험을 영웅들의 이야기로 탈바꿈시켰다고 볼 수 있습니다.

이아손과 아르고 호의 모험

아르고 호의 모험은 트로이 전쟁이 벌어졌을 즈음, 이아손이 여러 영웅들과 함께 흑해 동쪽 끝 콜키스에 다녀온다는 이야기입니다. 1963년에 제작된 할리우드 영화 〈제이슨과 아르고나우트들Jason and the Argonauts〉은 아르고 호 원정이야기를 그 줄거리로 삼고 있습니다. 신화속 영웅 제이슨이 황금 양털을 찾기 위해 아르고 호를 타고 떠난 모험을 그리고 있죠. 영어권에서는 이아손을 제이슨이라 부르기 때문에 이런 이름이 붙여졌습니다. 콜키스는 오늘날 조지아 지역을 가리킵니다. 콜키스엔 흰 눈에 뒤덮인 카프카즈 산맥이 솟아 있고 프로메테우스가 절벽에 매여 독수리에게 간을 쪼아 먹히고 있다는 신화가 있죠. 제우스는 불을 훔쳐 인간에게 주었던 프로메테우스가 얼마나 미웠던지 당시 세상 끝으로 여겨졌던 곳에 처박아놓았던 겁니다. 바로 그곳으로 황금양털이라는 보물을 찾아 떠난 이들의 이야기가 아르고 호의 모험입니다. 이를 해석하면 '흑해 동쪽 풍요로운 땅, 콜키스를 약탈하기 위해 대규모로 편성된 부대와 이아손 대장이 다녀온 이야기'라고 할 수 있습니다. 트로이 원정의 아르고 호 편이라고 해도 좋겠습니다.

이올코스의 왕 펠리아스에게는 이아손이라는 조카가 있었습니다. 그는 조카에게 왕위를 뺏길 거라는 신탁을 받았습니다. 이에 펠리아스는 조카에게 "콜키스에 있는 아레스 숲으로 가서 용이 지키는 황금 양털 가죽을 가지고 오라."는 임무를 줬습니다. 그 의도는 조카에게 수행 불가능한 임무를 주어 그곳에서 싸우다 죽으라는 것이었죠. 하지만 영웅이란 죽음을 무릅쓰고 어려운 일을 기꺼이 수행하는 사람입니다. 힘든 난관을 만나더라도 이겨내고 돌아오는 인물에게 영웅이란 칭호를 붙일 수 있는 데요. 이아손도 그런 인물 중 한 명이었습니다.

이아손은 아테나의 조언에 따라 타고 갈 배를 만들고 '아르고 호'라고 이름 붙였습니다. 그리고 델포이 신전을 찾아 무녀에게 신탁을 청했는데 "헬라스의 가장 뛰어난 자들을 모아 항해를 떠나라."는 답을 얻었죠. 하여 오르페우스, 헤라클레스, 테세우스, 네스토르 등 50여 명의 영웅이 함께 떠났습니다. 이름으로만 보면 당시 유명했던 인물을 모두 모아 놓은 듯합니다. 아르고 호 이야기가 최종적으로 정리된 시기가 대략 1세기경이므로 당시 알려진 영웅들의 이름을 모두 넣은 것 같습니다.

아르고 호는 출항 후 여러 지역을 경유하며 우여곡절을 겪습니다. 렘노스엔 여인만 살고 있었기에 이아손과 영웅들은 평화로운 시간을 보낼 수 있었지만, 돌리오네스에선 치열한 전투를 벌여야 했습니다. 뮈시아에선 헤라클레스와 폴리페모스를 잃었죠. 그들이 섬에서 노닥거리는 사이 배가 떠나버렸기 때문이랍니다. 너무 유명한 영웅 헤라클레스와 외눈박이 폴리페모스는 대장 이아손이 다루기 어려워서 빼버리지 않았을까 싶습니다.

난관을 헤치며 동쪽으로 이동한 아르고 호는 콜키스에 당도합니다.

그러나 황금 양털이란 귀한 물건을 쉽게 구한다는 건 영웅에겐 어울리지 않죠. 콜키스의 왕이 이아손에게 "입으로 불을 내뿜는 황소들에게 멍에를 지우고, 용의 이빨을 땅에 뿌리면 황금 양털을 주겠다."며 과제를 냈습니다. 도저히 수행 불가능한 과제였으나 콜키스의 공주 메데이아가 이아손을 도왔고, 용의 이빨을 땅에 심자 거기서 스파토이라는 병사들이 뛰어나왔습니다. 과제를 끝냈지만, 왕은 황금 양털을 주기는커녕 원정대를 몰살시킬 음모를 꾸몄습니다. 결국 이아손과 메데이아는 약으로 용을 잠재운 후 황금 양털을 훔쳐 도망쳤지요. 이때 이아손은 메데이아에게 약속합니다, 고향에 가면 아내로 삼을 것이라고. 그들은 뒤쫓는 콜키스인을 따돌리기 위해 왕의 아들 압시트로스를 바다에 던졌습니다. 왕의 아들의 시신을 찾으려 시간을 허비하는 사이, 이아손 무리들은 콜키스를 탈출합니다.

아르고 호가 고향으로 돌아가는 길에서는 오뒷세우스의 귀향에 등장하는 에피소드가 다수 나옵니다. 포세이돈의 분노로 인한 폭풍우, 세이렌의 노랫소리, 떠다니는 바위와 소용돌이로 묘사되는 스킬라와 카륍디스를 헤쳐가야 했거든요. 흡사 오뒷세우스의 여정을 그대로 따라 지난 것처럼 묘사되는데요. 차이가 있다면 오뒷세우스의 귀향이 10년이 걸렸던 데 비해서 아르고 호는 4개월이 걸렸다는 것입니다. 10년이란 숫자가 오래된 시간을 의미하니 오뒷세우스는 고향에 가기 위해 많은 시간을 썼던데 비해 이아손은 그렇지 않았다는 걸 말해줍니다. 그런데 아르고 호의 귀향에 관한 경로를 지도 위에 그려보면 배가 육지를 넘어

가는 등 이상합니다. 오뒷세이아를 참조하다 보니 이상하게 변질된 게 아닐까 싶기도 하고요. 신화와 실제는 조금 다른 것이니 이해하고 넘어 가야겠습니다.

황금 양털을 갖고 돌아온 이아손은 어떻게 되었을까요? 이아손이 모험을 하는 동안 이올코스의 왕이자 삼촌인 펠리아스는 그의 가족들을 죽였는데요. 돌아와 이를 알게 된 이아손은 메데이아의 힘을 빌려 왕을 죽입니다. 하지만 이에 반발한 신하들과 백성들의 반란으로 두 사람은 그대로 머물 수 없어 항구도시 코린토스로 도망쳤고, 그곳에서 행복하게 살았습니다. 아들 둘까지 낳았다죠. 그러나 두 사람의 끝은 좋지 못했는데요. 코린토스의 왕 크레온이 이아손에게 딸을 주고 사위로 삼았기 때문입니다. 이에 메데이아는 화가 나 아테네의 왕 아이게우스와 결혼합니다. 그녀는 그곳에서 테세우스를 죽이려다 실패하고 고향 콜키스로 돌아갔다고 합니다. 그리스로마신화는 왜 이렇게 기구한 운명의 여인들을 만들어내는지 모르겠습니다.

페르세우스와 메두사

펠로폰네소스에는 아르고스라는 작은 도시가 있습니다. 이곳의 왕이었던 페르세우스에 관한 재미있는 신화가 있는데요. 그는 제우스의 아들이었고 위대한 업적을 남긴 영웅이었습니다. 제우스의 본 모습은 번개와 벼락입니다. 인간과 사랑을 나누기 위해서는 황소나 거위 등 다른 형체로 변신해야 했습니다. 가장 독특한 형체로 변신해서 낳은 자식이 페르세우스입니다. 황금비로 변한 제우스가 다나에의 몸에 들어가 페르세우스가 잉태되었기 때문이죠. 인간, 황소, 거위 등 동물로 변신했던 경우엔 육체적 사랑을 통해 자식을 낳을 수도 있습니다. 그런데 비가 되어서도 임신이 가능하다니! 그래서 훗날 헬라인 루카루카스가 복음서에서 성령으로 잉태한 존재에 대해 이야기할 때 사람들은 고개를 끄덕였던 걸까요?[19]

아르고스 왕 아크리시오스는 외동딸 다나에만 있고 아들이 없어서 신전에서 신탁을 얻고자 했습니다. 그런데 아들을 가질 수 없을 뿐 아니라 딸이 낳은 외손자에 의해 죽게 된다고 무녀가 말하는 것 아니겠습니까? 신탁은 절대 피할 수 없습니다. 아버지를 죽이고 어머니와 결혼할 거라는 신탁을 들은 오이디푸스도 그렇게 애썼지만 피할 수 없었지요. 신탁을 듣지 않았더라면, 신탁을 피하려 하지 않았더라면 운명이 달라졌을까요?

왕은 딸을 청동 탑에 가두었습니다. 남자를 만나지 못하면 아들을 낳지 못할 테니 가둬놓으면 되겠지, 라고 생각한 것이지요. 그런데 어느 날 딸에게 가보니 이렇게 말하는 것이었습니다.

---

19 「루카복음서」에는 처녀 마리아에게 천사가 찾아와 성령으로 잉태되었다고 말한다.

구스타프 클림트, 〈황금비의 유혹〉, 1907~1908, 캔버스에 유채, 개인소장

"아버지 저 임신했어요. 제우스가 황금비로 변신해 제 몸으로 들어왔기 때문에요."

딸의 황당한 말을 믿을 수 없었을 아버지. 그러나 달이 차니 정말 아들이 태어났습니다. 왕은 결국 딸과 외손자를 나무 궤짝에 넣어 바다에 띄워 보냈습니다. 차마 직접 죽이지는 못하고 흘러 다니다가 바다에 빠저 죽으라는 의미였겠죠. 하지만 신화에선 이런 경우 멀쩡하게 살아남아 누군가가 구해주죠? 바다를 떠돌다 세리포스 섬에 도달한 궤짝은 어느 어부에 의해 발견되었고 그 속엔 아이와 어머니가 있었지요. 아이는 자라서 페르세우스라는 이름을 가진 청년이 되었습니다.

한편 세리포스의 폴리덱테스 왕은 청년의 어머니를 연모하게 됩니다. 하지만 아들이 어머니를 지키고 있기에 함부로 할 수 없었지요. 그래서 왕은 페르세우스를 제거하기 위해 도저히 수행하기 어려운 힘든 과제를 내립니다. 메두사를 죽여 그녀의 목을 가져오라는 것이었죠. 본래 메두사는 머리카락이 아름다운 미모의 여자였는데, 아테나 신전에서 포세이돈과 사랑을 나누었기에 아테나 여신으로부터 저주받아서 머리칼이 뱀으로 변하게 되었는데요. 게다가 누구나 그녀의 얼굴을 보면 돌로 변하게 만드는 괴력까지 지니게 되었습니다. 페르세우스는 메두사를 잡아 오기 위해서 신들의 도움이 절실했는데요. 그가 도움을 받은 도구들은 이렇습니다.

- **아이기스** 방패: 아테나로부터 빌린 방패로 다른 편을 비추되 흐릿하게 반사되도록 만들어져 있다. 거울처럼 선명하면 메두사와 눈이 마주치자마자 돌이 되기 때문이다.
- **탈라리아** 신발: 헤르메스로부터 빌린 날개 달린 신발로 하늘을 마음대로 날 수 있다.
- **퀴네에** 투구: 하데스로부터 도움 받은 투구로 착용하면 모습이 보이

지 않게 된다.

- **키비시스**주머니: 헤라 또는 헤스페리데스의 마법 주머니로 메두사의 머리에는 수많은 독사들이 달려 있고, 눈을 마주치면 돌로 변하기 때문에 안전하게 주머니에 넣어야 한다.
- **하르페**낫: 헤르메스가 준 강철 낫으로 모든 것을 벨 수 있다.

그리스로마신화에는 여인이 괴물로 종종 등장합니다. 오뒷세우스가 만난 세이렌, 스킬라와 카립디스를 비롯하여 괴물은 아니지만 여전사 집단 아마존족도 있었죠. 남성우월주의 사회에서 만들어진 신화이기에 여성을 괴물로 만드는 못된 버릇이 있었습니다. 튀르키예의 이스탄불에 가면 '예레바탄 사라이'라는 물 저장고가 있습니다. 로마제국 시절 비상시에 쓸 물을 저장해 두던 곳인데요. 이곳에서 가장 안쪽으로 들어가 보면 기둥 아래에는 메두사의 얼굴이 조각된 돌이 거꾸로 세워져 있습니다. 그녀의 기운을 누르려고 그랬을까요? 그만큼 메두사가 무서운 존재였다는 의미로 해석할 수 있습니다.

이제 페르세우스는 메두사를 잡으러 갈 준비가 되었습니다. 메두사를 포함한 고르곤 자매는 어디에 있었을까요? 페르세우스는 그라이아이 세 자매[20]로부터 고르곤 자매의 거처를 알아냈습니다. 그리고 고르곤 자매가 사는 동굴로 들어가 퀴네에투구로 자기 모습을 감추고, 아이

---

20 데이노, 에니오, 펨프레도라는 이름을 가진 자매로 하나의 눈과 젊어지는 이빨 하나를 서로 돌려쓰고 있었다고 한다. 여자이며 노인 3명이라는 의미다.

메두사의 얼굴이 있는 기둥, 이스탄불 예레바탄 사라이(지하궁전) ⓒ안계환

기스 방패를 거울로 활용해 하르페낫로 메두사의 목을 잘랐습니다. 그리고 재빨리 키비시스주머니에 넣고 빠져나왔지요. 이때 메두사가 흘린 피에서 날개 달린 말 페가수스와 황금 칼을 가진 크리사오르가 태어났답니다.

안드로메다를 구하다

신들의 도움으로 메두사를 처치한 페르세우스가 헤르메스의 신을 신고 날아가던 중 에티오피아[21] 바닷가에서 쇠사슬에 묶여있던 안드로메다 공주를 발견했습니다. 그녀가 바닷가에 묶여있던 이유는 어머니 때

---

21 그리스어로 '검은 얼굴의 사람들이 사는 땅'이란 의미. 그리스인들은 흑인들이 나일 강 상류와 아프리카의 뿔 일대에 산다고 생각했다. 오늘날의 에티오피아라는 나라 이름이 생기게 된 이유다.

문이었습니다. 어머니 카시오페이아 왕비가 아름다움을 뽐내다가 바다의 님프들을 화나게 했고, 님프들은 괴물을 보내 에티오피아를 괴롭혔습니다. 이 때문에 아버지 케페우스 왕이 신탁을 청하고 보니 딸을 괴물에게 바쳐야 한다는 무녀의 대답을 듣게 됩니다.

묶여있는 안드로메다를 발견한 페르세우스는 우선 그녀의 부모를 찾아갔습니다. 그리곤 괴물을 죽이고 딸을 구하면 그녀와 결혼하게 해준다는 약속을 받아냈지요. 그녀에게 돌아왔을 때, 마침 괴물이 안드로메다에게 다가오는 중이었습니다. 페르세우스는 몇 번 괴물과 싸우다가 만만치 않음을 알게 되었고, 결국 비장의 무기였던 주머니에 있던 메두사의 머리를 쳐들었죠. 목이 잘린 상태에서도 메두사의 마력은 사라지지 않았던 겁니다. 그렇게 괴물은 돌이 되었고 페르세우스는 안드로메다를 구출했습니다.

페르세우스는 안드로메다와 결혼식을 올리고 고향 세리포스로 돌아왔습니다. 그리고 자신이 없는 사이 폴리덱테스 왕이 어머니에게 구혼하며 위협했다는 사실을 알게 되었죠. 다음 수순은 왕에게 메두사의 머리를 보여주는 것! 왕은 돌이 되었고 왕위는 오래전 자신과 어머니를 구해주었던 어부에게 돌아갔습니다. 페르세우스는 자신이 보관하기에는 메두사의 머리가 너무 위험하다고 판단해 아테나에게 주었고 아테나는 아이기스 방패에 붙여 장식했습니다. 사람들은 아테나와 메두사에 얽힌 이야기를 워낙 잘 알기에 방패를 꽤 많이 만들었습니다. 이 때문에 유럽 박물관에는 메두사의 미리가 박힌 방패를 발견할 수 있답니다.

한편 아르고스의 왕 아크리시오스는 외손자 페르세우스가 자신을 만나러 온다는 소식을 듣고 예언이 이루어질까 두려웠습니다. 그래서 왕위를 버리고 북쪽 테살리아 지방으로 도망쳤습니다. 페르세우스는 안드로메다를 왕비로 삼아 아르고스와 미케네의 왕이 되었지요. 이후 라리사 지방에서 열린 경기에 참가한 페르세우스가 원반을 던졌는데, 갑자기 부는 바람에 원반이 관중석으로 날아갔습니다. 그런데 운 없게도 한 노인이 원반에 맞아 죽고 말았지요. 그 노인이 바로 외할아버지 아크리시오스였습니다. 결국 신탁은 이렇게 이루어지게 되었던 겁니다.

헤라클레스, 억울하게 죽어 신이 된 사람

서양인은 어떤 사건이 벌어지면 문제 해결에 가장 큰 역할을 한 영웅을 찾습니다. 그리고 그녀의 영웅적 행위를 추앙하고 귀감으로 삼지요. 이런 영웅주의의 대표인물은 튀린스라는 도시의 왕이었던 '헤라클레스'입니다. 유럽 박물관에 가보면 '사자 가죽을 뒤집어쓰고 몽둥이를 든 벌거숭이'를 자주 만나게 됩니다. 서양인에게 헤라클레스는 매우 친근한 인물입니다. 남자 아이들은 헤라클레스 이야기를 들으며 자라죠. 젊어서부터 열심히 몸을 가꾸고 성인이 되면 집을 떠나 위대한 일을 해야 한다는 정신을 갖게 됩니다. 비록 그 과정에서 죽을 고비를 넘어야 할 수도 있지만 남자라면 그런 삶을 살아야 한다고 교육받고 있는 것입니다.

헤라클레스는 제우스와 인간 여인 알크메네 사이에서 태어났습니다. 그리스로마신화에서 신들 사이에서 태어난 자식은 신이 되고, 신과 인간 사이에서 태어난 자식은 사람이 되는데요. 특히 어머니의 신분이 중요합니다. 그런데 가끔은 예외적인 예외적 인물이 등장하는데, 디오니소스와 헤라클레스가 대표적입니다. 제우스와 세멜레 사이에서 태어난 디오니소스는 올림포스 12신의 반열에 올랐고, 헤라클레스는 살아서

휴식을 취하고 있는 헤라클레스, 나폴리 국립 박물관 ⓒ안계환

인간이었지만 죽어서는 신이 되었습니다.

제우스는 너무 바빠서 자기 대신 일해 줄 아들을 원했습니다. 그런 아들을 낳아줄 여인을 찾다가 알크메네가 눈에 띄었죠. 하지만 그녀에 겐 남편 암피트리온이 있었습니다. 마음에 둔 여인이 유부녀라도 제우스는 개의치 않습니다. 제우스는 암피트리온의 모습으로 변신하여 접근했습니다. 그녀는 남편으로 변신한 제우스와 관계를 갖고, 다음날 전쟁에서 돌아온 진짜 남편과도 관계를 맺으면서 쌍둥이를 임신하게 되었습니다. 옛날에는 한 여자가 두 남자와 연달아 관계하면 쌍둥이를 낳는다고 여겼던 건데요. 쌍둥이 중 한 명은 제우스의 아들 헤라클레스이고, 다른 한 명은 암피트리온의 아들 이피클레스입니다.

제우스가 인간 아들을 얻자 질투심 많은 헤라 여신이 가만히 있을 리 없죠. 헤라클레스와 이피클레스가 8개월쯤 자랐을 무렵, 헤라는 이들을 죽이기 위한 음모를 꾸몄습니다. 아이들이 자는 침대로 독사를 보냈던 건데요. 이때 이피클레스는 놀라 울어댔지만 헤라클레스는 뱀의 목을 졸라 죽여 버렸답니다. 헤라클레스의 이야기엔 헤라 여신의 어두운 그림자가 어른거립니다. 때문에 헤라클레스는 힘세고 어려움에 굴복하지 않는 용기도 가졌지만, 헤라 때문에 난폭하고 급한 성질도 갖게 되었죠.

① 결혼과 원죄
헤라클레스는 자라는 동안 의붓아버지 암피트리온으로부터 말타기,

격투기, 검술, 궁술 등을 배우게 됩니다. 한껏 성장하던 무렵, 오르코메노스의 왕이 테베로 쳐들어갔습니다. 테베의 왕은 이웃 나라 암피트리온 왕에게 구원을 요청했는데, 암피트리온은 헤라클레스가 사자도 때려잡을 만큼 성장한 것을 알고 함께 전장으로 나갔죠. 헤라클레스는 테베 군대가 대승하는데 큰 기여를 했습니다. 테베의 왕은 헤라클레스를 치하하며 큰딸 메가라와 결혼시켰고 두 사람 사이에 3명의 아이가 태어났습니다. 이때부터 헤라의 저주가 본격적으로 시작됩니다. 헤라클레스의 가정을 보자 질투심이 일었던 헤라는 헤라클레스에게 광기를 불어넣었는데요. 이 때문에 헤라클레스의 눈에 부인은 암사자로 보이고 아이들은 하이에나로 보였답니다. 사랑하는 부인과 아들 셋을 죽인 후에야 정신 차리고 가슴 치며 통곡했지만 돌이킬 수는 없었습니다.

② 헤라클레스의 12가지 모험

헤라가 일으킨 광기로 저지른 일이었지만, 사랑하는 아내와 자식을 죽였다는 죄의식에 사로잡힌 헤라클레스는 델포이 신전으로 가서 신탁을 청했습니다. 아폴론 신전의 무녀가 주는 신탁은 아리송한 메시지로 유명한데, 이때는 아주 명쾌한 답을 내려줍니다.

"사촌이자 미케네와 튀린스의 왕인 에우리스테우스를 찾아가서 그의 말을 들으라."

사실 에우리스테우스는 헤라 여신이 써먹기 위해 출생을 조작한 인물입니다. 해산달이 차지 도 않았는데 먼저 출생하게 해서 사촌 동생 헤라클레스를 조종할 수 있었죠. 천성적으로 소심한 에우리스테우스는 헤라클레스가 찾아와 세상의 난제를 해결해주겠다고 하니까 겁이 덜컥 났습니다. 헤라클레스의 명성이 높아져 자기 왕위를 빼앗을까 두렵기도 했습니다. 그래서 인간으로선 도저히 이룰 수 없는 과제만 골라주었는데요. 헤라클레스를 멀리 보내 다시 보고 싶지 않은 마음도 있었을 겁니다. 그는 열두 과업을 모두 수행한다면 헤라 여신을 통해 헤라클레스의 죄를 씻어 주겠다고 약속했습니다. 이렇게 헤라클레스의 열두 과업이 시작됩니다.

헤라클레스의 열두 과업은 조금 헷갈리긴 한데 이를 두 그룹으로 묶으면 쉽게 외울 수 있습니다. 앞에 나오는 여섯 가지는 테베를 중심으로 펠로폰네소스 반도에서 일어난 일이고, 뒤의 여섯 가지는 세상 밖의 일입니다. 처음 나오는 두 가지는 무기를 마련하는 일, 세 번째부터 여섯 번째까지는 농업에 얽힌 문제를 푸는 일, 일곱 번째부터는 남, 북, 동, 서의 순서로 세상을 다니며 일을 수행하는 일, 그리고 나머지 두 번은 세상의 끝과 저승에 다녀오는 일이었습니다.

첫 번째 과업은 사자 가죽을 얻는 일부터 시작합니다. 네메아 마을에 사람을 해치는 사자가 있었는데 가죽이 얼마나 두껍던지 웬만한 무기론 뚫을 수 없었습니다. 헤라클레스는 사자 동굴로 찾아가 목을 졸라 죽여 버렸답니다. 그러고 그 가죽을 벗겨 늘 쓰고 다니는 갑옷으로 삼왔죠.

두 번째 과업은 아르고스 늪지대에 사는 머리 아홉 달린 뱀, 히드라를 죽이는 것이었습니다. 그런데 특이하게도 머리 중 하나는 절대로 죽지 않고, 나머지 여덟 개는 잘리면 두 개가 새로 생기는 거였습니다. 게다가 살갗에 닿으면 즉사시키는 무시무시한 독도 있었죠. 머리를 칼로 베어도 계속 살아나자 헤라클레스는 친구 이올라오스의 도움을 구하는데요, 헤라클레스가 머리를 베면 이올라오스가 새로운 머리가 나오지 않도록 즉시 불로 지져서, 결국 히드라를 제거했습니다. 헤라클레스는 독을 채취하여 필요시 화살촉에 묻혀 사용하게 되었답니다.

세 번째 과업부터는 펠로폰네소스의 농업 문제를 해결하는 일이었습니다. 농사를 짓던 이들에게 아주 골치 아픈 동물들이 있었는데요. 케이네이아에서는 사슴이, 에리만토스에서는 멧돼지가, 스튐팔로스 호수에선 새가 농사를 망쳐놓았죠. 헤라클레스는 엄청난 힘으로 이들을 처리했고 세 번째, 네 번째, 그리고 여섯 번째 과업도 해결했습니다. 가장 재미있는 건 다섯 번째 과업, 외양간 치우기였습니다. 아우게이아스라는 사람이 3,000마리 소를 기르는데 30년 동안 치우지 않아서 배설물이 산더미같이 쌓여 있었습니다. 헤라클레스는 양쪽 외양간 벽을 허물고 가까이 흐르던 강물을 끌어들여 배설물을 쓸어내려 버렸지요. 농사를 지으면 온갖 어려움이 닥칩니다. 새 떼가 곡식을 먹고, 사슴과 멧돼지가 농작물을 망치고…, 이런 걸 해결한 영웅이 헤라클레스라니? 재밌는 신화입니다.

헤라클레스는 이제 테베를 중심으로 남북동서의 순서로 국외 과업을 수행합니다. 먼저 남쪽의 크레타에 가서 황소를 잡습니다. 크레타의 황소는 그리스로마신화에서 두 차례 등장합니다. 하나는 에우로페를 납치한 황소[22]고 또 하나는 파시파에와 교접한 황소[23]입니다. 파시파에의 황소가 세상을 골치 아프게 하자 헤라클레스가 잡아 죽였습니다.

여덟 번째 과업은 북쪽으로 가서 디오메데스의 말을 잡아 오는 것이 었습니다. 디오메데스의 암말 네 마리가 사나워 강철로 만든 고삐와 사슬로 묶어둬야 할 정도였는데, 사람고기를 즐겨 먹었기에 피해가 더욱 컸습니다. 헤라클레스는 말들을 하나씩 고삐로 묶어 붙잡았죠. 디오메데스는 말을 훔친 헤라클레스를 쫓다가 죽고, 그의 시신을 먹이로 주자 말들의 성질이 가라앉고 온순해졌답니다.

---

22 지중해 동쪽 레반트 땅에 에우로페라는 여인이 있었는데 이를 눈여겨본 제우스는 황소로 변신했다. 잘생긴 황소를 본 에우로페는 황소의 등에 탔고 황소는 에우로페를 태운 채 바다를 건너 크레타 섬으로 갔다. 그 곳에서 에우로페는 아들을 낳았는데 그가 바로 크레타의 왕이 되는 미노스다. 에우로페에서 유럽이라는 이름이 나오게 되었다.
23 파시파에는 미노스의 왕비였고 미노스는 바다의 신 포세이돈의 도움으로 왕이 될 수 있었다. 오만해진 미노스는 포세이돈에게 제사를 잘 올리지 않자 이를 괘씸히 여긴 포세이돈은 잘 생긴 황소 한 마리를 보냈고 파시파에가 그 황소에게 성적으로 끌리게 만들었다. 하지만 인간이 황소와 정상적 방법으로 교접할 수는 없는 일, 파시파에는 다이달로스를 불러 자신의 고민을 해결해 달라고 하였고 다이달로스는 암소 모양의 커다란 모형을 만들고 이를 통해 황소와 파시파에는 교미를 하게 된다. 이때 임신한 파시파에에게서 태어난 아들이 머리는 소이고 몸은 인간인 미노타우르스다.

아홉 번째 과업은 동쪽의 아마존족[24] 여왕 히폴리테의 허리띠를 가져오는 일이었습니다. 전쟁의 신 아레스의 딸 히폴리테는 아레스가 선물한 마법의 허리띠를 갖고 있었습니다. 멀고 먼 아마존족 나라까지 간 헤라클레스는 여왕의 허리띠를 얻으려 했지만 히폴리테와 여전사들이 순순히 줄 리 없었죠. 그들은 헤라클레스와 동료들을 공격했고 결국 헤라클레스는 그들을 죽이고 허리띠를 빼앗았습니다.

열 번째 과업은 서쪽으로 가서 게리오네스의 소 떼를 몰고 오는 일이었습니다. 게리오네스는 몸과 머리가 셋인 괴물이었는데 많은 소를 소유하고 있었죠. 헤라클레스는 소를 지키는 개를 먼저 몽둥이로 때려죽이고, 뒤늦게 쫓아와 덤비는 게리오네스도 죽였습니다. 그리곤 소 떼를 몰고 오던 중 지브롤터 해협을 마주 보는 이베리아반도와 모로코에 각각 기둥을 세웠는데 이를 '헤라클레스의 기둥'이라 불렀답니다.

열한 번째 과업은 세상 끝으로 가서 황금 사과를 훔쳐 오는 것이었습니다. 이번엔 티탄족 아틀라스와의 두뇌 싸움이 전개되는데요. 황금사과는 대지의 여신 가이아가 제우스의 아내 헤라에게 결혼 선물로 줬던 것으로 세상 끝에 사는 밤의 요정 헤스페리데스가 지키고 있었습니다. 그곳은 아틀라스가 하늘을 지고 있는 정원으로서 사과를 딸 수 있는 자는 아틀라스뿐이었습니다. 헤라클레스가 사과를 따달라고 부탁하자 아

---

24 아마존이란 말의 뜻은 유방이 없다는 뜻이다. 아마존족은 흑해 중부의 어느 곳에 살고 있었다고 알려지는데 여자들로만 구성된 전사의 종족이었다. 여전사들은 활을 쏘기 위해 방해가 되는 오른쪽 유방을 제거했기 때문에 아마존이라고 불렸다고도 한다.

틀라스는 하늘을 대신 짊어지고 있어 달라고 했습니다. 아틀라스는 자신이 평생 해왔던 업보를 헤라클레스에게 넘기려고 했던 것이죠. 헤라클레스는 하늘을 대신 짊어졌지만, 황금 사과를 손에 넣은 후 어깨가 아파서 사자 가죽을 두를 수 있도록 잠시 하늘을 지고 있어 달라고 아틀라스에게 부탁합니다. 아틀라스가 수락하고 하늘을 지자 헤라클레스는 황금 사과를 갖고 도망쳐 버렸죠.

열두 번째 과업은 저승을 지키는 괴물 케르베로스를 데려오는 일이었습니다. 헤라클레스는 저승을 다스리는 하데스에게 자초지종을 설명하고 케르베로스를 데려가고 싶다고 말했습니다. 하데스는 무기를 전혀 사용하지 않고 뱀의 꼬리에 개의 머리가 셋 달린 케르베로스를 제압한다면 데려가도 좋다고 했죠. 헤라클레스는 자신의 힘만으로 케르베로스를 제압했습니다.

③ 억울하게 죽었고 신이 되었다

헤라클레스는 성공적으로 열두 과업을 모두 완수했습니다. 이로써 아내와 아이들을 죽인 죄를 용서받을 수 있었지요. 하지만 그는 인간이었기에 죽을 수밖에 없는 운명이었습니다.[25] 재혼한 데이아네이라와의 생활은 나쁘지 않았습니다. 그러나 그의 아버지 제우스로부터 물려받은 바람기는 멈출 수 없었죠. 참지 못한 데이아네이라가 네소스의 독을 숨기고 있다가 잠든 헤라클레스의 옷에 묻혔습니다. 그러자 헤라클레

---

25 신의 아들로 태어났어도 신의 음식 암브로시아와 음료 넥타르를 먹지 못하면 죽을 운명이었다.

스의 온몸에 독이 퍼져 열이 나고 옷이 피부에 달라붙어 벗을 수도 없었죠. 짓무른 몸을 이끌고 신전을 찾아간 헤라클레스는 불 속으로 뛰어들어 아버지 곁으로 돌아가라는 신탁을 받습니다. 헤라클레스는 오이타 산정에 장작을 쌓은 후 그 위에 올랐습니다. 지나가던 필록테테스가 불을 붙여주었고 헤라클레스의 육체는 불 속으로 사그라져갔습니다. 제우스는 아들의 영혼을 올림포스로 끌어올려 오른쪽에 앉혔는데요. 헤라클레스는 죽어서 신이 되었습니다.

헤라클레스는 인간의 몸으로 태어났지만, 사후 신의 반열에 오른 사례입니다. 『오뒷세이아』에서는 헤라클레스의 영혼이 하데스에서 살고 있는 것으로 나오지만 후대인들은 그가 올림포스에 있는 것으로 봤습니다. 제우스의 아들이며 위대한 업적을 행한 영웅이니 충분히 신이 될 만한 자격을 갖추었다고 생각한 것일까요? 재밌는 것은 헤라클레스가 올림포스에서 거주하게 된 것을 헤라가 인정했다는 겁니다. 죽도록 고생시킨 게 미안해서였을까요? 같은 공간에서 거주하는 것을 넘어 자기 딸 헤베와 결혼시켰다고 하는데요. 헤베는 제우스와 헤라 사이에서 난 딸로서 신들에게 불사의 음료 넥타르를 나르는 여신입니다.

참고도서
아폴로도로스 신화집, 강대진 옮김, 민음사, 2005

5

로마의 건국신화
아이네이스

무기들과 한 전사를 나는 노래하노라.

그는 운명에 의해 트로이아의 해변에서 망명하여

처음으로 이탈리아와 라비니움의 해안에 닿았노라.

육지에서나 바다에서나 하늘의 신들의 뜻에 따라

숱한 시달림을 당했으니

잔혹한 유노가 노여움을 풀지 않았기 때문이다.

그는 전쟁에서도 많은 고통을 당했으나

마침내 도시를 세우고 라티움 땅으로 신들을 모셨으니

그에게서 라티니족과 알바의 선조들과

높다란 로마의 성벽들이 생겨났던 것이다.

- 베르길리우스, 『아이네이스』 -

로마 사람이 쓴 트로이 전쟁 이후 이야기

헬라인의 문화이자 종교였던 그리스신화가 로마신화로 이어진 건 로마 시인 베르길리우스와 오비디우스의 역할이 큽니다. 로마는 이탈리아반도 중부 작은 마을에서 출발해 점차 반도의 남쪽으로 세력을 넓히면서 헬라인을 만나게 됩니다. 그리고 헬라인으로부터 여러 문화를 들여오는데, 가장 중요한 것이 신들이었습니다. 로마인은 자신들의 신이던 유피테르를 제우스와, 유노는 헤라와 동일시했습니다. 피정복민의 문화도 자신들의 것으로 가져오는 열린 사고를 가진 로마인이기에 가능한 일이었죠.

이탈리아 반도 전체를 영유하고 지중해의 패권을 쥐느라 정신없던 시간이 지나자 이젠 국가의 정체성을 확립해야할 필요가 생겼습니다. 이웃나라를 정복하고 영토를 넓히던 정복국가가 이젠 지역의 패권국가로서의 권위가 필요한 시기가 되었던 거죠. 마리우스, 술라, 카이사르, 폼페이우스 등 쟁쟁한 지도자 간의 치열한 다툼 후, 아우구스투스의 원수정元首政이 시작되었으니 문화적 우월성도 갖추고 있어야 했습니다. 기원전 70년에 북이탈리아 만토바 근교에서 태어난 베르길리우스는 로마의 건국 신화를 담은 서사시 『아이네이스』를 펴냈는데요. 로마는 훌륭한 조상을 둔 나라라는 이미지를 국민들에게 보여주고 싶은 의도가 컸을 겁니다.

『아이네이스』에 등장하는 에피소드는 트로이 전쟁 이후 영웅의 귀환에 관한 것인데, 전체 귀환 경로는 『오뒷세이아』를 카피한 것처럼 보일 정도로 매우 비슷합니다. 그리고 헬라어가 아닌 라틴어로 쓰였기에 당시 로마인과 중세시대, 근대 유럽인에게까지 많은 사랑을 받을 수 있었죠. 피렌체의 시인 단테는 베르길리우스를 얼마나 사랑했던지 그를 '라틴의 영광'이라고 부르며 『신곡』에서 그를 지옥과 연옥의 안내자로 설정했습니다. 예수 탄생 이전 사람인 베르길리우스를 천국에 두지는 못했지만, 상당히 높은 위치에 올려놓았죠. 『아이네이스』는 로마제국의 영광을 드높일 목적으로 아우구스투스 황제의 후원을 받아 제작되었는데요. 일종의 국가사업으로 만들어진 어용 신화라 할 수 있습니다.

『아이네이스』는 아이네이아스가 카르타고의 디도 여왕에게 들려주는 트로이 전쟁 후반의 이야기부터 시작됩니다. 왜 후반일까요? 『일리아드』에선 트로이 전쟁의 끝을 알려주지 않은 채 헥토르의 장례식을 끝으로 마무리되었기 때문입니다. 아킬레우스가 화살에 맞아 죽는 장면, 오뒷세우스에 의해 목마가 만들어지는 장면, 목마에 음모가 숨어있다고 절규하던 라오콘 부자의 이야기도 나오지 않습니다. 베르길리우스는 『일리아드』만으로는 부족한 트로이 전쟁의 전말을 『아이네이스』를 통해 알려주려고 의도하지 않았을까 싶습니다.

아프로디테의 아들 아이네이아스

아이네이아스는 불타는 트로이아를 뒤로하고 다리가 불편한 아버지를 어깨에 맨 채 떠났습니다. 그는 트로이 왕족 안키세스와 사랑의 여신 아프로디테 사이에서 태어난 아들이었습니다. 5세까지 이다 산에서 요정들에 의해 양육된 후 아버지가 트로이아로 데려와 길렀습니다. 트로이 전쟁에서 사촌 헥토르를 도와 혁혁한 공도 세웠죠. 죽을 고비에선 어머니 아프로디테의 도움을 받기도 했습니다. 아킬레우스와 결투를 벌였을 때는 포세이돈의 도움을 받았습니다. 한마디로 신의 사랑을 듬뿍 받은 남자라 할 수 있는데요. 그럼에도 트로이아의 멸망은 막을 수 없었고, 결국 조국을 등지고 도망칠 수밖에 없었습니다.

아이네이아스는 트라키아와 마케도니아 연안을 거쳐 하피 섬에서 하피들과 한바탕 싸우기도 하고, 헥토르의 아내였던 안드로마케와 헥토르의 동생 헬레노스도 만나기도 했습니다. 안드로마케는 아킬레우스의 아들에 의해 노예가 되었다가 주인이 죽자 해방되어 나름 잘살고 있었는데요. 아이네이아스는 북아프리카에 위치한 카르타고를 지배하던 여왕 디도를 만나게 됩니다. 디도는 본래 페니키아의 왕녀로서 쉬카이우스와 결혼했는데, 오빠인 피그말리온이 남편을 죽이고 왕권을 차지하자 서쪽으로 도망쳐 카르타고를 통치하고 있었습니다.

아이네이아스는 디도와 사랑에 빠졌고 몇 달을 함께 삽니다. 디도는

피에르 나르시스 게랭, 〈디도 여왕과 아이네이아스〉, 1815년 작

아이네이아스와 카르타고를 공동통치할 생각까지 하죠. 트로이아 용사
의 힘을 빌려 왕위를 굳건하게 만들고 싶은 마음도 있었습니다. 하지만
신이 아이네이아스에게 내려준 사명은 라티움에 새 나라를 세우는 것
이었는데요. 신의 전령 메르쿠리우스[26]가 아이네이아스에게 명령을 내
립니다. 카르타고를 떠나라고 말이지요. 아이네이아스는 신의 뜻에 따
라 병사들과 출항 준비를 했고 이를 알게 된 디도는 몹시 실망해 이런
말을 남기고 자살합니다.

26 그리스신화에서는 헤르메스다.

"지금도 앞으로도 우리에게 그럴 힘이 생길 때마다 해안과 해안이 대결하고, 바다가 바다와 대결하며, 무구와 무구들이 대결할지어다. 두 민족은 그들 자신은 물론이고 그들의 자손들과도 서로 싸울지어다."[27]

아이네이아스가 세우게 될 '로마'와 디도의 나라 '카르타고'가 향후 오랫동안 싸움을 벌일 것을 예견한 듯 한 말입니다. 역사의 시간으로 보면 아이네이아스가 북아프리카에 머물렀을 기원전 12세기경에는 카르타고가 존재하지 않습니다. 하지만 기원전 1세기경의 로마 시인 베르길리우스에게는 카르타고와 얽힌 이야기가 필요했습니다. 뒤에 나오지만 로마와 카르타고는 120년 넘는 기간 동안 3차에 걸쳐 치열하게 싸웁니다. 그래서 베르길리우스는 '아이네이아스와 디도가 서로 사랑했지만 헤어질 수밖에 없는 운명이었고 그 결과 후손들은 오랜 기간 싸울 수밖에 없었다.'라는 이야기를 창작했던 것입니다.

아이네이아스는 시칠리아를 거쳐 이탈리아 해안선을 거슬러 오르다 라티움 지방에 상륙했습니다. 그곳은 라티누스가 다스리는 땅이었고 아이네이아스는 경쟁자 투르누스와 치열한 싸움을 벌이게 됩니다. 이때 올림포스의 왕[28]이 금빛 구름에서 전투를 내려다보며 유노[29]와 이야기를 나눕니다.

---

27 아이네이스, p645
28 제우스, 로마에서는 유피테르다.
29 그리스신화에선 헤라다.

"부인, 이러다가 어떻게 결말이 날까요? 아직도 그대가 할 일이 남았나요? 그대도 알고 있고, 또 알고 있다고 시인하듯이 아이네이아스는 조국의 영웅으로 하늘의 부름을 받았고, 운명에 의해 별들로 올려질 것이오. 그런데 신이 인간의 손에 폭행과 부상을 당하는 것이 과연 옳은 일일까요?"[30]

한마디로 아이네이아스는 헤라클레스와 비슷한 사람이라는 겁니다. 나중에 신이 될 인물이 인간들과 싸울 필요가 있겠느냐고 하는 거죠. 결국 아이네이아스는 신의 도움으로 투르누스를 무찌릅니다. 아프로디테가 구해준 무구를 입었기 때문이었는데요. 아킬레우스의 무구처럼 대장장이 신 헤파이스토스가 만들어준 강력한 무장이었습니다. 결국 아이네이아스는 라티움을 차지했고 이후 생긴 도시가 라비니움인데 로마의 전신이 되었습니다.

역사를 시간 순으로 따져보면, 아이네이아스는 로마 건국과 별 상관이 없어 보입니다. 트로이 전쟁 시기가 대략 기원전 12세기고 로마 건국은 기원전 8세기이기 때문입니다. 하지만 기원전 1세기 로마인은 자국 역사의 시작을 트로이에서 출발한 영웅으로부터 시작되었다고 말하고 싶었습니다. 사랑의 신 '비너스의 후예'이자 전쟁의 신 '마르스의 후예'에 의해 창건되었다고 자랑하고 국가의 권위를 높이고 싶었기 때문입니다. 로마의 초대 황제 아우구스투스는 이런 건국 신화를 널리 퍼뜨

30 아이네이스, p432

려 자신과 국가의 권위를 높일 목적으로 베르길리우스에게 『아이네이스』를 짓도록 지원했던 것입니다.

참고도서
베르길리우스, 아이네이스, 천병희 옮김, 도서출판 숲, 2007

6

고대인의 의식체계
변신 이야기

바다도 대지도 만물을 덮는 하늘도 생겨나기 전 자연은

세상 어디서나 똑같은 모습을 하고 있었다.

그것을 카오스라 하는데, 그것은 원래 그대로의 정돈되지 않은 무더기로

생명 없는 무게이자 서로 어울리지 않는 사물의 수많은

씨앗이 서로 다투며 한 곳에 쌓여 있는 것에 지나지 않았다.

– 오비디우스,『변신 이야기』–

오비디우스는 누구인가?

로마 시인 오비디우스가 서기 8년에 쓴『변신 이야기metamorphoses』
는 온갖 신화와 전설을 모은 15권 200여 편의 이야기책입니다. 우리가
아는 그리스로마신화의 재미있는 이야기 상당 부분이 이 책에 등장합

니다. 라틴어로 쓰였기에 후대의 단테, 보카치오, 제프리 초서, 셰익스피어 등 유럽 지식인에게 막대한 영향을 끼쳤습니다. 또한 예술가들에게 미친 영향도 컸는데 유럽의 박물관에서 만나는 조각, 회화를 비롯해 음악으로도 묘사되었고요. 서양의 예술작품을 이해하기 위해선 오비디우스의 『변신 이야기』를 얼마나 아는가가 관건입니다.

세상의 창조와 대홍수도 들어 있지만 여러 지역에서 수집한 전설이 주류입니다. 물에 비친 자기 모습에 반했던 나르키소스, 사랑하는 아내 에우리디케를 찾아 저승에 갔던 오르페우스, 하데스에 납치된 페르세포네의 전설도 여기에 기록되었죠. 역사상 최초로 고부갈등을 다룬 프쉬케 이야기에서 '영혼'이라는 단어가 파생되는데, 그녀는 저승에 다녀와서 불멸의 존재가 되었습니다. 후반부는 로마신화를 다루는데요. 로마 건국의 시초가 트로이 전쟁의 영웅이던 아이네이아스라는 것, 쌍둥이형제 로물루스와 레물루스가 늑대에 의해 길러진 것 등입니다. 마지막은 카이사르가 죽어서 신이 되는 것으로 끝나는데 당시 황제였던 아우구스투스에 대한 아부라고 할 수 있습니다.

저자인 오비디우스는 기원전 43년에 태어났으며 일찍이 법률가나 정치가가 되기 위해 수사학을 공부했습니다. 그리고 선진문화를 배우기 위해 아테네, 로도스와 더불어 시칠리아를 여행했고요. 덕분에 동방지역과 헬라스에 전해오는 여러 신화를 수집할 수 있었죠. 로마로 돌아온 그는 시인이 되고자 문인들과 교류하게 됩니다. 그러다 연애술을 교훈시풍으로 엮어서 펴낸 『사랑의 기술』이 아우구스투스 황제의 노여움을 샀습니다. 당시 황제는 딸 율리아의 난잡한 성생활로 고통 받았고, 차마 죽이지 못하는 딸을 외딴섬으로 유배한 처지였죠. 그럴 때 온갖 연애술을 설파하는 오비디우스가 미울 수밖에 없었을 겁니다. 서기 8년, 그는 추방 명령을 선고받고 오늘날 루마니아의 항구도시 흑해 연안 콘스탄차에서 쓸쓸하게 지내다가 사망했습니다.

페르세포네의 납치[31]

예전에 시칠리아 섬을 차를 빌려 여행한 적이 있었습니다. 그 여행 준비 중에 『변신 이야기』를 읽었는데, 페르세포네가 납치된 장소가 시칠리아 섬 한가운데에 있는 요새 도시 엔나의 성벽 부근 호숫가라고 말하더군요. 시칠리아를 여행한 역사가 몽테스키외도 오비디우스의 책을 읽고 비슷한 이야기를 남겼습니다. 그래서 그 장소를 찾아갔습니다. 시칠리아의 주도 팔레르모에서 섬을 가로질러 아그리젠토 신전을 본 후 섬 중앙의 요새 도시 엔나를 향해서 갔죠. 도시 가까이 가자 저 멀리 에트나 화산이 보이는 곳에 페르구사라는 이름의 호수가 있었습니다. 지금은 지역 주민들의 운동코스로 변신해 있었지만, 신화 속 장소에 왔다는 데서 오는 감동이 얼마나 컸던지요! 페르세포네 관련 이야기는 후대 예술가에게 많은 영감을 주었습니다. 바로크 예술가 로렌초 베르니

31 본래 로마에서는 프로세르피나라 했지만 편의상 페르세포네라 서술한다.

니는 대리석 조각으로 작품을 남겼고, 니콜로 델은 회화로 작품을 남겼지요.

페르세포네는 '저승의 여왕'이라는 무시무시한 타이틀과는 달리 안타깝고 불행한 여신입니다. 자신의 의지가 아닌 남편 하데스에게 납치되어 저승에서 살아야 했기 때문이죠. 그리고 매년 정기적으로 어머니 데메테르와 만나기 위해 이승으로 돌아옵니다. 그렇다면 페르세포네는 어떻게 납치된 걸까요? 신화가 전하는 이야기는 이렇습니다.

베르니니, 페르세포네의 납치,
로마 보르게세 미술관 ⓒ안계환

저승을 다스리던 하데스는 결혼이 어려웠습니다. 여신들에게도, 여인들에게도 인기가 없었죠. 그러던 중 제우스와 데메테르[32] 사이에서 난 딸 페르세포네를 발견하고 그녀가 성장하기를 기다려 제우스에게

32 본래 시칠리아의 농업을 관장했으며 로마신화에서는 케레스라는 이름을 가졌다.

서양인의 마음을 읽는다. 신화고전

주선을 요청했습니다. 제우스는 형제의 부탁을 무시할 수 없었는데요. 페르세포네는 그날도 페르구사 호수 부근에서 놀고 있었습니다. 그때 하데스는 지하로 연결되는 절벽 옆에 아름다운 꽃이 피게 했고 이를 꺾으러 다가온 페르세포네를 납치해 지하로 끌고 갔습니다.

딸이 사라지자 어머니 데메테르는 모든 일을 팽개치고 딸을 찾아 돌아다녔습니다. 본래의 영역이었던 시칠리아를 떠나 아테네 부근 종교 도시 엘레우시스까지 오기도 했는데요. 딸이 어디로 간 건지 알려달라고 묻던 중 목격자가 나타났습니다. 태양신 헬리오스와 헤카테였습니다. 그들은 하데스가 납치했다는 것을 알려주고 제우스가 주선자였다는 것까지 말하게 됩니다. 데메테르는 분노했습니다. 하데스가 딸을 납치했다는 것도 분통 터지는데, 이를 주선한 제우스가 모른 체 하고 있었기 때문이죠.

수확의 여신 데메테르는 자연과 대지에 관한 역할을 모두 내려놓습니다. 이러자 세상은 난리가 났습니다. 흉작이 들면서 인간은 기아로 죽고, 신전에 올릴 제사음식도 마련할 수 없었습니다. 제우스는 사태의 심각성을 깨닫고 신들을 소집해 데메테르의 분노를 풀 방법을 모색했습니다. 그리고 페르세포네를 어머니에게 돌려주기로 결단을 내렸습니다. 제우스의 명으로 헤르메스가 저승 세계로 갔고, 하데스는 의외로 페르세포네를 순순히 마차에 태웠습니다. 그러면서 마차에 타는 페르세포네에게 지상으로 가는 도중에 먹으라며 석류 몇 알을 주었습니다. 저승에서 아무것도 입에 대지 않았던 페르세포네는 어머니를 만나러 간다는 사실에 기뻐 석류 여섯 알을 먹게 됩니다. 어머니 데메테르는 헤르메스와 헤카테의 안내를 받아 지상으로 돌아온 페르세포네와 감격적인 상봉을 했지만, 딸이 석류를 먹었다는 사실을 뒤늦게 알게 되었지요. 그건 하데스와 페르세포네가 결혼했다는 의미였습니다. 절대로 딸을 하데스에게 돌려보내지 않겠다는 데메테르와 이미 결혼했으니 남편과 함께 있어야 한다고 주장하는 하데스.

결국 제우스는 하데스의 어머니 레아에게 중재를 요청했습니다. 레아는 페르세포네가 석류 여섯 알을 먹었으므로 한해의 절반은 하데스와 보내고, 나머지는 어머니와 보내라고 말했습니다. 이렇게 페르세포네는 연중 절반은 저승에서 하데스와 지내고, 나머지 절반은 지상에서 데메테르와 함께합니다. 수확의 신 데메테르가 딸과 함께 있을 때는 기쁨으로 대지를 돌봐 곡식이 풍성하게 자라죠. 딸과 떨어져 있을 땐 슬픔에 잠겨 지상에 겨울이 찾아오고 작물이 자라지 않게 되었습니다.

저승여행과 엘레우시스 비밀교

페르세포네 전설은 종교로도 이어졌는데, 이때의 이름은 코레kore,씨앗가 됩니다. 한국인이 떠올리는 농사는 봄에 뿌린 씨앗이 여름 동안 자라고 가을에 열매를 수확하는 거죠. 그런데 헬라스의 농사는 동아시아와는 다릅니다. 밀, 보리 같은 곡식을 늦가을에 심어 이듬해 초여름에 수확하죠. 그래서 한여름이 농한기입니다. 그리스의 한여름은 뜨거운 태양이 작열하는 불모의 계절입니다. 너무 건조하고 뜨거워 작물이 자라기 어렵습니다. 그래서 한여름 동안 씨앗은 하데스의 품지하에 있다가 늦가을부터 싹을 내밀고 자랍니다. 초여름 수확기에 사람들은 신에게 감사의 제사를 올립니다. 딸을 지하세계로 보내는 데메테르의 슬픔을 수확의 기쁨으로 승화시켰던 거죠.

오늘날 그리스공화국의 아테네에서 서쪽으로 차로 30분 정도 가면 석유화학단지가 있는 곳에서 엘레우시스라는 고대 유적지를 만날 수 있는데요. '데메테르'와 '코레'를 모셨던 곳입니다. 아테네인은 9~10월에 아테네에서 출발해 데메테르 신전까지 행진한 후 바닷가에서 정화 의식을 거치고 종교 제전에 참가했다고 하는데요. 이곳에서 부흥한 종교를 '엘레우시스 밀교'라고 합니다. 입교한 자는 누구에게도 내용을 알리지 않았고, 어기는 경우 처형되기도 했습니다. 고대 그리스에서 오랫동안 신앙이 존속하다가 서기 380년 테오도시우스 황제가 기독교를 국교화한 후 이교도 시설이 파괴될 때 이곳도 운명을 다합니다.

엘레우시스 밀교의 신앙은 사후세계에 관한 가르침과 관련있습니다. 코레의 영혼이 이승과 저승을 오간다고 믿었던 종교죠. 고대에는 영혼은 영원히 살아 남는다는 '영혼불멸'을 믿었습니다. 철학자 플라톤이 남긴 『국가론』에는 열이틀 동안 저승을 다녀왔다는 '에르'라는 인물 이야기가 나옵니다.[33] 에르는 전쟁터에서 사망했는데 죽은 지 열흘이 지났는데도 시신이 전혀 부패하지 않았습니다. 그리고 이틀 후 화장하기 위해 시신을 장작더미 위에 올리자 눈을 뜨더니, 사후 경험을 얘기하기 시작했습니다.

그가 말하길 육체에서 빠져나온 영혼이 신비한 장소에 이르렀답니다. 하늘과 땅을 향한 통로가 있고, 그 사이에서 판관들이 영혼들을 심판하고 있었습니다. 선인으로 판정받으면 우라노스로 올라가고, 악인으로 판정받으면 하데스로 내려가더랍니다. 우라노스에선 살아서 한 선행의 열 배의 상을 받고, 하데스에선 살아서 한 악행의 열 배의 벌을 받습니다. 그렇게 천 년간 선인의 영혼은 우라노스에서 행복하게, 악인의 영혼은 하데스에서 고통스럽게 지냅니다. 에르는 그곳을 열이틀 동안 여행하다가 돌아왔다고 합니다.

물론 선악과 정의를 이야기하기 위해 플라톤이 에르의 이야기를 창작했다고 할 수 있습니다. 아니면 다른 지역에서 내려오던 이야기일 수도 있고요. 어쨌든 '선인은 죽어서 보상을, 악인은 죽어서 처벌을 받아야 하지 않겠는가?'에 대한 답을 풀어낸 우화라고 할 수 있겠죠. 플라톤이 에르 이야기를 하는 건 당시 사람들이 내세를 믿었기 때문입니다. '영혼불멸'과 '내세사상'이 있었기에 동지중해 헬라인을 중심으로 기독교철학이 형성될 수 있었던 겁니다.

33 플라톤 신화집, P.96, 천병희 옮김, 도서출판 숲, 2014

저승여행 때문에 신이 된 오르페우스

오비디우스가 기록한 여러 신화 중 페르세포네 이야기를 했으니 저 승여행을 한 또 다른 인물들의 이야기를 해보겠습니다. 그들은 오르페 우스와 프시케인데요. 둘의 공통점은 본래 인간이었는데 저승이라는 곳을 다녀왔다는 것이고, 그 때문에 한 사람은 신이 되었고 또 한 사람 은 프시케영혼의 대명사가 되었다는 겁니다.

오르페우스에 관한 이야기는 기록자마다 다양한 이야기가 전해지지 만 오비디우스 버전은 이렇습니다. 그는 트라키아 지방에서 태어난 보 통 인간이었습니다. 트라키아는 오늘날 그리스공화국과 튀르키예 사이 에 걸쳐있는 지역인데요. 그는 성장하며 음악적인 재능을 키운 것으로 알려져 있습니다. 특히 리라 연주와 노래 실력이 뛰어났는데 리라를 워 낙 잘 다뤘기에 스스로를 아폴론의 아들이라고 주장하기도 했습니다. 그가 연주를 하면 생명도 없는 목석이 춤을 추고 맹수나 난폭한 인간도 얌전해졌을 정도라고 하죠. 그에게 남겨진 유명한 업적 중 하나는 아르 고 호 원정에서 음악으로 세이렌들의 노래를 노래로 물리친 것이고, 폭 풍우를 잠재우기도 했습니다. 실제로 아르고 호 원정에서 그가 없었다 면 아르고 호의 나머지 인원들은 꼼짝없이 세이렌의 노래에 낚여 피해 를 봤을 수도 있는 상황이었습니다.

오르페우스의 이야기는 후대에 문학, 예술 등 다양한 분야에서 다루어져 왔는데요. 대표적인 작품으로는 오르페우스와 아내 에우리디케의 이야기를 다룬 오페라 '오르페오'가 있는데, 이는 이탈리아 작곡가인 자코모 카리시미에 의해 1737년에 초연되었습니다. 또한, 오르페우스의 이야기는 현대의 영화, 만화, 게임 등에서도 자주 등장합니다. 오르페우스는 음악과 예술의 상징적인 존재 중 하나로 꼽히며, 그의 이름은 오늘날에도 음악계에서 널리 사용되고 있는데요. 고대세계에 널리 알려져 음악의 신으로 추앙받았기 때문입니다.

오르페우스의 상징과도 같은 저승여행의 이유는 사랑하는 아내 에우리디케 때문이었습니다. 그는 님프족이었던 에우리디케와 결혼했는데 어느 날 아내가 독사에 물려 죽고 말았습니다. 이를 슬퍼한 오르페우스는 모든 이들을 감동시킨다는 자신의 리라실력을 믿어보기로 하고 명계로 아내를 찾아 나섰습니다. 저승으로 통한다는 타이나로스 문을 통해 스틱스의 땅으로 내려선 그는 망령들 사이를 지나 저승의 지배자 하데스와 페르세포네 앞에 섰습니다. 둘 앞에서 리라를 타며 이런 사연을 노래했습니다.

"죽어야 하는 존재로 태어나는 것이면 누구나 오게 되어 있는 이 땅의 신들이시여, 저는 제 아내 때문에 여기에 와 있습니다. 채 피기도 전에 져버린 에우리디케의 운명의 실을 다시 이어주십시오. 누구나 모두 이곳으로 와야 한다는 것은 알지만 신께서 호의를 베푸시어 제 아내를 돌려주세요. 만일 신께서 이를 거절하신다면 저도 돌아가지 않겠습니다."[34]

　오르페우스가 리라를 타며 이런 말로 노래를 부르자 그곳에 있던 여러 망령들도 눈물을 흘렸습니다. 탄탈로스는 안달을 부리지 않았고, 티티오스의 간을 파먹던 독수리도 잠시 부리질을 쉬었고, 시시포스도 바위에 앉아 잠시 쉴 수 있었죠. 복수의 여신들인 에우메니데스 자매들도 오르페우스의 노래에 감동하여 눈물을 흘렸습니다. 저승의 왕 하데스와 왕비는 이 청을 거절할 수 없었는데요. 그의 노랫소리와 음악이 너무나 감동적이고 아름다웠기 때문입니다. 다만 하데스는 에우리디케를 풀어주긴 하겠지만 한 가지 조건을 붙였습니다. 둘 다 지상에 나갈 때까지 절대 뒤를 돌아보면 안 된다는 것이었죠.

　그렇게 풀려난 둘은 어둠과 적막에 싸인 저승길을 올라 이승과 접하는 지역에까지 이르렀습니다. 오르페우스는 앞서서 한참을 나가다가 지상의 빛이 보이자 아내가 잘 따라오고 있는지 걱정이 되어 뒤를 돌아봤고, 그 순간 아직 덜 빠져나왔던 에우리디케의 영혼은 그대로 저승에 다시 끌려가 버렸습니다. 아쉬운 마음에 오르페우스는 한 번 더 스튁스로 내려가 뱃사공 카론에게 한 번 더 태워달라고 부탁했지만 뱃사공은 그를 다시 배에 태워주지 않았으며, 케르베로스도 무섭게 노려보았습니다. 한 번은 음악의 실력으로 아내를 찾아올 수 있었지만 두 번은 안 되었던 겁니다.

34　변신 이야기, p.66

이걸로 이야기가 끝났으면 그가 신이 되지는 못했을 겁니다. 좀 더 신이 될 수 있는 영웅적 업적과 비극적 사건을 겪어야겠죠. 그에게 닥친 비극은 그의 음악에 반한 여인들로 인해서였습니다. 자신을 찾아온 여인들의 구애를 모두 거절하고 슬퍼하기만 하자 여인들은 그를 마구 때려 죽게 만들었고 그의 시체마저 토막내 리라와 함께 강에 버렸습니다. 이제 그의 영혼은 돌아올 수 없는 저승으로 가야했지만 행복하게도 낙원 엘리시온이 그 목적지였습니다. 그곳에서 아내 에우리디케와 재회했고 행복하게 살았다고 합니다. 이렇게 되면 헤라클레스가 죽은 후 올림포스에 올라 여신 헤베와 잘 살았다는 이야기와 비슷해집니다.

결국 이러한 오르페우스의 설화는 민중의 신앙으로 이어지는데요. 태양신을 숭배했던 미트라교의 영향을 받아서라고 알려져 있습니다. 중요한 것은 하데스도 감동시킬 만큼 뛰어난 음악 실력을 가진 오르페우스가 저승을 다녀오고 죽은 아내를 살릴 뻔 했다는 것에 사람들이 주목했다는 겁니다. 살아있을 때 사람들에게 음악으로 기적을 보여주었고 저승에서도 음악 실력을 뽐낸 후 이승으로 돌아왔다는 사실 부활했다는 것. 사람들은 여기에 주목해 그를 신으로 섬기기 시작했다는 것이죠. 오르페우스처럼 저승을 다녀왔던 디오니소스, 정기적으로 저승여행을 하는 페르세포네와 같이 숭배된 것입니다.[35]

참고도서
오비디우스, 변신 이야기, 천병희 옮김, 도서출판 숲, 2005

35 이탈리아 남부도시 크로토네에는 오르페우스를 모신 피타고라스학파가 있었다고 한다.

서양인의 문명을 읽는다,
역사고전

1

역사학의 출발점
헤로도토스의 역사

이 글은 할리카르나소스 출신 헤로도토스가 제출하는 탐사보고서다. 내가 이 보고서를 쓰는 목적은 인간의 행적들이 시간이 지나면서 망각되고, 헬라인과 비헬라인의 위대하고도 놀라운 업적들이 사라지는 것을 막고, 무엇보다도 헬라인과 비헬라인이 서로 전쟁하게 된 원인을 밝히는 데 있다.

– 헤로도토스,『역사』–

세상을 여행한 탐사보고서

위의 글은 '역사학의 아버지'로 불리는 헤로도토스가 쓴『역사 Historia』의 서문에 나오는 내용입니다. 여기 등장하는 용어 중 헬라인과 비헬라인이 눈에 띄는데요. 영어나 독일어 번역본이 국내에서 발간되는 동안 '그리스인'이라는 용어가 많이 쓰였지만, 번역자 천병희 선생은 '헬라인'으로 번역합니다. 고대 그리스인을 이야기할 때 '헬라인' 또는 한자를 음차한 '희랍인'이 더 실제와 가깝습니다. 오늘날 그리스공화국의 영역보다 훨씬 넓은 지역에서 활약했던 사람들이기 때문입니다. 또한 비헬라인이란 헬라스 바깥에 사는 이들을 지칭하는데 헬라인은 이들을 '바르바로이'라 칭했죠. 자신들이 알아들을 수 없는 말을 하는 이들이라는 의미였습니다.

헤르도토스의 『역사』는 사마천의 『사기』와 더불어 제 인생 최고의 책이라 말할 수 있습니다. 이 책으로 인해 제가 좋아하는 일이 무엇인지 알게 되었고, 결과적으로 역사저술가라는 직업까지 얻게 되었기 때문입니다. 저뿐만 아니라 서양역사를 좋아하는 사람들에게 이 책은 대체 불가능하다고 할 수 있는데요. 동양에 사마천의 『사기』가 있다면 서양에 『역사』가 있다고 할 수 있습니다. '역사학의 아버지'란 말은 로마의 정치사상가 키케로로부터 나왔는데[1], 키케로 당시에는 헤로도토스처럼 여러 지역을 여행하고 자료를 모아 기록하는 것이 '역사학'이었습니다.

헤로도토스가 쓴 글은 오늘날 우리가 읽는 역사책의 기록과는 조금 다릅니다. 헬라스와 이집트의 신화, 메소포타미아에서 전해 내려오는 이야기 등, 여러 자료의 모음집이기도 합니다. 오늘날의 역사가는 유물과 문헌에 근거한 사실만 역사의 영역에 포함하는데요. 헤로도토스

1 키케로가 「법률론」에서 언급했다.

는 이런 역사서술 원칙을 갖고 있지 않았고 당시엔 이런 기준도 존재하지 않았습니다. 그 자신도 서문에서 '탐사보고서'라고 말하는데, '세상을 여행하면서 읽고, 듣고, 경험한 것을 모아 놓았다.'는 의미로 받아들이면 될 것입니다. 예로부터 전해 내려오는 신화, 지역의 사람들에게서 들은 이야기, 그리고 직접 경험한 것이 뒤섞여 있죠. 이집트에서 취재한 미이라 제작법은 오늘날까지 전해지는 가장 상세한 기록이기도 합니다. 많은 부분이 어느 지역에서 만난 원로들의 이야기였고, 동네 사람이 전하는 말도 기록합니다. 사마천이 왕조의 역사뿐만 아니라 천하를 여행하며 수집한 다양한 이들의 이야기를 기록한 것과도 비슷합니다.

헤로도토스는 오늘날 튀르키예 서해안에 있는 휴양지 보드룸시의 고대 이름이었던 할리카르나소스에서 태어났습니다. 이 폴리스는 델로스동맹의 일원이었는데 내부 정변이 일어나 시민의 한 사람이었던 그는 가족과 함께 근처 사모스 섬으로 망명했습니다. 그러다 기원전 445년경 아테네에 도착하기 전까지 여러 지역을 여행했습니다. 북으로 스키타이, 동으로 유프라테스 강을 따라 바빌론까지, 남으로 이집트의 나일 강 상류 엘리판티네까지 갔습니다. 서쪽으론 시칠리아와 북아프리카 키레네도 들렀을 것입니다. 그리고 사모스로 돌아왔다가 가족과 함께 당시 최고의 번영을 누리던 아테네로 이주했습니다.

아테네에서 그는 최고지도자 페리클레스, 극작가 소포클레스와 친교를 맺습니다. 그리고 여행하면서 수집한 이야기를 아테네 시민에게 들려주며 돈을 벌었는데요. 이집트에서 들은 페니키아인의 아프리카 일주 여행, 나일 강 탐사 이야기, 특히 아테네가 페르시아와 싸운 이야기가 사람들에게 큰 인기를 얻었습니다. 아테네 시민들은 자신들의 아버지가 마라톤평원에서 페르시아 육군을 물리친 싸움, 살라미스해협에서 페르시아해군을 몰아낸 전쟁을 흥미롭게 들었을 것입니다. 아마도 아크로폴리스 남쪽 디오니소스 극장에서 열렸을 강연엔 50세의 페리클레스도, 25세의 석공 소크라테스도 잠시 일손을 놓고 귀를 기울였을 겁니다. 말하자면 그는 인기 작가이자 특강 강사로 데뷔했던 겁니다.

고대 지중해 지역의 흥망성쇠를 기록

『역사』가 서양인에게 끼친 영향은 매우 큽니다. 북방 유목민이었던 스키타이인의 페르시아 침공, 키루스 2세로부터 비롯한 아카메네스왕조 페르시아의 건국 과정, 이집트에 관한 상세한 기술, 페니키아인이 홍해를 출발해 아프리카를 한 바퀴 일주하여 돌아온 이야기, 바빌론에서 전해온 독특한 관습 등 소중한 기록이 많습니다. 그래서 고대 세계에 관해 글 쓰는 사람은 '헤로도토스에 의하면'이라는 관용구를 많이 사용합니다. 그의 기록에 대해선 주석을 달지 않아도 될 정도인데요. 워낙 많이 인용되기 때문입니다.

『역사』는 크게 보면 전반부와 후반부로 나눌 수 있습니다. 전반부는 헤로도토스가 당시 세계를 여행하면서 기록한 역사와 흥미로운 이야기들이 있고, 후반부는 그리스-페르시아 전쟁의 과정입니다. 전반부에는 여러 이야기가 등장하는데 몇 가지 중요 장면만 보겠습니다. 우선 메소포타미아의 바빌론 이야기인데요. 이곳은 두 강 사이의 땅, 유프라테스와 티그리스가 만든 비옥한 평원지역으로 기원전 3,000년경부터 '바빌로니아'라는 이름의 정치체제가 여럿 등장할 정도로 문명의 중심도시였습니다. 기원전 597년 이곳으로 유배된 유대인도 여기서 수집한 창조설화나 홍수설화 등을 고유 경전[2]에 기록할 정도로 문화유산이 풍부한 도시이기도 했습니다. 유대인이 기록했던 바벨탑 이야기를 헤로도토스도 말하는 걸 보면 유대인이나 헤로도토스나 같은 것을 봤다고 할 수 있겠습니다.

두 번째 주목할 지역은 이집트입니다. '이집트는 나일 강의 선물이다.'라는 표현도 헤로도토스로부터 나왔습니다. 예나 지금이나 나일 강은 이집트에 거의 모든 것을 주는 존재입니다. 이 나라는 국토의 95%가 비가 거의 오지 않는 사막인데 이 강으로 인해서 이집트는 풍요를 누렸고 인류역사상 가장 오래된 문명을 일으킬 수 있었죠. 오늘날에도 나일 강의 중요성은 달라지지 않습니다. 겨우 5%의 땅에 1억 명 넘는 국민이 살 수 있는 건 나일 강이 준 선물 덕분이라고 할 수 있습니다.

헤로도토스는 나일 강이 어디서 흘러오는지 알기 위해 상류로 가려

2 모세 5경을 의미

애썼고, 왜 정기적인 홍수가 발생하는지 조사했습니다. 하지만 당시의 지식수준으론 강의 발원지와 홍수의 원인을 제대로 알아낼 수 없었는데요. 노인들에게서 근거 없는 이야기를 수집할 수 있었습니다. 흥미로운 이야기 중 하나는 페르시아의 다리우스 1세가 나일 강과 홍해를 잇는 운하를 만들려 했다는 겁니다. 만약 그때 운하가 완성되었다면 나일 강 삼각주에서 생산된 곡식이 배에 실려 홍해를 거쳐 페르시아 만으로 들어갔을 겁니다. 오늘날 이 지역에 수에즈 운하가 만들어진 건 우연이 아닙니다.

세 번째 중요한 기록은 아케메네스왕조 페르시아에 관한 것입니다. 페르시아는 키루스 2세에 의해 성립되었고 아들 캄비세스 2세가 이집

키루스 2세의 무덤. 아케메네스조 페르시아의 왕으로 인류 역사상 최초의 거대 제국을 건설한 인물이다.

서양인의 문명을 읽는다, 역사고전

트를 정복하며 대제국을 일궜습니다. 이어서 다리우스 1세 때는 당시에 비교할 나라가 없는 가장 강력한 제국이 되었죠. 동쪽으로는 인도에서부터 서쪽으로는 발칸반도까지, 남쪽으로는 이집트 사막에 이르는 후대의 로마제국과 비교해도 밀리지 않을 만큼 대단한 제국이었습니다. 유대인은 키루스 2세를 메시아기름 부은 자로 칭송했고, 헤로도토스는 그의 업적을 자세히 기록했습니다. 우리에겐 그리스-페르시아 전쟁에서의 패배와 알렉산드로스의 동방원정에 의한 멸망 정도만 알려졌지만, 아케메네스 페르시아가 얼마나 화려한 문명국이었는지 헤로도토스를 통해 알 수 있습니다.

그리스-페르시아 전쟁은 왜?

『역사』의 저술 목적과 핵심은 그리스-페르시아 전쟁입니다. 페르시아가 3차에 걸쳐 헬라스를 공격한 전쟁으로 아테네와 스파르타의 연합 헬라스가 최종적으로 승리를 거두었는데요. 당시 페르시아는 오늘날 이란의 페르세폴리스에 수도를 둔 거대제국이었고, 아테네와 스파르타는 작은 폴리스에 지나지 않았습니다. 헤로도토스는 이 전쟁의 전모를 밝히기 위해 이 글을 썼다고 서문에 밝히고 있는 것입니다.

첫 장에서 페르시아와 헬라스가 어떤 이유로 싸우게 되었는지 설명하는데요. 우선 에게 해를 중심으로 둔 서쪽과 동쪽 세력이 여인을 서로 납치했던 신화를 언급합니다. 동쪽 레반트[3]의 여인 에우로페가 황소 등에 업혀 서쪽으로 갔고, 펠로폰네소스의 여인 이오가 동쪽으로 납치되어 갔습니다. 제우스의 딸 헬레네를 트로이아의 왕자 파리스가 납치한 사건 또한 동서 간에 다툰 원인이 되었고요. 이런 신화를 초반에 펼쳐내는 건 작가의 상상력을 통해 강연을 듣는 청중에게 흥미를 불러일으키려는 장치가 아니었을까 싶습니다.

두 세력 간 전쟁 발발의 진짜 원인은 이오니아의 폴리스들 때문이었습니다. 이오니아의 중심은 펠로폰네소스에 살던 이오네스족이 에게해를 건너 세운 도시들이었습니다. 이곳은 밀레토스, 프리에네, 스미르나 등 상업 활동으로 번성한 도시가 많았죠. 가장 강력한 폴리스였던 밀레토스는 북쪽의 흑해 연안에도 식민도시를 갖고 있었고, 이집트와의 교역 중심지로 번영을 누렸습니다. 아리스토텔레스는 밀레토스 출신 탈레스를 '철학의 아버지'라고 칭했는데 지금도 탈레스는 최초의 철학자, 최초의 수학자, 최초의 현인으로 불립니다. 이런 인물이 탄생할 만큼 밀레토스는 당시 이 지역에서 가장 먼저 발달한 도시였습니다.

그런데 동쪽에서 페르시아가 강력한 제국으로 성장하며 이 지역을 압박했습니다. 키루스 2세는 바빌론을 점령한 후 서쪽으로 세력을 뻗쳐 소아시아의 강국 뤼디아를 속국으로 삼았습니다. 그리고 해안가의 폴리스들을 하나씩 점령해 나갔는데요. 결국 스미르나와 밀레토스를 비

3 오늘날 지중해 동쪽 레바논에 해당하는 지역이다.

롯한 이오니아의 폴리스들 대부분이 페르시아의 지배를 받게 되었습니다. 밀레토스는 방어를 위해 육지와 연결된 섬에 건설한 도시였습니다. 북으로는 흑해를 잇고 남으로는 이집트를 연결하는 상업망을 가지고 있었기에 무역으로 번성을 했는데요. 이 때문에 강력한 해군을 가져 바다로부터 침입하는 적은 방어할 수 있었지만 강력한 육군을 가진 페르시아가 다가오자 이를 막아내기 쉽지 않았던 겁니다.

그러던 중 다리우스 1세 때 페르시아가 북쪽 스키타이를 공격했다가 막대한 피해를 입자 밀레토스는 이 기회를 틈타 독립하려 애썼습니다. 이웃 폴리스와 함께 페르시아에 저항했고 그리스 본토에 사절단을 보내 지원을 요청했습니다. 스파르타는 지원을 거절했지만 아테네는 함선 20척과 병력을 보냈고, 몇몇 폴리스들도 군대를 파견했습니다. 그렇게 아테네를 포함한 헬라인은 밀레토스와 이오니아 폴리스의 자유를 되찾았고 내륙으로 진군해 과거 뤼디아의 수도였던 사르디스를 불태웠던 겁니다.

마라톤 평원과 영화 〈300〉

하지만 힘들게 얻은 밀레토스의 자유는 그리 오래가지 못했습니다. 페르시아가 만만한 상대가 아니었기 때문입니다. 기원전 494년, 페르시아의 재공격으로 밀레토스는 다시 속국이 되었는데요. 이오니아의 반란을 잠재운 다리우스 1세는 아테네에 대한 적개심을 불태우게 되었습니다. 그럼에도 그는 처음부터 거대한 전쟁을 하려는 생각은 없었던 듯합니다. 그저 바다 건너 아테네에 본때를 보여주는 정도로 전쟁을 치르고 반항하면 파멸에 이를 것이라는 경고 정도에서 그치려 했죠. 속국이 된 이오니아 해안 폴리스들을 이용해 에게 해의 해상권을 장악하는 전쟁을 하려 했던 겁니다.

전쟁은 다리우스 1세의 생각과는 다르게 흘러갔습니다. 아테네와 헬라스는 초기에 운이 따랐고 작은 전투에서 승리를 거두기도 했는데요. 페르시아는 한마디로 적을 얕봤다고 해야 할 것입니다. 다리우스가 시행한 그리스 본토 공격은 두 차례에 걸쳐 진행되었습니다. 기원전 492년, 페르시아는 동맹군 위주의 해군으로 진행된 1차 공격부대를 보냈습니다. 페르시아군의 참여 없이 해안가를 정벌하는 계획이었는데, 운 없게도 아토스반도 부근에서 만난 풍랑으로 큰 손실을 보게 됩니다.

2년 후의 2차 공격은 좀 더 병력을 보강해 해군과 육군으로 편성된 대군을 아티카반도 쪽으로 상륙시켰습니다. 바로 그곳에서 유명한 마라톤전투가 벌어지게 된 건데요. 헤라클레스 신전이 있던 평원에서의 헬라스연합군과 페르시아는 제대로 맞붙었습니다. 이때 아테네는 페이피데스라는 이름의 전문 달리기 주자를 스파르타에 보내 도움을 요청했지만 뜻을 이루지 못했습니다. 그럼에도 불구하고 아테네와 헬라스연합군이 가졌던 중장보병 전술이 빛을 발하는데요. 겨우 6,000명의 병력으로 2만이 넘은 페르시아 군을 이겨냈습니다. 병력 수에서는 열세였지만 치열한 훈련으로 전쟁을 준비했고 강력한 보병 전술로 페르시아 군을 막아냈던 겁니다.

3차 그리스-페르시아 전쟁은 두 세력 간의 본격적인 쟁투였습니다. 페르시아로서는 앞선 두 번의 실패가 뼈아팠습니다. 두 번의 원정에서 적을 얕보고 준비를 제대로 하지 못해 참패했기에 대국으로서 자존심도 상했습니다. 이대로 두면 여러 동맹국의 동요가 생길 수도 있었죠. 확실하게 상대를 제압해 자신들의 힘을 보여줄 필요가 있었습니다. 하지만 다리우스 1세는 원정 준비 중 사망했고 그 아들 크세르크세스에 의해 3차 원정이 진행됩니다.

기원전 480년, 크세르크세스가 직접 이끄는 페르시아군은 왕을 길 Royal road[4]을 따라 사르디스에 집결했습니다. 그곳에서 아나톨리아의 여러 동맹국 병력과 합쳤고요. 이후 배다리를 놓아 헬라스폰토스 해협을 건넜고, 페르시아의 속국이 된 이오니아의 폴리스들도 해군으로 참가해 에게 해를 가로질렀습니다. 이때 레오니다스의 스파르타군과 헬라스동맹군은 좁은 길목 테르모필레에서 적을 맞이했는데요. 이 싸움은 '역사상 가장 위대한 전사들이 온다.'라는 카피로 유명한 영화 〈300〉의 모티브가 됩니다. 스파르타 시민병사 300명을 포함한 5,200명의 헬

---

4   다리우스1세가 건설한 길로 사르디스에서 시작해 프리기아, 카파도키아를 지나 아르메니아 접경 지대에서 유프라테스 강을 넘어 수사에 이어진다. 수사에서 사르디스까지 걸어서 3개월이 걸렸다고 한다.

라스 동맹군은 페르시아의 대군에게는 중과부적이었고, 아테네는 결국 적의 수중으로 넘어갔습니다.

이때 아테네의 지도자 테미스토클레스는 여자와 노인들은 살라미스 섬으로 피난시키고 젊은 시민들은 군함에 태웠습니다. 이것이 가능했던 건 아테네 동남방에서 발견된 라우리온 은광에서 나온 자금으로 전쟁 전, 십여 년 동안 선박을 건조하고 강력한 해군을 창설했기 때문입니다. 해군을 활용해 적군과 대적할 생각이었죠. 수적으로 열세였던 아테네군은 좁은 살라미스 해협의 지형을 이용해 페니키아와 이오니아로 구성된 페르시아 해군을 물리쳤습니다. 이는 영화 〈300〉의 후속편인 영화 〈300: 제국의 부활〉로 만들어졌는데요. 다음 해 벌어진 플라타이아

테르모필레의 레오니다스 ⓒ안계환

전투에서는 스파르타, 아테네, 코린토스 등 헬라스연합군이 남아 있던 페르시아육군을 물리침으로써 그리스-페르시아 전쟁은 막을 내립니다.

이 전쟁이 남긴 에피소드는 아주 유명합니다. 마라톤평원의 전투 결과를 알려주기 위해 뛰었던 병사의 에피소드[5]로 올림픽경기의 꽃이라는 마라톤 경기가 생겨났고요. 테르모필레에서 목숨 걸고 싸웠던 레오니다스와 스파르타군은 근육질 남자들로 변신해 영화 〈300〉의 주인공이 되었죠. 무엇보다 이 전쟁은 정치적 목적으로도 많이 활용됩니다. 1979년 테헤란에서 시위대에 의한 미국대사관 점령사건이 '그리스-페르시아 전쟁의 연장선'이라는 식으로 정치인들이 활용하기도 했고, 2002년 미국의 부시 대통령이 '악의 축Axis of evil'이라는 용어를 써서 이란을 자극할 때 '크세르크세스'의 이미지가 언론에 자주 등장했죠. 2007년 제작된 영화 〈300〉이 대단한 인기를 끈 것도 이런 메시지를 강조한 경향이 있었습니다. 헬라스로 쳐들어온 페르시아를 '지옥에서 온 악마'처럼 묘사해 지중해를 두고 기독교 세계와 힘을 겨뤘던 이슬람의 이미지로 투영했던 겁니다. 반면 페르시아의 후예라 할 수 있는 이란에서는 마라톤 경기를 하지 않는다고 합니다. 조상들의 과거 치욕을 되살리고 싶지 않았던 겁니다.

참고도서
헤로도토스, 역사, 천병희 옮김, 도서출판 숲, 2009

5 헤로도토스에 의하면 아네테까지 달려갔던 건 병사들 전부였다. 장거리 주자 페이피데스는 마라톤에서 아테네까지 뛰지 않았는데 더 먼 스파르타까지 지원군을 요청하기 위해 다녀왔다.

2

'투퀴디데스의 함정'
펠로폰네소스 전쟁사

아테나이인 투퀴디데스는 펠로폰네소스인과 아테나이인들 사이의 전쟁이 어떻게 전개되었는지 그 역사를 기록했다. 전쟁이 터지자마자 그는 이 전쟁이 과거의 어떤 전쟁보다 기록해둘 가치가 있는 큰 전쟁이 되리라 믿고 기록하기 시작했다. 그의 이런 믿음은 근거 없는 것이 아니었다. 양 진영은 만반의 준비를 마치고 최강의 상태에서 전쟁을 시작했고, 나머지 다른 헬라스인도 더러는 당장, 더러는 조금 망설이다가 어느 한쪽에 가담하는 것을 그가 보았기 때문이다.

– 투퀴디데스,『펠로폰네소스 전쟁사』–

델로스동맹의 공동기금으로 건축한 파르테논신전

페르시아를 물리친 헬라인은 자신감으로 충만했습니다. 압제에 시달 렸던 에게 해의 섬과 이오니아의 폴리스도 독립을 찾았고요. 폴리스들 은 힘을 합칠 필요성을 느꼈습니다. 다시 페르시아가 세력을 뻗친다면 언제 독립을 다시 잃게 될지 몰랐기 때문이죠. 하지만 스파르타에는 해 군이 없었고 소수 시민이 다수의 노예를 지배하는 체제였습니다. 결국 페르시아에 대항하는 헬라스의 구심점은 아테네가 될 수밖에 없었습니 다. 투퀴디데스는 아테네를 '헬라스의 학교'라고 말했는데요. 아테네가 헬라스에서 최고라고 본 것인데, 무리한 주장은 아니었습니다. 아테네 는 정치적 안정과 경제적 번영을 구가했고, 시민은 다양한 축제를 열었 으며, 다양한 연극들이 극장에서 공연되고, 역사가와 철학자들은 열띤 토론을 벌였지요. 압데라 출신 프로타고라스, 할리카르나소스 출신 헤 로도토스 등 외국인의 자유로운 활동도 아테네의 성장에 큰 영향을 주 었습니다.

기원전 478년에서 477년 사이, 아테네를 중심으로 에게 해의 여러 섬과 이오니아 연안 폴리스들은 성스러운 델로스에 모여 동맹서약식을 거행하게 됩니다. 불에 달군 쇳조각을 바다에 던지며 수면 위로 쇳조각 이 떠오를 때까지 충성하겠노라고 맹세했습니다. 이후 동맹은 성공적 으로 기능해 바다에서 페르시아 세력을 완전히 소탕하고, 동맹에 소극 적인 폴리스를 강제로 가입시키기도 했습니다. 그렇게 30년 지난 기원전 448년에 이르면 페르시아와의 평화조약 '칼리아스 강화'에 의해서 에게 해에 완전한 평화가 이루어졌습니다.

하지만 세월이 흐르면서 '아테네를 위해 델로스동맹이 유지된다.'라고 평가될 정도로 변했습니다. 협약에 의하면 폴리스들은 동맹 유지 자금을 대고 병사를 파견해야 하는데, 파견할 병사가 없으면 그에 합당한 비용을 내야 했습니다. 초기엔 '안보동맹'이었지만 점차 '경제동맹'으로 변했고 많은 함선과 병사를 파견한 아테네가 동맹을 주도하며 가장 큰 목소리를 냈습니다. 영향력이 커지자 아테네는 다른 폴리스의 내부 문제에 개입해 법적, 재정적 문제까지 간섭하고 그들에게 우호적인 정치체제민주주의가 들어서도록 조종하기도 했습니다. 아테네가 폴리스들을 휘하에 두고 좌지우지하는 모양새가 되었죠. 마치 근대 제국주의 국가가 식민지를 거느린 것과 흡사한 방향으로 나아갔던 겁니다. 델로스 섬에 두었던 공동기금 금고도 아테네로 옮겼습니다. 덕분에 아테네는 더욱 경제적 풍요를 누리게 되었죠. 오늘날 아테네에서 만날 수 있는 아름다운 파르테논신전도 동맹의 공동기금으로 만들어졌던 겁니다. 이를 계기로 평화 시대가 조금씩 허물어지기 시작했는데요. 신전 건축 비용은 모든 동맹국이 부담했는데도 신전의 소유와 사용자는 아테네 시민이었으니까요.

헬라스 동맹의 분열

동맹에서 탈퇴하겠다는 폴리스가 하나둘 생겨나기 시작했는데, 페르시아의 군사적 위협이 사라진 것도 이유 중 하나였습니다. 하지만 동맹으로 인해 패권을 누리던 아테네로선 이를 묵과할 수 없었는데요. 결국 아테네는 저항하는 폴리스들을 응징하기 시작했습니다. 가장 먼저 동맹에서 탈퇴하고 분담금을 못 내겠다고 통보한 곳은 에우보이아의 몇몇 폴리스들이었습니다. 이에 아테네는 50척의 갤리선과 5,000명의 중무장 보병을 보냈습니다. 폴리스들은 쉽게 점령되었고, 지도자 몇 명을 사형시켜서 원래 위치로 돌리는 것으로 끝났습니다.

낙소스가 반발했을 때도 그리 어렵지 않았습니다. 하지만 레스보스섬의 가장 큰 폴리스 뮈틸레네가 반란을 일으켰을 땐 쉽게 진압되지 않았는데요. 뮈틸레네가 성채를 쌓고 식량을 준비하는 등 미리 전쟁준비를 해뒀고, 시민군의 강력한 저항으로 몇 달에 걸친 포위 전쟁을 치른 후에야 함락할 수 있었습니다. 승리한 아테네는 저항했던 1,000명의 남자를 살해하고, 여자와 어린아이는 노예로 팔고, 신의 성역으로 남겨둔 300필지를 제외한 땅을 3,000구획으로 나누어 아테네인에게 분할 판매했습니다.

이러한 아테네의 제국주의적 행태는 헬라인에게 실망을 안겨주었습니다. 페르시아의 공격을 막자는 공동의 목적으로 설립된 델로스동맹을 자기 이익을 위해 이용했기 때문입니다. 비록 델로스동맹의 일원은 아니었지만, 테베, 코린토스, 스파르타 등 아테네 주변 폴리스들도 경각심을 가졌습니다. 언제든 아테네가 자신들의 이익을 침해할 가능성이 있다고 봤기 때문이었죠. 본래 이 지역엔 페르시아에 맞섰던 헬라인 동맹체가 존재했습니다. 흔히 '펠로폰네소스동맹'이라 하는데 델로스동맹과 비교하면 느슨했습니다. 공동기금도 없었고, 상비군도 존재하지 않았죠. 과거 페르시아가 쳐들어왔을 때 마라톤, 테르모필레, 플라타이아 등 여러 지역에서 동맹군이 함께 싸우기도 했지만, 그 후엔 유명무실했습니다. 그런데 아테네가 패권주의적 행태를 보이자 주변의 테베, 코린토스 등 폴리스들이 반기를 들기 시작했습니다. 이후 헬라인은 두 그룹으로 나뉘어 쟁투를 벌였는데, 이를 '펠로폰네소스 전쟁'이라 부릅니다.

스파르타와 아테네의 쟁투

이오니아만 서북쪽에 에피담노스라는 폴리스가 있었습니다. 코르키라의 식민도시였지만, 코린토스의 시민들이 다수 거주하는 등 영향력이 미치는 곳이었습니다. 이곳에서 민중파와 귀족이 대결하는 정치 분쟁이 일어나 '코르키라파'와 '코린토스파'가 대결했습니다. 이를 지켜보던 코린토스가 에피담노스에 함대를 파견하자, 코르키라는 아테네에 구원을 요청하면서 두 세력 간 대결이 시작되었습니다.

코린토스는 이오니아 해의 코린토스만과 에게 해의 사로니코스 만을 잇는 지역에 자리한 무역도시로 번영을 누리고 있었는데요. 에게 해에서 이오니아 해로 가는 배들을 육지로 연결해주면서 큰 이익을 거두었고, 도기산업으로 경제가 부흥하기도 했습니다. 같은 해양세력으로 오랫동안 이웃 아테네와 경쟁관계이기도 했죠. 에게 해의 패권을 쥔 아테네가 이오니아 해까지 세력을 뻗칠까 두려웠던 코린토스는 펠로폰네소스의 맹주 스파르타를 끌어들입니다. 그러나 당장 아테네와 스파르타 사이의 전쟁은 일어나지 않았습니다. 둘 다 본격적으로 맞붙는 건 주저했기 때문이죠.

27년간 이어질 전쟁의 시작은 기원전 432년 테베가 이웃 도시 플라타이아를 공격했던 때부터였습니다. 플라타이아는 아테네에 구원을 요청하고 결사 항전했는데요. 아테네의 구원이 늦는 바람에 플라타이아는 함락되고 말았습니다. 그리고 테베와 스파르타군이 플라타이아 시

민을 모두 죽이면서 돌이킬 수 없는 강을 건너게 됩니다.

두 세력 간 본격적인 전쟁은 육군이 강한 스파르타가 아테네에 식량을 공급하던 아티카지역을 약탈하면서 시작됩니다. 이에 대항해 아테네는 비교적 강한 해군을 활용해 스파르타가 있는 펠로폰네소스 반도의 해안을 공략했습니다. 그러나 두 나라 모두 전력으로 싸우진 못했는데요. 스파르타의 병사는 전쟁을 치르는 동시에 자국의 노예도 감시해야 했고, 아테네 해군은 스파르타군을 육상에선 제압할 수 없었기 때문입니다. 그 사이에 아테네에서 역병이 돌면서 수많은 시민이 희생되었고 지도자 페리클레스도 사망하고 맙니다. 결국 양측은 승패도 없이 10년간 전쟁을 계속하다가 기원전 421년 니키아스 평화협정을 맺었습니다.

이 평화는 오래가지 못했습니다. 평화협정은 어디까지나 형식적이었고 양측 모두 자신의 기득권을 포기하지 않았기 때문입니다. 협정이 깨질 때까지 작은 분쟁을 치르며 물밑에서 서로 기회를 엿보고 있었죠. 그중 하나가 펠로폰네소스반도 내에서 일어난 만티네이아 전투이고, 또 하나는 멜로스에 대한 아테네의 공격이었습니다. 파리의 루브르 박물관에 전시된 '미로의 비너스'가 바로 멜로스 섬에서 발견된 것인데요. 본래 멜로스는 도리스인이 세운 폴리스였고, 중립을 표방했지만 펠로폰네소스동맹에 우호적이었습니다. 그러나 주요 해상로에 위치했기에 아테네로선 멜로스를 제압할 필요가 있었죠. 아테네는 반 년간의 포위 끝에 멜로스를 점령하고 생존자를 죽이거나 노예로 팔았습니다. 전쟁 직전 멜로스 협상단과 아테네인 사이의 대화는 무력과 정의에 관한 글로서 상당히 유명한데요. 긴 대화를 간단히 정리하면 이렇습니다.

"만인에게 공유되는 불변의 정의에 의거 아테네의 항복 요구에 응할 수 없습니다." 멜로스 협상단이 말하자 아테네인은 답합니다. "정의는 힘 있는 자가 정의하는 것이며, 약자는 힘 있는 자가 만든 정의에 순응할 때 행복과 안정을 얻을 수 있을 뿐이다."[6]

약육강식이 지배하는 국제정치의 답을 아테네인의 목소리를 통해 들을 수 있습니다. 영어로 멜리안 대화the Melian Dialogue로 부르는 이 장면은 후대인들에게 국제 정치와 권력 관계에 대한 근본적인 질문을 제기했습니다. 그리고 유럽의 교육 체계에서 중요한 교재로 사용되기도 했는데요. 역사, 정치학, 철학 등 다양한 분야의 학생들이 이 대화를 통해 중요한 사상적, 윤리적 질문을 탐구하는 기회를 가질 수 있었습니다.

스파르타의 승리

이때까진 아테네가 스파르타보다 우위를 점했습니다. 아테네는 시민 주도의 민주정을 채택해 정치적으로 진취적이었던 비해, 스파르타는

6 펠로폰네소스 전쟁사, pp.480~490

소수의 시민이 다수의 노예를 지배하는 정치체제였습니다. 소수 시민으로 구성된 군대가 노예들의 반란을 감시하느라 운신의 폭이 넓지 않다는 게 스파르타의 한계였는데요. 전쟁의 양상이 극적으로 변한 것은 기원전 415년과 다음 해 있었던 아테네의 시칠리아 침공부터였습니다.

아테네는 시칠리아와 시라쿠사가 가진 부에 욕심이 났습니다. 시칠리아는 지중해에서도 손꼽히는 곡물생산지였고 활발한 무역으로 부를 쌓기도 했기 때문입니다. 아테네 시민들은 니키아스 같은 온건파가 지도자로 있을 때는 원정을 주저했지만 알키비아데스 같은 주전파가 제 목소리를 내자 모두들 원정을 자원했습니다. 전함 134척, 중장보병 5,000명 이상, 함대 운용인력 포함 총 2만 명 이상 대규모 병력이 시라쿠사로 원정을 떠났습니다. 시라쿠사는 스파르타인의 도움으로 아테네 동맹군에 맞섰죠. 이 과정에서 아테네 사령관은 스파르타로 도망쳤고, 또 다른 아테네 사령관은 전장에서 실수를 반복했습니다. 결국 2차 원정까지 아테네 동맹군 4만 명, 함선 216척, 전쟁 비용 4,500탈란톤을 잃었습니다. 전쟁 이전 아테네의 연 수입이 1,000탈란톤이니 5년 치 예산을 한꺼번에 잃은 것이죠. 게다가 데모스테네스, 라마코스, 니키아스 등 경험 많고 유능한 인물을 잃었습니다. 패전으로 아테네의 국력은 급격히 약해졌습니다.

아테네가 완전히 몰락한 건 아니었습니다. 오랫동안 쌓아놓은 국력이 있어 잠재력은 여전했고 맞상대인 스파르타는 아직 강력하지 않았

시라쿠사 고대극장 ⓒ안계환

죠. 변수는 페르시아였습니다. 스파르타가 페르시아의 도움으로 해군을 육성하면서 본격적으로 아테네와 쟁투를 벌였습니다. 스파르타는 아테네에서 망명한 알키비아데스를 기용해 페르시아와 외교의 끈을 마련합니다. 결국 전장의 추는 스파르타로 기울고, 목숨 줄 같았던 헬라스폰토스 해협의 식량 수송로가 막히면서 아테네가 항복했습니다.

신화와 사실을 구분한 역사가

전쟁의 직접 당사자이기도 했던 투퀴디데스는 전쟁과정을 차분하게 기록했습니다. 이것을 『역사』라 했는데 후대 사람들은 헤로도토스의 『역사』와 구별하기 위해 『펠로폰네소스 전쟁사』라고 부릅니다. 하지만 그의 기록은 전쟁이 한 참 진행 중이던 기원전 411년에 이유 없이 끝나고, 기원전 404년까지 이어지는 전쟁의 나머지 기록은 크세노폰의 『헬레니카』[7]에 의지해야 합니다.

투퀴디데스는 기원전 465년 전후에 태어난 아테네의 귀족 가문 출신이었습니다. 전쟁이 한창이던 기원전 424년에 임기 1년의 장군으로 선출되고, 분쟁지역이던 암피폴리스로 파견되었는데요. 얼마 뒤 스파르타 장군 브라시다스의 공격을 받아 도시를 빼앗기고 군대를 철수했는데요. 이 때문에 아테네로 돌아와 재판받고 20년 추방형을 받았습니다. 그리고 가족과 함께 아버지의 고향인 트라키아에 머물며 기록을 남겼습니다.

그의 기록이 헤로도토스와 다른 점은 신화와 실제를 구분한다는 점입니다. 그는 헤로도토스를 만났거나 기록을 읽었을 텐데요. 신의 힘을 빌려 페르시아 전쟁을 승리하게 되었다는 헤로도토스의 기술이 마음에 들지 않았던지, 자신은 현장성 있는 사실만 기록하고 있다고 강조합니다. 그래서 후대 역사가들은 헤로도토스보다 투퀴디데스의 기록을 신뢰합니다. 전쟁 당사자였고 아테네의 지도자 페리클레스의 연설을 직

---

7 투퀴디데스에 이어 기원전 411이후부터 기원전 362년까지 약 50년 동안 헬라스의 동향을 다루고 있다.

서양인의 문명을 읽는다, 역사고전

접 들었다는 점도 그 이유 중 하나입니다. 하지만 일반 독자에게 투퀴디데스는 인기가 없습니다. 헤로도토스의 『역사』가 더 많이 읽히고 영화로도 제작되는 데 비해 투퀴디데스의 이야기는 그렇지 못합니다. 선악이 확실한 헤로도토스의 이야기에 비해 투퀴디데스의 이야기는 정의와 부정의, 선과 악이 혼재하기 때문일 수도 있습니다.

두 책의 차이는 극명합니다. 헤로도토스의 기록은 대중을 상대로 한 강연록에서 출발했기 때문에 쉽습니다. 때로는 적의 병력을 과장하고 재미있는 이야기를 가미하는 등 스토리를 푸는 방식이 대중적이죠. 투퀴디데스의 기록은 현대인이 읽어내기에 애로사항이 많습니다. 수많은 지명, 인명, 연설문, 딱딱하게 전개되는 지루한 문체가 특히 그렇습니다. 결론적으로 헤로도토스의 책은 대중에게 어필하고, 투퀴디데스의 책은 전문가에게 호평 받는 책이라 할 수 있습니다.

오늘날 투퀴디데스의 이름을 가장 자주 들을 수 있는 곳은 정치 외교 분야입니다. '투퀴디데스 함정 Tuchididdes Trap'이란 용어 때문이죠. '기존 강대국이 패권을 차지하고 있을 때, 신흥 강국이 등장하면 반드시 다툼에 빠져들 수밖에 없다.'라는 이론인데요. '기존 강대국 스파르타와 떠오르는 별 아테네가 지중해의 주도권을 두고 전쟁을 할 수밖에 없었다.'라는 것을 설명하는데, 이는 20세기 중후반 세계를 양분해 핵전쟁 직전까지 갔던 미국과 소련을 연상시키고, 오늘날에는 기존 강대국 미국과 신흥 강국 중국의 패권 대결을 설명할 수도 있죠. 역사의 패턴은 반복되므로 역사를 통해 현재의 문제를 해결할 수 있다는 투퀴디데스의 혜안을 되새기게 됩니다.

참고도서
투퀴디데스, 펠로폰네소스 전쟁사, 천병희 옮김, 도서출판 숲, 2011

3

군사학의 고전
아나바시스

뒤따라가던 대열들이 잇달아 고함을 질러대는 앞 대열을 향해 달려가면서 사람의 수가 많아지는 만큼 고함 소리도 더 커지자, 크세노폰은 큰일이 난 줄 알았다. 그래서 그는 말에 올라 뤼키오스와 기병대를 이끌고 도우러 달려갔다. 그들은 "바다다! 바다다!" 하고 외치는 소리를 들었고 그들이 외치는 소리는 대열을 따라 전달되었다. 그러자 후위의 모든 부대도 뛰기 시작했으며 짐 나르는 가축들과 말들도 앞으로 내달았다.[8]

– 크세노폰, 『아나바시스』–

최근 그리스 여행기를 읽다가 이런 장면을 만났습니다. 1년 이상 적들과 싸우며 여행하던 헬라스인 병사 앞에 바다가 나타나자 그들이 기쁨의 외침을 쏟아냈다는 이야기. "탈라타! 탈라타!" 그 장면의 원전을 찾다가 플라톤과 동시대 인물이던 크세노폰의 『아나바시스』 또는 『페

8   아나바시스(페르시아 원정기), P.201

르시아 원정기』라는 것을 알게 되었습니다. 당시 크세노폰의 책은 출간과 동시에 베스트셀러로 등극했는데 '적지에서 1만 명의 헬라인이 살아서 돌아왔다.'라는 믿을 수 없는 이야기가 담겼기 때문입니다.

기원전 401년, 페르시아의 다리우스 2세가 사망하고 장남 크세르크세스 2세가 즉위했을 때, 왕위 경쟁에서 밀린 동생 키루스는 음모를 꾸몄습니다. 그는 소아시아의 태수였는데 언제든 형이 자객을 보내 자신을 살해할 가능성이 있다고 봤기 때문입니다. 자신이 살아남기 위해 배다른 형이자 왕을 선제공격하기로 결심했죠. 그래서 지역에서 용병을 모집했는데 상당수의 헬라인이 여기에 참여했고, 키루스는 이들을 중심으로 추가부대를 편성해 제국의 수도를 향해 동쪽으로 이동하기 시작했습니다.

책의 제목이 된 '아나바시스Anabasis'는 '올라가기'라는 뜻입니다. 용병의 집결지는 과거 뤼디아의 수도였고 키루스의 영지였던 사르디스였는데, 여기서부터 아나톨리아 고원으로 오르는 길이 이어지기 때문에 붙여진 이름입니다. 사르디스에서부터 두 달여를 행군한 후 타르소스를 지날 때 헬라스 용병들은 키루스가 페르시아 왕을 몰아내기 위한 싸움을 하려 한다는 사실을 알아챘습니다. 지역에서 싸움을 할 것으로 예상하고 있었던 대다수 용병들은 그렇게 엄청난 일인 줄 몰랐다며 소요를 일으켰는데요. 그러자 키루스는 더 많은 돈을 지급하겠다고 제안했고, 스파르타 출신 클레아르코스가 병사를 설득하여 행군은 계속되었습니다.

몇 달을 이동한 키루스의 군대는 드디어 바빌론 근처 쿠낙사 평원에서 크세르크세스 2세의 군대와 마주쳤습니다. 그곳에서 헬라스 용병은 선전했으나 허망하게도 대장 키루스가 전사하고 말았습니다. 자신들을 고용한 주인이 단 한 번의 싸움에 사라져 버린 셈이었죠. 헬라스 용병들은 고향에서 수천 리 떨어진 적국 한가운데 고립되었습니다. 다행히 크세르크세스 2세가 더 이상 싸울 생각이 없으며 한시라도 빨리 떠나길 바란다고 알려왔는데요. 헬라스 병사들은 안도의 숨을 쉬었고 클레아르코스 대장을 포함한 지휘관들은 페르시아군과 휴전협정을 맺으러 갔습니다. 그런데 웬걸! 페르시아군은 방심한 헬라스 지휘관들을 모두 참수해버렸습니다. '1만 명'의 헬라스 용병들은 적국 한가운데서 지휘자도 없이 버려졌음을 알게 되었습니다. 목숨이 다할 절체절명의 상황에 새로이 등장한 리더가 크세노폰이었습니다.

아테네 출신 크세노폰은 귀족의 자제였기에 어려서부터 귀족적 품위와 수준 높은 교양을 익혔고, 물려받은 재산 덕분에 먹고 사는 데도 큰 지장이 없었습니다. 그러던 중 소아시아의 태수 키루스가 용병을 모집한다는 소식이 들렸습니다. 당시의 아테네는 과거와 달랐습니다. 델로스동맹이 굳건하던 시절엔 평화와 경제적 활황으로 문화적 융성기를 누렸지만, 크세노폰이 살던 시대는 아테네의 영광이 무너진 시절이었죠. 스파르타에 패해 패권을 잃고 민주정도 무너져 참주정이 되었다가 가까스로 민주정이 회복됐지만, 과거의 낭만은 사라졌습니다. 아테네 외곽의 소지주였던 젊은이에게는 돌파구가 필요했습니다. 군인은 아니었지만 역사가이자 철학자로서 전투에 참여해 보는 것도 괜찮으리라 생각했습니다.

원정을 떠나기 전 절친이자 스승인 소크라테스와 앞길을 의논했습니다. 스승은 관례대로 델포이 신전에 가서 아폴론에게 물어보라고 권했습니다. 소크라테스는 페르시아의 용병으로 떠나려는 크세노폰이 탐탁지 않았을 것입니다. 크세노폰이 신전에서 '어떤 신에게 재물을 바쳐야 목적을 달성하고 무사히 돌아올 수 있는지 물었다.'라고 하자 소크라스테스는 크게 나무랐습니다. 이미 원정을 결정한 후의 질문이었다는 거죠. 크세노폰은 신전의 무녀가 알려 준 신들에게 제물을 바치고 바다를 건너 소아시아로 갔습니다.

천둥번개처럼 일어서라!

원정 기간 내내 방관자적 자세를 유지했던 크세노폰은 리더들이 갑자기 사라지자 자신이 나설 차례임을 깨닫습니다. 적국 한가운데서 이런 상황에 부닥칠 줄 예상하지 못했지만, 비관만 하고 있을 순 없었죠. 그날 밤 그는 꿈을 꾸었는데요. 제우스의 천둥 번개가 아버지의 집을 불태워버리는 꿈이었는데요. 제우스가 찾아왔으니 길조일 수도 있고,

집이 탔으니 흉조일 수도 있었습니다. 잠에서 깬 크세노폰은 천둥 번개가 되어 사람들의 생각을 깨워 길을 밝히기로 결심했습니다. 살아남은 동료들을 모아 자기 생각을 밝혔는데 긴 연설문을 요약하면 이렇습니다.

"우리가 지금 얼마나 곤경에 처했는지 알고 계시오? 우리 중 누구도 어떻게 하면 싸워 이길지 대책을 강구 하는 사람이 없소. 우리가 굴복하여 대왕의 손에 들어가면 어찌 되겠소? 전쟁에서 승리하는 것은 수와 힘이 아니오. 어느 편이 신들의 도움으로 더 강한 정신력을 갖고 적군을 공격하는가에 달려 있소. 목숨을 구걸하는 자는 비참하고 수치스럽게 죽음을 맞이하지만 명예롭게 죽으려고 노력하는 자들은 오히려 사는 법이오. 이제 우리는 떨쳐 일어나 함께 나갈 때요."[9]

동의한 동료들이 그를 대장으로 추대했습니다. 크세노폰은 각 부대의 지휘관들을 임명하고 고향으로 가기 위한 전진을 시작했는데요. 그런데 고향이 있는 서쪽이 아닌 북쪽으로 방향을 잡았습니다. 서에서 동으로 올 땐 주군 키루스에 의해 식량이 공급되었습니다. 하지만 이제 식량을 자체조달하며 이동해야 하는데, 왔던 길을 되돌아가면 식량을 구할 방법이 없었습니다. 그 지역은 대부분 황무지였기 때문이죠. 물론 북으로 이동하면 단점도 있었습니다. 페르시아 군대와 각 지역에서 세력을 갖춘 사나운 부족과 마주칠 수 있었습니다. 하지만 그에겐 선택의

9 아나바시스(페르시아 원정기), pp.129~135

여지가 없었습니다. 기병이 없는 헬라스군이기에 적절한 위치에 로도스 투석병과 크레타 궁수를 배치했습니다. 이동하면서 식량을 확보하고 적을 물리치면서 티그리스 강을 건넜습니다.

고난의 행군

강을 건너 평지를 한참 지나자 고도가 높아졌습니다. 산에 올라 당도한 곳은 카르두코이족의 땅이었습니다. 오늘날 튀르키예 동부와 이란 서부의 고원지대에 쿠르드족이 사는데, 이들의 조상일 카르두코이족은 당시에도 고원에 사는 이들이었습니다. 그들은 페르시아에 복속되지도 않았고 통일 국가도 없었습니다. 카르두코이족은 양식을 뺏기지 않기 위해 필사적으로 저항했습니다. 크세노폰과 헬라스 병사들은 현명하게 대처하며 그들을 물리쳤지요. 적을 만나면 싸우고 식량을 확보하고 이동했습니다. 가장 큰 애로사항은 변변치 못한 의복과 신발이었습니다. 많은 병사가 동상에 걸렸고 추위로 고통 받았죠.

고원지대를 넘어 닿은 곳은 서부 아르메니아였습니다. 그 지역은 평지가 많아 행군하기에 편했고 식량도 지금까지와는 다르게 풍족했습니다. 그러나 추위는 여전히 사라지지 않았고 날랜 부족들이 괴롭혔습니다. 고생고생하며 테케스라는 산을 오르던 중 선두가 큰 함성을 질렀습니다. 크세노폰과 후위는 적군이 공격해오는 줄 알았습니다. 외침이 커

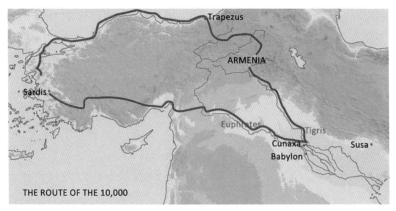

크세노폰의 원정로

지니 크세노폰은 큰 일이 일어난 줄 알고 달려갔습니다. 그 순간 "바다 다! 바다다!" 하고 외치는 소리를 듣게 됩니다. 산정에 올라 바다를 본 순간 헬라인 모두 눈물 흘리며 얼싸안았습니다. 목숨을 건 이동과 싸움 끝에 고향으로 돌아갈 수 있게 된 것입니다.

이것으로 고생이 끝난 건 아니었습니다. 그들이 본 바다는 에게 해가 아니라 흑해였으니 고향까지 수천 리 여행이 더 기다리고 있었고, 서 있는 땅은 여전히 적국이었습니다. 비록 그곳에 헬라인의 도시가 있었 지만[10] 항해할 선박도 없었고, 식량도 문제였습니다. 하지만 희망이 조금 살아났습니다. 크세노폰의 지휘 하에 수많은 난관을 이겨냈듯이 남은 여정도 잘 이겨 내리라는 믿음이 생겼기 때문입니다.

10　그들이 도착한 흑해 연안의 도시 트라브존은 이오니아의 밀레투스가 처음 개척한 도시였다.

플라톤 VS. 크세노폰

고생 끝에 아테네로 돌아온 크세노폰은 스승 소크라테스가 독배를 마시고 죽었다는 것, 동년배였던 플라톤은 이집트로 떠났다는 것을 알게 됩니다. 그에게 아테네는 더 머물 수 없는, 희망이 없는 암울한 곳이었습니다. 다시 소아시아로 건너가 스파르타의 왕 아게실라오스 2세와 친교를 맺었고 코로네이아 전투[11]에서 스파르타의 일원으로 참가하여 전공을 세웁니다. 이에 왕은 그에게 올림피아와 가까운 스킬루스에 영지를 주었고, 여기서 그는 저술에 전념했습니다. 기원전 370년 스킬루스가 적에게 점령되자 코린토스로 옮겨 살다가 사망했습니다.

우리가 아는 소크라테스 일대기에는 제자 플라톤과 크세노폰의 작품에 등장하는데, 플라톤이 그린 소크라테스의 모습엔 자신의 이상주의적 철인상이 많이 투영되어 있습니다. 반면 크세노폰은 스승의 모습을 매우 사실적으로 묘사하는데요. 이는 크세노폰에 대한 낮은 평가를 초래하기도 했습니다. 중세 이후 학자들의 평가이긴 하지만 "플라톤이 남긴 작품들 즉, 「대화편」과 비교해 크세노폰은 글 솜씨도 부족하고 후대에 끼친 영향력도 낮다."는 평가를 받았습니다. 기독교 문화에 스며든 플라톤 철학과 플라톤의 명성 때문에 이런 평가가 나올 수밖에 없었다고 봅니다.

형이상학적 학설을 펴는 중세 이후 지식인은 실전 경험을 치르고 실

---

11 기원전 394년에 스파르타가 아테네, 테베, 코린토스가 연합한 세력을 이긴 전투다.

용적인 글을 쓰는 이들을 낮춰 보는 경향이 있습니다. 하지만 고대의 기준으로 보면 크세노폰이 플라톤에 꿀릴 이유가 전혀 없었습니다. 헬라인과 로마인은 정치가로서 성공하거나 전장에서 공을 세운 행위를 가장 높게 평가 했는데요. 적국 페르시아에 갔다가 1만 명의 헬라인과 함께 살아 돌아온 크세노폰은 엄청나게 성공한 인기인이었던 반면 플라톤은 정치적 도전에 매번 실패하고 젊은이들을 모아서 철학을 논한 정도였으니 크세노폰과 상대가 되지 못했던 겁니다.

일찍이 알렉산드로스가 동방원정을 떠날 때 『아나바시스』를 지리 교과서로 참고했다는 건 잘 알려져 있습니다. 그만큼 기록이 상세하고 치밀했기 때문입니다. 크세노폰과 비슷한 경로로 이동하며 전쟁을 치렀던 알렉산드로스로서는 크세노폰이 무척 고마웠을 겁니다. 페르시아인의 전술을 미리 경험할 수도 있었을 것이고요. 로마제국 시절에도 크세노폰은 리더들에게 많은 사랑을 받았습니다. 그리고 예나 지금이나 『아나바시스』는 군사학의 고전으로 읽힙니다. 리더가 사라진 상황에서 새로운 리더로 나서 방향을 설정하고, 이동하면서 군량을 조달하는 등 크세노폰이 발휘한 역할로부터 배울 게 많기 때문입니다.

참고도서
크세노폰, 아나바시스(페르시아 원정기), 천병희 옮김, 도서출판 숲, 2011

4

세계 정복의 기록
알렉산드로스 원정기

헬라스인이건 다른 종족이건 알렉산드로스처럼 혼자 힘으로 그토록 빛나는 위업을 이룩한 사람은 이 세상에 없었다. 이것이 바로 내가 알렉산드로스의 일생을 사람들에게 알리기에 자격이 없지 않다는 믿음 아래 역사 기술에 착수한 이유다.

– 아리아노스, 『알렉산드로스 원정기』 –

살아 있는 영웅 알렉산드로스

나폴리에 가면 폼페이에서 발굴한 유물을 모아놓은 국립 박물관에 알렉산드로스를 그린 모자이크가 있습니다. 페르시아의 다리우스 3세 왕과 이수스 전투에서 싸우던 장면을 묘사하고 있는데요. 기원전 310년 헬레니즘 시절에 제작된 원작은 사라졌고 로마시대에 복제되어 폼페이의 '파우누스' 집에 있던 것을 가져온 것입니다. 세계사 교과서에 나오던 그림을 박물관에서 발견했을 때 얼마나 큰 감동이던지요! 머리 칼 휘날리며 달려가는 젊은 알렉산드로스, 창에 맞아 쓰러지는 말, 후퇴하는 페르시아군과 다리우스 왕. 전쟁터의 모습을 정말 박진감 있게 그려냈습니다. 로마제국의 중소도시 정도였던 폼페이 저택의 응접실 바닥에 모자이크로 만들어져 있었으니 당시 부유한 로마 귀족 집에는 어디에나 있던 그림이었을 겁니다. 그만큼 알렉산드로스의 활약은 대단히 인기 있고 중요한 사건이었습니다.

서양의 왕 중 '대왕' 칭호가 붙은 사람은 대략 세 명입니다. 첫 번째가 알렉산드로스이고 두 번째는 기독교를 공인한 콘스탄티누스 1세, 세 번째는 프랑크족을 통일해 서로마제국 황제관을 쓴 샤를마뉴인데요, 이들 중 서양인이 가장 사랑하는 대왕[12]은 알렉산드로스기원전 356~기원전 323가 아닐까 싶습니다. 변방 약소국 마케도니아의 왕이었던 그는 헬라스 전체를 최초로 통일하고 당대 최고의 문명국 페르시아를 물리쳐 대제국을 만들었습니다. 이후 어떤 왕도 이 정도의 업적을 올리지 못했는데요. 게다가 겨우 서른셋의 젊은 나이에 요절했다는 것도 크게 사랑받는 이유의 하나일 겁니다. 좋은 스토리만 남고 늙고 추한 이미지를 만들어낼 시간이 없었으니까요.

기원전 356년 마케도니아에서 태어난 알렉산드로스는 20세의 나이

12 알렉산드로스 3세 메가스 또는 마그누스다.

알렉산드로스 모자이크, 폼페이 파우누스의 집에서 발견, 나폴리 국립 박물관 ⓒ안계환

로 갑작스럽게 죽은 아버지를 계승하여 마케도니아의 왕이 되었습니다. 그는 치세기간 대부분을 동방원정을 하며 보냈는데요. 30세가 되었을 때쯤 헬라스를 포함하여 남쪽으로 이집트, 동쪽으로 페르시아와 인도 북서부까지 영토를 확장했는데, 서양에선 이전에도 이후에도 전례가 없는 대제국이었습니다. 그는 전투에서 패배한 적이 거의 없는, 역사상 가장 성공적인 군사 지도자로 평가됩니다. 그래서 카르타고의 한니발 장군도 첫손가락으로 꼽았을 정도죠. 『알렉산드로스 원정기』의 저자 아리아노스는 이런 말로 그를 평가합니다.

"세상에 알렉산드로스에 견줄만한 인물은 볼 수 없었다."

알렉산드로스의 아나바시스(올라가기)

알렉산드로스에겐 자신의 영웅적 모습을 전해줄 호메로스 같은 시인이 없었습니다. 또한 카이사르처럼 스스로 기록을 남기지도 않았죠. 대신 알렉산드로스의 원정을 따라다닌 이들이 기록한 문헌이 존재했는데 아리스토불루스와 프톨레마이오스 같은 이들이 쓴 글입니다. 프톨레마이오스는 왕의 부관이었으며 알렉산드로스 사망 후 이집트에서 왕가를 일군 사람이죠. 현재 프톨레마이오스의 기록이 남아 있진 않지만, 그의 기록을 토대로 한 알렉산드로스의 일대기들이 존재합니다. 기원전 1세기 그리스인 역사가 디오도로스 시쿨러스가 쓴 『역사총서』, 1세기 중후반 퀸투스 루푸스가 쓴 『알렉산드로스의 생애』, 플루타르코스의 『비교영웅전』 등이죠.

이번에 다룰 『알렉산드로스 원정기』는 로마시대에 카파도키아 총독과 아테네 집정관을 지냈던 아리아노스가 남긴 저서입니다. 로마제국 사람이지만 라틴어가 아닌 헬라어로 기록을 남겼는데요. 1세기 말에 태어난 그는 알렉산드로스의 동방원정을 함께 했던 아리스토불루스와 프톨레마이오스의 기록을 토대로 전투과정, 동행한 지휘관, 적장 이름, 직위, 군대 규모, 지리와 지형까지 자세히 묘사합니다. 군사적인 내용은 프톨레마이오스의 진술을, 지리나 지형적 사항은 아리스토불루스의 기록에 의존했습니다. 아리아노스가 저술한 책의 원제는 크세노폰의 저서를 본뜬 듯 『알렉산드로스 원정기』입니다.

북방 신흥 세력의 재패

아테네가 헬라스의 중심이던 시절은 기원전 478년 성립된 델로스동맹 시기부터 스파르타에게 최종적으로 패한 기원전 404년까지 70여년간이었습니다. 하지만 태양이 뜨면 지는 시간이 오듯 아테네 전성기도 저물고 있었는데요. 플라톤과 아리스토텔레스가 자신들의 학교 아카데메이아와 리케이온을 열었던 시기는 전성기를 지나 쇠퇴기로 접어들었던 때였습니다.[13] 아테네는 함대, 제국, 민주정을 잃었지만 스파르타도 주도국이 되기엔 역량이 부족했습니다. 스파르타는 시민의 수가 적어 강력한 군대육성이 쉽지 않았고 이를 뒷받침할 경제력도 충분하지 않았습니다. 결국 기원전 371년 테베와의 전투에서 패배하면서 스파르타는 헬라스의 주도권을 상실합니다.

아테네인에게 헬라스의 일원으로 인정받지 못했던 북방의 신흥 세력 마케도니아는 필리포스 2세 이후 강력한 군대를 육성하고 점차 주변국을 정벌했습니다. 북방 초원에서 육성된 기병과 헬라스의 전통인 강력

---

13 플라톤의 아카데메이아는 기원전 387년경 시작되었다.

한 집단보병대 덕분이었는데요. 특히 마케도니아의 보병대는 기존 팔랑크스를 개선하고 경쟁력을 높였습니다. 병사는 방패를 가죽 끈으로 팔뚝에 묶고, 사리사라고 하는 두 손으로 찌르는 자그마치 6.5m 가량의 긴 창을 썼습니다. 강력한 기병과 장창을 든 팔랑크스의 공략에 테베와 아테네를 비롯해 여러 폴리스가 필리포스의 말발굽 아래로 들어왔습니다. 그리고 아버지의 급작스러운 사망으로 왕위에 오른 알렉산드로스는 헬라스연합군을 규합해 동방원정을 떠났는데요. 언뜻 보면 무모해 보이는 원정이었습니다. 에게 해의 해상세력에 불과한 헬라스가 페르시아라는 거대문명에 도전한다니! 그 누구도 이처럼 대담한 정벌을 계획하거나 시도한 적이 없었습니다.

동방원정의 시작

기원전 334년, 알렉산드로스는 헬라스연합군을 이끌고 헬라스폰토스를 건너 페르시아가 영위하는 소아시아에 들어섰습니다. 그리고 그라니코스 강에서 페르시아 군과 첫 번째 전투를 치렀죠. 첫 전투에서부터 알렉산드로스는 자신의 장기를 펼칩니다. 적군도 아군도 싸움을 주저하고 있을 때 과감하게 강을 건너 공격하는 방식 말입니다. 알렉산드로스는 상대편 사령관을 포로로 잡으며 첫 전투를 대승으로 마무리 지었는데요. 전투의 승리로 소아시아 서부지역은 무방비상태가 되었고 수많은 도시가 알렉산드로스에게 성문을 열었습니다. 단 두 도시, 이오니아의 최대도시 밀레토스와 할리카르나소스만 남았죠. 이들이 항복하지 않자 알렉산드로스는 공성 무기를 개발해 두 곳을 파괴했습니다.

알렉산드로스와 페르시아의 다리우스 3세가 처음 맞붙은 전투는 시리아의 관문 이수스에서였습니다. 다리우스가 직접 지휘한 페르시아는 수십만 대군이었고 알렉산드로스는 4만여 명이었기에 수적으로 불리하였는데, 결과는 의외로 싱겁게 끝났습니다. 병력이 많은 다리우스가 좁은 평야에 대군을 몰아넣었고, 알렉산드로스가 이끄는 기병은 다리우스의 본진을 직접 노린 공격을 감행했습니다. '전투는 숫자로 하는 게 아니라 심장으로 한다.'라는 말처럼 강력한 용기를 지닌 알렉산드로스의 일방적 승리였습니다. 이 전투에서 다리우스는 목숨을 건졌지만 수많은 재물과 어머니와 아내, 그리고 두 딸을 포로로 넘겼습니다.

이후 알렉산드로스의 행보는 거칠 것이 없었습니다. 페니키아의 항구도시 티레가 저항했지만 6개월간의 공성전을 거쳐 함락시켰고, 이집트에서는 '해방자' 칭호를 들으며 아문신전에서 '아문의 아들'이라는 신탁을 받기도 했습니다. 이제 이집트, 시리아, 아나톨리아를 포함한 동지중해의 넓은 땅이 그의 패권 하에 들어왔습니다. 인력도 재물도 풍부한 그곳을 다스리며 편안히 지낼 수도 있었죠. 하지만 그는 젊었고 사기가 충만했기에 머무르려 하지 않았습니다. 다리우스가 살아있었고 여전히 페르시아는 건재했던 이유도 컸습니다.

기원전 331년, 25세의 알렉산드로스와 다리우스는 오늘날 이라크 모술 근처의 가우가멜라 평원에서 다시 맞붙었습니다. 여기서 알렉산드로스의 용맹이 다시 빛을 발하는데요. 친위기병과 함께 또다시 다리우스의 본진을 공략했습니다. 그는 최고 지휘관인데도 항상 마름모꼴로 형성된 친위기병의 선두에 섰습니다. 그는 강력한 팔랑크스 보병으로 적의 보병을 붙잡아 두고, 빠른 기병으로 우회해 적의 중심을 때리는 '망치와 모루 전술'의 창시자이기도 했습니다. 결국 다리우스는 이 전투에서도 패해 또다시 도망가고 페르시아는 멸망의 수순을 밟습니다.

동방원정의 끝

이제 페르시아의 수도를 함락했으니 더 이상 진격하지 않아도 되었건만, 알렉산드로스는 멈추지 않았습니다. 바빌론과 페르세폴리스의 화려한 궁정에서 잠시 즐긴 후 이란고원을 넘어 박트리아와 소그디아나[14]로 진격했습니다. 여전히 다리우스와 그 잔당들이 세력을 갖고 있었던 곳이었습니다. 북방의 거친 유목민을 처음 만나 고초를 겪으면서도 기가 꺾이지 않았죠. 29세가 된 327년 봄, 힌두쿠시산맥을 넘어 인도현재의 파키스탄 동부까지 나아갔습니다. 그리곤 다섯 강이 흐르는 곳[15]에서 2년

---

14 오늘날의 우즈베키스탄, 타지키스탄, 아프가니스탄 북부 지역이다.
15 오늘날 파키스탄과 인도에 걸쳐있는 펀잡주를 의미한다.

을 보낸 후 말발굽을 돌릴 수밖에 없었는데요. 왕은 동쪽으로 더 가고 싶었지만, 병사들은 더 이상 전쟁을 계속하기를 꺼렸기 때문입니다.

인도는 이전까지 병사들이 경험했던 지역과 전혀 다른 땅이었습니다. 그동안 지나온 지역은 페르시아의 패권이 미치던 곳이었기에 중앙 정권이 몰락한 후 잔당은 그리 강력하지 않았죠. 하지만 인도는 달랐습니다. 패권을 쥔 왕이 있었고 군대는 강력했습니다. 무엇보다 기후가 달랐는데요. 마케도니아군은 고원과 사막을 지나며 추위와 더위에는 익숙했지만 습하고 물이 많은 지형에서의 전투는 생소했습니다. 처음 본 인도의 전투용 코끼리가 무섭기도 했습니다. 알렉산드로스가 허파에 화살을 맞아 죽을 고비를 넘기도 했고요. 결국 동방원정은 거기까지였습니다.

이제 원정을 끝내고 바빌론으로 돌아갈 일이 남았습니다. 군대는 인더스 강을 따라 바다에 이른 후 서쪽으로 가는 방향을 선택했습니다. 엄청난 전리품과 종군하던 여인 등 기타 인력을 태운 함대는 바닷길로 돌아가고 알렉산드로스는 병사들과 함께 육지로 행군했습니다. 그때 게드로시아 사막[16]을 만납니다. 뜨거운 태양과 푹푹 빠지는 모래가 있는 곳이었지요. 이 사막을 통과하면서 수많은 병사와 동물들이 희생되었는데요. 이때 알렉산드로스가 마케도니아 병사들에게 극진한 사랑을 받게 된 에피소드가 등장합니다.

16 오늘날 파키스탄의 남부지역에 있는 발루치스탄 지역이다.

"알렉산드로스군은 모래사막을 지나고 있었는데 물은 한참 멀리 있었다. 왕을 비롯한 모두가 갈증에 시달리며 끝없이 걷고 있었는데, 물을 구하러 갔던 병사들이 아주 작은 양의 물을 구해왔다. 병사들은 어렵게 구한 귀한 물을 투구에 담아 왕에게 바쳤다. 감사를 표하며 투구를 받은 알렉산드로스는 모든 병사가 보는 앞에서 물을 쏟아버렸다. 혼자 마시느니 마시지 않겠다는 것이다."[17]

헬레니즘 문화의 융성

바빌론으로 돌아온 지 얼마 지나지 않아 알렉산드로스는 앓아 누웠고 고열에 시달리다 죽었습니다. 아랍원정을 계획하던 중이었는데요. 알코올 중독으로 죽었다고 했고 독살되었다는 설이 돌기도 했습니다. 하지만 아리아노스의 기록을 보면 그가 복부 통증을 겪으며 신체 마비가 오고 고열에 시달렸다는 걸 알 수 있는데요. 누군가에 의한 독살이었다면 이렇게 오랫동안 시달리지 않고 바로 죽었을 겁니다. 그리고 죽은 후 6일간 시체가 부패하지 않았다고도 하고요. 현대 의학자들은 그가 박테리아에 감염되어 길랭-바레 증후군[18]으로 진행성 마비가 발생했고 사망으로 이어졌다고 봅니다.

---

17 알렉산드로스 원정기, p362
18 갑자기 다리 힘이 약해지거나 움직이지 못하고 통증이 생기는 증상이다.

알렉산드로스는 32년 8개월을 살았고 12년 8개월간 통치했는데요. 영광의 시간은 짧았지만, 그가 남긴 아주 영향은 컸습니다. 그의 이름을 딴 도시가 만들어졌고 헬라스와 페르시아 문명이 합쳐졌습니다. 그 대표적 결과물이 '간다라예술'인데요. 알렉산드로스 이후 제국은 여러 개로 갈라졌는데 힌두쿠시산맥과 아무다리아강 사이의 박트리아기원전 246~기원전 138도 그중 하나였습니다. 이곳에서 그레코-박트리아 문화가 탄생했습니다. 원래 불교엔 형상을 만드는 문화가 없었는데 인간 형상의 신을 조각하는 헬라스 문화와 결합해 부처의 형상이 탄생했던 것이죠. 그렇게 시작된 간다라 예술의 영향은 중국 산서성 운강석굴을 거쳐 경주의 석굴암으로 이어졌습니다. 알렉산드로스에 의한 헬라스의 통합은 문명의 부흥을 이끌었습니다. 아테네 대신 아르키메데스가 있었던 시라쿠사가 전성기를 누렸고, 에페수스 등 이오니아의 도시들도 다시 번성했습니다. 예술품 제작 능력과 과학기술도 더욱 발전했는데요. 그의 이름을 딴 알렉산드리아에는 도서관이 만들어져 지금까지 발전한 여러 학문을 집대성하였습니다. 또한 지중해 동부지역에 헬라어가 중요한 의사소통 수단이 되었는데 '공통된 것'이라는 의미로 '코이네koine'라 불렸습니다. 훗날 코이네로『구약성서』가 번역되고『신약성서』가 기록되었습니다.

프랑스 루브르 박물관의 최고 유물 '밀로의 비너스'나 '사모트라케의 니케'상은 헬레니즘 시대의 작품입니다. 어쩌면 이때가 헬라스의 기술, 문화, 예술이 정점이 아니었을까요? 2세기 비잔티움 출신 철학자 필론

은 당시 알려진 세계를 여행한 후 『세계 7대 경관』[19]이란 책을 썼는데
요. 우리에게 잘 알려진 '고대세계 7대 불가사의 건축물'이 기록되었죠.
이집트 쿠푸왕의 피라미드, 바빌론의 공중정원, 올림피아의 제우스 상,
에페소스의 아르테미스 신전, 할리카르나소스의 마우솔레움, 로도스의
청동상, 알렉산드리아 파로스의 등대입니다. 지금까지 온전히 남아 있
는 건 이집트의 피라미드뿐이지만 몇 가지를 유추할 수 있습니다. 첫
째, 필론이 살았던 로마제국은 평화가 지속되었기에 넓은 지역을 여행
할 수 있었다는 것. 둘째, 에페소스의 아르테미스 신전, 할리카르나소스
의 마우솔레움, 로도스의 청동상, 알렉산드리아의 파로스 등대, 7개 중
4개가 헬레니즘 시대에 제작됐다는 겁니다.

알렉산드로스가 죽은 후 시리아 동쪽 이란고원엔 페르시아 민족이
다시 일어서면서 '파르시인의 나라'라는 뜻의 파르티아가 자리 잡았습
니다. 알렉산드로스가 이룬 제국은 잠깐의 혼란기를 거쳐 시리아의 셀
레우코스 왕조, 발칸반도의 마케도니아 왕조, 이집트의 프톨레마이오스
왕조로 나뉘었고요. 그리고 세 나라 중 가장 화려한 문명의 꽃을 피운
건 프톨레마이오스 왕조였습니다. 수도 알렉산드리아에 학문연구기관
인 '뮤지엄'을 세워 헬라스 문명을 보존·발전시켰고, 후대 로마인에게
물려주었습니다.

참고도서
아리아노스, 알렉산드로스 원정기, 박우정 옮김, 글항아리, 2017

19 원제는 고대세계의 7가지 놀랄만한(Wonder) 건축물이란 뜻이다.

5

가장 중요한 원전
리비우스의 로마사

베스타신전의 여사제는 두 아들쌍둥이을 낳았다. 그녀는 마르스가 아이들의 아버지라고 선언했지만, 아이들을 키울 수는 없었다. 갓난아기들을 넣은 바구니는 강에 버려졌고 흘러 내려가다 마른 땅에 머물렀다. 마침 인근에 사는 암늑대가 아이들을 발견해 젖을 물렸고 아이들을 얼렀다. 목축업자인 파우스툴루스는 아이들을 발견하고 자신의 오두막으로 데려가 아내 라우렌티아에게 건네주어 양육하게 했다. 어떤 사람들은 이 이야기의 근원을 다음 사실에서 찾고 있다. 즉 라우렌티아는 평범한 창녀였는데 당시 목동들에 의해 늑대라고 불렸다고 한다.

– 리비우스, 『로마사』 –

오늘의 유럽과 로마제국

유럽에는 오랜 역사를 지닌 성당과 수도원이 있고 아름다운 예술품과 유물을 전시하는 박물관이 도처에 있습니다. 국가마다 언어와 문화는 조금씩 다르지만, 국경을 넘을 때 여권검사를 하지 않을 정도로 개별국가 개념도 별로 없습니다. 비자를 받을 필요도 없고 유레일패스를 사면 나라와 상관없이 기차를 탈 수 있는 편리한 곳이기도 하죠. 스위스나 영국 등 몇몇 국가를 제외하곤 유로화라는 동일 화폐를 사용하기에 환전의 불편함도 없습니다. 각국 국민은 비슷한 교리를 가진 로마가톨릭을 믿으며 로만 알파벳을 사용합니다. 지구촌 다른 지역에 비해 유

늑대의 젖을 먹는 로물루스와 레무스 형제, 로마 국립 박물관 ⓒ안계환

150

럽은 그 동질성이 훨씬 강합니다.

벨기에 브뤼셀에 가면 유럽연합European Union 본부가 있는데 서유럽과 남유럽 대부분 국가가 유럽연합에 가입되어 있고 동유럽 여러나라가 가입 대기 중입니다. 영국이 유럽연합에서 떨어져 나갔지만, 경제적 이득을 위해서였고 문화적으로 유럽연합과 분리된 건 아닙니다. 이처럼 유럽 국가들이 종교적, 문화적, 정치적으로 동질화 경향을 보이는 가장 큰 원동력은 '로마제국Roman Empire'때문입니다. 유럽연합 회원국 대부분은 과거 로마제국 영토의 일부였습니다. 스웨덴과 노르웨이 등 북유럽과 러시아, 우크라이나 등은 로마제국의 영토는 아니었지만, 영향권에 속했다고 할 수 있는데요. 로마제국의 종교와 문화가 널리 퍼져있기 때문입니다.

'로마'라는 이름을 들으면 이탈리아의 수도를 떠올리지만, 도시 이름에만 한정하기에는 너무 거대합니다. 로마는 '도시 이름'이면서도 지중해 지역 전체를 아우르는 '거대국가'였고 수많은 민족과 소국을 거느린 '제국'이었습니다. 로마는 기원전 8세기 중반 이탈리아 중부의 도시국가로 출발해 서기 1세기경 지중해 전체를 영토로 두었습니다. 그 후 전성기를 누리다가 동서로 분열되어 476년 서로마가 멸망했고, 동로마는 그로부터 천 년을 더 유지하여 1453년까지 이어졌습니다. 2,000년 넘는 세월 동안 국가가 유지된 셈입니다.

이걸로 끝이 아니었습니다. 러시아제국과 오스만제국이 동로마제국의 후예를 자처했는데요. 러시아는 종교와 문화적으로 로마제국의 후예라 주장했는데 1917년까지 러시아 황제는 '짜르카이사르'라 불렸습니다. 동로마제국의 수도 콘스탄티노플을 차지한 오스만제국은 지리적으로 동로마제국의 후예라고 주장했고요. 한편 서기 800년 프랑크족의 수장 샤를마뉴는 교황으로부터 서로마제국 황제의 관을 받으면서 서로마제국의 뒤를 이었습니다. 이후 서로마제국은 1806년 오스트리아의 프란츠 2세가 신성로마제국[20] 황제 지위를 포기할 때까지 천 년을 더 존속했습니다. '로마'라는 이름의 정식 국가와 명목상 국가가 유럽의 역사시대 대부분에서 존재했던 셈입니다.

로마의 영향은 유럽에만 그치지 않습니다. 로마공화국을 본뜬 나라가 등장했으니 오늘날 '천조국'이라는 별명을 가진 미합중국입니다. 로마공화국은 군주제, 귀족제, 민주제가 혼합된 정치형태를 취했습니다. 집정관은 군주제를, 원로원은 귀족제를, 민회는 민주제의 요소를 갖추었는데요. 세 요소가 적절히 혼합되어 서로 견제하고 균형을 이루었습니다. 미합중국도 로마의 3요소처럼 국가 지도자인 '대통령', 주별로 2명을 뽑는 '상원의원', 인구비례로 선출하는 '하원의원'을 구성합니다. 대통령선거도 선거인단에 의한 대표권으로 정하죠. 로마공화국의 최고 의사결정기관이던 민회도 1인 1표가 아닌 그룹당 1표였습니다. 이것이

---

20 여기서 말하는 신성로마제국(New Holly Roman Empire)은 과거의 로마제국과는 다른 명목상 제국이었다.

미국 대통령선거에 적용되어 주별로 승리한 당이 선거인단을 모두 가져가는 그룹 1표의 개념이 도입된 것입니다. 미국 중부에 위치한 신시내티Cincinnati는 로마공화국의 영웅인 킨키나투스[21]를 기리기 위해 붙여진 도시명이기도 합니다.

로마의 역사가들

제가 로마제국에 대해 관심을 갖게 된 건 직장인 시절 시오노 나나미의 『로마인 이야기』를 만나면서였습니다. 세계사를 워낙 좋아해 서양 역사에 대해 어느 정도 지식은 있었지만, 속속들이 알지는 못했습니다. 그러다 시오노 나나미의 여러 저서를 만나면서 로마 역사의 재미에 빠져들었습니다. 지식인특히 역사가들중엔 『로마인 이야기』를 폄하하는 이들도 있는데요. 그것이 픽션에 가까워 역사서라고 볼 수 없으며 심지어 "읽지 말라"고까지 말합니다. 그러나 시오노 나나미는 자신의 책을 역사서라고 주장하지 않았으며 스스로를 '역사 스토리텔러'라고 불리는 것을 즐깁니다.

시오노 나나미는 로마제국에 대한 대중의 관심이 높아지는 데 큰 공헌을 했습니다. 서양과는 다른 문화를 가진 동양인이 방대한 로마사에

---

21 기원전 460년에는 집정관을 지냈고, 기원전 458년과 439년에 두 번이나 독재관에 올라 나라의 위급한 일들을 해결했다. 독재관이었지만 권력욕을 내보이지 않고 자신의 농장으로 돌아갔기에 칭송받는 인물이다.

접근하는 건 쉽지 않습니다. 역사가 길고 자료도 많기에 무엇부터 접근해야 할지 막막하기도 합니다. 이런 때에 『로마인 이야기』는 대중이 로마사와 친근하게 만들었고 나아가 정통 역사서까지 찾게 했던 겁니다. 따라서 로마제국에 대해 알고 싶으면 일단 『로마인 이야기』로 로마사에 대한 큰 그림을 그린 후 하이켈 하임이나 에드워드 기번 등 정통 역사가를 만나면 됩니다. 그 다음엔? 역사서 원전을 읽는 겁니다. 물론 역사학자가 아닌 일반인 독자에게는 쉽지 않지만 말입니다.

　로마사에 대한 1차 사료 즉, 원전은 어떤 게 있을까요? 가장 오래된 역사가로는 폴리비오스가 있습니다. 그리스가 점령당하면서 로마에 포로로 끌려온 그는 기원전 264년부터 146년까지 118년에 걸친 시기의 역사를 기록했는데요, 이는 로마가 카르타고와 다퉜던 포에니 전쟁 기간과 겹칩니다. 카르타고는 로마와 쟁투에서 패한 후 몰락하고 기원전 146년 역사에서 사라지죠. 두 번째 원전은 이번에 소개할 리비우스의 『로마사』입니다. 세 번째는 타키투스의 『연대기』로 로마 제정기, 즉 아우구스투스의 서거 서기 14년부터 황제 네로의 사망 서기 68년까지 약 55년의 기록입니다. 마지막으로 오현제시대에 헬라어로 기록된 플루타르코스의 『비교영웅전』이 있는데요. 오늘날 거의 잊힌 인물들에 대해서 소상히 기록된 사료입니다.

집단 지도체제의 정통과 로마의 번성

티투스 리비우스의 『로마사』[22]는 로마 공화정 시기에 관한 최고의 기록이라 말해도 틀리지 않습니다. '그리스에 헤로도토스가 있다면 로마에는 리비우스가 있다.'라고 할 수 있을 정도로 많은 이에게 인정과 사랑을 받았습니다. 베르길리우스의 『아이네이스』와 함께 서구 교양인의 필독서였고 라틴어를 공부할 때 반드시 이 책을 읽어야 했습니다. 16세기 니콜로 마키아벨리는 『티투스 리비우스의 처음 10권에 대한 논고』를 썼는데 오늘날에는 줄여서 『로마사 논고』라고 부릅니다. 『군주론』을 썼지만 그의 인생 전체를 보면 군주론자가 아니라 공화론자로 짐작될 정도로 그에게 리비우스의 영향력은 컸습니다. 오늘날에도 로마사에 대한 2차 사료 및 연구서들은 모두 리비우스의 『로마사』를 바탕에 두고 있습니다. 하지만 아쉽게도 142권 중 1~10권, 21~45권, 그리고 11권과 91권의 일부분만 전해집니다. 책의 분량이 워낙 방대했기 때문에 필경사들이 양피지에 일일이 베껴야 보존이 가능하던 중세를 지나면서 많이 소실되었던 거죠. 마키아벨리의 『로마사 논고』는 이 책의 첫 10권에 대한 해설서라 할 수 있습니다.

1권에서부터 10권까지의 내용을 간단히 정리하면 이렇습니다. 1권에서 5권까지는 신화적 인물이 등장해 도시를 세운 후 왕정과 공화정을 거쳐 점차 지역의 강자로 등장하는 이야기입니다. 불타는 트로이를

---

22 원제는 '로마라는 도시가 세워졌을 때부터'라는 뜻이다.

떠나 라틴지역에 도달한 아이네이아스, 암늑대에게 키워졌다는 로물루스와 레무스 쌍둥이 형제, 그리고 로마를 다스린 일곱 명의 왕이 있습니다. 첫 장에 등장하는 에피소드는 세상에 널리 알려졌는데요. 사비니 여인들의 납치, 호라티우스의 맹세, 루크레티아의 능욕, 브루투스의 복수 등이 있습니다. 근대 예술가들에 의해 회화작품으로도 많이 제작되었는데요. 제2권엔 브루투스가 왕정을 몰아내고 공화정을 세우는 사건이 등장합니다. 이 과정에서 왕정으로 돌아갈 것을 획책한 아들을 처형한 사건, 호라티우스가 다리를 지킨 사건, 이웃 도시 베이와의 치열한 쟁투가 이어지죠.

J.L.다비드, 〈사비니 여인들의 중재〉, 루부르 박물관 소장

제3권의 가장 유명한 인물은 킨키나투스입니다. 그는 집정관에서 물러나 작은 농장을 운영하던 중 원로원으로부터 독재관으로 임명되었는데요. 독재관이란 2명의 집정관으로 권력이 나뉘어 있던 것을 한 사람에게 모든 권한을 주어 비상시에 극복하도록 하는 자리였습니다. 독재관에 오른 그는 15일 만에 문제를 해결하고 자신의 농장으로 돌아갑니다. 강력한 권력을 쥐었음에도 역할을 다한 후 모든 것을 내려놓고 자기 자리로 돌아갔기에 후대인의 높은 추앙을 받았습니다. 이후 승승장구하던 로마는 엄청난 고난을 치르는데요. 기원전 390년 갈리아 세노네스족에 의해 도시가 점령되고 약탈당했던 겁니다. 이 사건은 로마 역사 기록의 분기점이 되는데 대부분의 기록이 불타면서 이전 시대에 대한 정확한 내용을 알지 못하게 되었습니다. '신화시대의 로마'와 '역사시대의 로마'는 이 사건을 기점으로 잡습니다.

6권부터 10권까지는 로마 북쪽 에트루리아와 남쪽 삼니움과의 치열한 쟁투를 그립니다. 수로를 건설하고 도로를 개설했던 아피우스 클라우디우스, 군사령관인 아버지 명령을 어겼다고 아들을 죽인 만리우스 토르콰투스, 군대의 승리를 위해 자신의 죽음을 봉헌한 무스 데키우스. 그리스엔 신화적 영웅이 많지만 로마엔 나라를 지키기 위해 등장한 실제 인물 많다는 특징이 있습니다. 이와 관련해 리비우스가 묘사한 이야기 중 알렉산드로스와의 비교가 흥미롭습니다.

나는 알렉산드로스가 뛰어난 지휘관이라는 것을 부정하지 않는다. 그러나 그의 명성은 혼자서 일을 해냈다는 것, 성공의 상승국면에서 젊은 사람으로 죽었다는 것, 운명의 반전을 겪은 경험이 없다는 것에서 기인한다. 마케도니아는 한 명의 알렉산드로스밖에 없지만 로마는 그렇지 않다. 로마에는 알렉산드로스와 필적할 사람이 많고 그들은 자신의 운명이 정한 바에 따라 전투에서 죽을 수 있지만 계속 그를 대신할 장군이 임명되기 때문에 국가가 위험해지지 않는다.[23]

리비우스는 로마인의 특징을 알렉산드로스와 비교해 설명했는데요. 만약 알렉산드로스가 동방이 아니라 서방으로 말머리를 돌려 로마를 공격했다면 어땠을까 상상합니다. 그리고 알렉산드로스가 아무리 위대한 장군일지라도 끊임없이 장군을 배출해내는 로마를 이기긴 어려웠을 거라고 봅니다. 뛰어난 개인보다 공동체를 지향하는 집단의 힘이 더 강하다는 것이죠. 이런 일이 실제로도 벌어졌는데요. 이탈리아를 침공한 한니발이 초반엔 로마를 절체절명의 위기에 빠뜨렸지만, 로마는 16년간이나 견디며 결국 한니발을 몰아냈습니다.

제가 쓴 『세계사를 바꾼 돈』에서 알렉산드로스가 이탈리아로 쳐들어갈 일은 절대 없었을 거라고 말했습니다. 왜 그럴까요? 당시 최선진국이자 가장 부유한 나라는 페르시아였지 로마가 아니었습니다. 로마와 이탈리아는 가난한 땅이고 공격해봤자 얻을 전리품이 별로 없었을 테니 알렉산드로스는 서방원정을 꿈도 꾸지 않았을 겁니다. 로마는 본래

---

23 리비우스 로마사 제9권 17장

싸움 잘하는 전사들이 뭉친 나라였습니다. 작은 언덕에서 시작했지만 꾸준히 주변 도시를 점령해나갔고, 마침내 지역의 강자가 되었습니다. 리비우스 말대로 알렉산드로스가 침략했다면 성공하지 못했을 가능성이 있습니다. 이탈리아 남부에 있던 헬라스 도시들의 요청으로 이탈리아를 침공했던 에피로스의 피로스[24]가 그 예라 할 수 있죠. 그도 뛰어난 장수였지만 로마인의 끈기에는 당해내지 못했습니다. 로마는 개인보다 공동체 중심 문화를 추구하는 나라였기 때문입니다.

제1, 2차 포에니 전쟁

리비우스의 로마사 11권부터 20권까지는 소실되어 전해지지 않는데요. 이 시기는 이탈리아반도 남쪽으로 세력을 펼치던 때였습니다. 남쪽에는 '마그나 그라이키아'라 불리던 헬라인의 도시가 있었는데 로마에서 가까운 순으로 쿠마에, 나폴리, 엘레아 등이었죠. 이탈리아 반도를 구두에 비유할 때 구두 바닥에 해당하는 곳에도 여러 도시가 있었습니다. 피타고라스가 살았던 크로토네, 헤로도토스가 말년을 보냈던 투리오이, 가장 번성한 도시 타렌툼 등이 있었습니다.

로마는 남부의 헬라스 도시들과 경쟁을 거쳐 이 지역을 패권 하에 두

---

24 이탈리아 남부 도시 타라스의 요청으로 피로스는 로마군과 싸워 승리를 거두었다. 하지만 불어나는 손실을 메꿀 재간이 없어 철수했다. 이겨도 얻은 게 없는 경우를 '피로스의 승리'라 부른다.

었습니다. 그 과정에서 에피로스의 왕 피로스와 치열한 전쟁을 치렀지요. 그리고 이어지는 사건은 오랜 패자로 군림해온 카르타고와의 쟁투였습니다. 로마가 서지중해의 패권을 두고 카르타고와 다퉜던 포에니 전쟁의 시작입니다. 일련의 사건들은 폴리비오스가 직접 참전하기도 하면서 처음 기록했고, 리비우스가 참조했다고 합니다. 우리는 리비우스의 기록이 사라졌기에 폴리비오스나 다른 이의 기록을 통해 역사를 읽을 수밖에 없습니다.

페니키아의 식민지로 세워진 카르타고는 오랫동안 강국으로 군림했는데 로마와는 여러 면에서 차이가 있었습니다. 로마는 육지 강국이자 농업 국가였지만 카르타고는 해양 세력이자 상업 국가였습니다. 로마는 평상시 선출 집정관을 중심으로 생업에 종사하다가 전시가 되면 집정관이 지휘관을 맡고, 시민은 군인으로 탈바꿈해 일사불란하게 전쟁에 임했습니다. 반면 카르타고는 원로원 의원이 행정을 담당하고, 직업 군인이 지휘관을 맡으며, 해군 일부를 제외하면 용병을 고용하거나 노예에게 노 젓기를 시켰습니다. 시민이 병사가 되는 로마와는 전투에 임하는 자세가 달랐습니다. 카르타고는 처음부터 해양 세력으로 활동했기에 해군이 강했습니다. 이러한 두 세력이 부딪치다 보니 육지에선 로마가, 해양에선 카르타고의 우세하면서 싸움의 결판이 나지 않았습니다.

상황을 타개한 결정적 계기는 로마군이 개발한 코르부스corvus[25]라는 신무기였는데요. 상대적으로 함선 운영 능력이 부족했던 로마군은 '간이 구름다리'를 군함에 설치한 뒤, 카르타고 함선이 근접하면 이를 내려서 적함이 움직이지 못하게 했습니다. 그리고 중무장 보병이 구름다리를 건너 육지처럼 싸우는 방식을 썼습니다. 이 전술이 전쟁의 흐름을 바꾸면서 기원전 256년 엔코무스 해전에서 카르타고군은 거의 전멸했습니다. 기원전 241년 아에가테스 해전에서도 로마가 완승했죠. 결국 카르타고는 강화를 요청했고, 제1차 포에니 전쟁은 로마의 승리로 마무리되었습니다.

리비우스의 『로마사』 21권부터 30권까지는 제2차 포에니 전쟁 기록입니다. 이때 등장하는 한니발은 로마 역사상 가장 위협적인 인물이었을 겁니다. '한니발이 문밖에 있다.'가 로마인에게 가장 두려운 문장이었던 것처럼 한니발은 대단한 무용을 지녔습니다. 눈 덮인 알프스를 병사와 코끼리를 데리고 넘었고, 로마군을 만나자마자 박살냈습니다. 칸나이 회전에서는 이중포위전술로 로마군 6만 명 중 5만 명을 몰살하는 전과를 올리기도 했죠. 하지만 로마의 목전까지 근접했지만, 로마의 목을 조르지는 못했습니다. 로마군을 무찌르면 로마의 동맹 도시들이 자기를 지지할 거라고 여겼지만 그렇지 않았기 때문입니다. 로마의 압제에 저항하여 이탈리아 각 도시가 들고 일어나리라고 짐작했지만, 로마의 통치력은 한니발의 기대보다 훨씬 강력했습니다. 결국 한니발은 이

25 까마귀처럼 생겼다고 해서 까마귀라고도 불렸다.

탈리아 남부에 발이 묶이게 되었고, 스키피오 아프리카누스라는 영웅의 등장을 맞이할 수밖에 없었습니다.

한니발과 스키피오 간의 대결은 북아프리카의 자마평원에서 펼쳐졌습니다. 결과는 스키피오가 이끈 로마군의 승리로 귀결되었죠. 칸나이 회전에선 강력한 기병을 보유한 한니발이 승리를 거두었지만 자마평원에서는 스키피오가 확보한 누미디아 기병이 더 강했습니다. 한니발의 전술을 꿰뚫고 있던 스키피오의 전략 전술이 빛을 발했기 때문이기도 합니다. 이 결과를 두고 훗날 한니발과 스키피오 사이에 나눈 대담이 유명한데요. 한니발은 자마평원에서의 패전 후 에페소스에 머물 때 로마의 사절단으로 온 스키피오를 만나게 됩니다.

"가장 위대한 장수는 누구라고 생각하십니까?" 스키피오가 물었다.
"첫째는 마케도니아의 알렉산드로스고 두 번째는 에피로스의 피로스요" 세 번째는 누구냐는 말에 한니발은 이렇게 답했다.
"그건 바로 나요." 그러자 스키피오가 웃음을 터트리며 물었다.
"자마에서 나에게 패한 것을 잊으셨습니까?" 스키피오의 물음에 한니발은 이렇게 대답했다.
"그래서 내가 세 번째요. 자마에서 내가 승리했다면 첫 번째였을 거요."

가장 위대한 장수가 될 한니발을 이겼으니 스키피오 자신이 더욱 위대한 장수라는 의미였을까요? 리비우스가 로마인이었으니 이런 에피소드를 남겼을지도 모르겠습니다.

공화국의 원로원과 시민

　로마의 시작은 왕정 체제였습니다. 씨족 지도자들로 구성된 원로원 의원 중 한 사람이 왕을 맡았습니다. 총 7명의 왕이 차례차례 통치했는데, 제정일치 사회의 부족장 수준이었습니다. 부족장에게 '왕'이란 호칭을 붙이는 건 후대의 공화정과 비교해 그가 종신직이었기 때문인데요. 하지만 왕이 아들에게 물려주는 세습 제도를 채택하지는 않았기에 권력을 세습하던 동양의 왕과는 조금 다른 의미를 가졌다고 할 수 있죠. 7명 중 다섯 번째 왕은 '타르퀴니우스 프리스쿠스'였는데 로마인이 아니라 에트루리아의 유력자였습니다. 로마가 에트루리아의 속국이었다는 의미로 해석할 수도 있겠죠. 로마는 상대적으로 선진국이었던 에트루리아의 여러 제도와 문화들을 받아들이면서 성장했습니다.

　왕정에 이어 로마의 고유한 통치제인 공화정이 시작되었습니다. 기원전 509년, 시민들이 힘을 합쳐 에트루리아인 왕을 몰아내고 시민이 주인이 되는 나라를 만들었는데요. 로마 공화정이 아테네 민주정과 다른 점은 시민 대신 귀족이 법과 제도를 통해 국가를 운영하는 방법이란 점입니다. 이 제도는 거의 500년간 지속되었는데요. 오늘날 이탈리아 수도 로마를 방문하면 택시에서도, 길바닥 맨홀에서도, 유명인의 동상

맨홀 뚜껑에
새겨진 SPQR

에서도 독특한 이 약자를 발견할 수 있습니다. 'S.P.Q.R'

S.P.Q.R은 'Senatus Populus Que Romanus'의 머리글자로 '로마
원로원과 인민'을 뜻합니다. 로마공화국을 주도하는 이들이라는 건데
오늘날까지 로마의 상징처럼 불립니다. 원로원이 인민보다 먼저 등장
하는 점에선 로마공화국이 원로원 주도의 국가라는 걸 알 수 있죠. 로
마공화국에서 실질적 통치권을 가진 이는 300명 정도로 구성된 원로
원이었습니다. 귀족들로 구성된 원로원은 처음엔 종신제 자문역이었지
만 점차 국가 중대 문제를 결정하는 힘을 갖게 되었습니다. 국가 재정
을 장악하고, 민회에서 통과된 법안을 재가하고, 선출된 정무관을 승인
하는 권한도 있었습니다.

로마공화국은 국가를 다스리는 실질적 지도자로 1년 임기의 집정관 콘술 2명을 선출했습니다. 그들은 전투에선 지휘관이었고, 민회에선 입법안을 제출할 수 있었습니다. 통상 원로원의원이 집정관으로 뽑혔기에 1년 임기 집정관은 원로원의 눈치를 보지 않을 수 없었습니다. 임기가 끝나면 원로원의원 신분으로 돌아가야 했기 때문입니다. 로마에선 선출직 공무원을 정무관으로 통칭하는데요. 여기에는 회계감사관, 안찰관, 법무관, 그리고 집정관이 포함되어 있었습니다. 귀족들은 회계감사관부터 집정관까지 명예로운 직책을 차지하려 애썼습니다. 명예엔 당연히 권력이 따르기 마련이었죠. 로마의 관직은 기본적으로 무보수였습니다. 원로원의원도 무보수였기에 상당한 재산을 가진 자만 참여할 수 있었고요. 원로원의원은 전투에 나가면 지휘관이 되었는데 전쟁이 끊이지 않았기에 그들의 희생도 아주 컸습니다. 리더가 되려면 희생이 필수였기에 '노블리스 오블리주'의 출발점이 되었습니다.

로마 공화정의 또 한 축은 '켄투리아'라는 이름의 민회였습니다. 20세 이상의 남성은 거의 백인대Centries에 속한 군인이었기에 이런 이름을 가졌는데요. 시민들은 전투현장에선 집정관의 명령을 따랐지만, 평시엔 독자적 권한을 지니고 있었습니다. 민회에서 법안을 만들어 통과시킬 수 있었고, 그들의 권리를 지켜줄 호민관을 선출하기도 했습니다. 민회는 오늘날의 민주주의와는 다소 거리가 있는데 소유재산 정도에 따른 차등적 투표권이 주어졌기 때문입니다. 아테네에서 재산의 규모에 따라 신분이 달랐듯 로마도 비슷했습니다. 재산이 없으면 제 목소

리를 내기 어려웠고요. 또한 평민 출신이라도 재산이 많으면 귀족이 될
수 있는 기회가 생겼습니다.

신분 상승의 가장 좋은 기회는 전쟁이었습니다. 전쟁에 참가하는 자
는 귀족이든, 평민이든 스스로 무장해야 했기에 재산 정도에 따라 장비
가 달랐습니다. 말과 장비를 준비해야 하는 기병은 부자여만 가능했고
그다음 재산소유자는 중무장 보병, 그리고 경무장 보병, 이런 순이었습
니다. 같은 보병이라도 돈이 풍족하면 더 질 좋은 무기와 갑옷을 준비
할 수도 있었고요. '국가에 기여하는 만큼의 권리를 가진다.'는 의미라
할 수 있습니다.

유연한 체제운용, 개방성과 실용주의

로마는 첫 500년간 '공화국'으로서 운영되었습니다. 아우구스투스
이후 '원수정'으로, 디오클레티아누스 이후 '황제정'으로 변했는데요.
공화국 시절 만들어진 로마의 기초는 지중해 최대 제국이 되는 기틀이
되었습니다. 그렇다면 로마는 어떤 특징 때문에 서양 역사상 가장 강대
국이 되었고 지금까지 영향력을 미치는 걸까요?

첫 번째, 관용의 보편제국이었다는 점입니다. 능력 있는 인재라면 민
족에 구애받지 않고 성공할 수 있었습니다. 초기 로마는 이웃 부족을

흡수해 세력을 키우는 동안 피정복민도 시민으로 받아들였습니다. 누구나 능력이 있다면 지도자가 될 수 있었죠. 해방 노예 출신이 황제가 된 사례가 있을 정도로 개방된 사회였습니다. 로마에 점령당한 민족일지라도 그들의 고유문화나 종교가 허용되었고 정해진 세금만 내면 큰 불편이 없었습니다.

두 번째, 꾸준한 개혁으로 반체제를 체제 안으로 흡수했습니다. 로마는 왕정으로 출발했지만, 시민에 의해 공화정으로 바꾸었습니다. 지중해 전체를 영토로 갖게 되자 권력이 분산된 공화정으론 넓은 영토를 다스리기 어려워 원수정으로 바꾸었고요. 로마는 위기 때마다 시기적절한 개혁을 통해 국가체제를 유지해갈 수 있었습니다.

세 번째, 효율적 인프라를 건설해 국가를 경영했습니다. 병사들은 전쟁터에선 강력한 전투력을 발휘하고, 상주할 땐 공병대 역할을 했습니다. 제국 전성기 때 375개의 주요 간선도로와 8만km 거리에 이르렀던 로마 가도도 병사들에 의해 건설되었지요. 로마 가도의 가장 중요한 역할은 전쟁터로 군대를 신속히 보내기 위해서였고, 다양한 물품이 오가는 경제 대동맥으로서 역할도 컸습니다.

네 번째, 노블리스 오블리주[26]가 실현되었습니다. 로마에선 귀족이

---

26 프랑스어로 '고귀한 신분'이라는 노블레스와 '책임이 있다.'라는 오블리주가 합해진 것으로 높은 사회적 신분에 상응하는 도덕적 의무'를 뜻한다.

아피아 가도, 아피우스 클라우디우스 카이쿠스가 건설했다. ©안계환

져야 할 의무가 컸습니다. 원로원 의원은 평시에는 정치에 참여하고 전쟁이 벌어지면 지휘관으로 나가 싸워야 했습니다. 건국 후 500년 동안 원로원에서 귀족 비중이 15분의 1까지 줄어드는데, 전투에서 귀족이 많이 희생되었기 때문입니다. 또 귀족이 시민을 위해 땅을 내놓고, 황제가 자기 돈으로 공공건물을 짓는 경우도 흔했습니다. 가난한 이들을 위해 밀을 기부했는데 이는 시민의 표를 얻기 위한 행위일 뿐 아니라, 지도자의 당연한 책무로 여겼습니다.

다섯 번째, 실패를 인정하며 공동체를 위해 희생한 사람을 잊지 않았

습니다. 로마인은 전쟁에서 패했더라도 잘못을 질책 받지 않았습니다.1
차 포에니 전쟁에서 패배한 장수를 재기용하기도 했다 그리고 적의 포로로 잡힌 병사
를 구하려는 노력을 멈추지 않았습니다. 병사가 생존 시엔 몸값을 지불
하고 구했으며, 사망 시엔 유골을 가져와 묘지에 묻었습니다.

오늘날 유럽인은 여러 어려움에도 불구하고 정치적, 경제적 통합을
꿈꾸고 있습니다. 세계 1, 2차 대전 등 유럽 국가 간 분쟁의 불행했던
과거를 떨쳐버리고 로마제국의 영광을 재현하고자 하는 욕심이 있어
서입니다. 유럽인에게 로마제국은 아직도 살아 있는 역사라 할 수 있습
니다.

참고도서
리비우스, 로마사 1~4편, 현대지성, 2018

6

'주사위는 던져졌다'
갈리아 전쟁기

헬베티족이 프로빈키아를 통과하려한다는 소식이 당도하자 카이사르는
즉시 로마를 떠나 최강행군으로 부대를 이끌고 알프스를 넘어 게나바에
도착했다. 갈리아 트란살피나에는 1개 군단밖에 없었기 때문에 카이사르
는 프로빈키아 전체에서 최대한의 병력을 소집하도록 명령했고 게나바
의 다리를 파괴하라는 명령을 내렸다.

- 카이사르,『갈리아 전쟁기』-

저무는 공화국 로마

이탈리아 로마로 여행을 떠나는 분들이 가장 먼저 들르는 고대 유적
지는 아마도 포로 로마노일 것입니다. 고대 로마의 가장 중요한 장소로
지금은 억지로 세워진 몇 개의 기둥과 주춧돌 등이 남았지만 과거 영광

의 흔적을 만날 수 있죠. 그 가운데 언제나 꽃다발이 놓여있는 장소가 있습니다. 꽃다발의 주인공은 율리우스 카이사르입니다. 누가 갖다 놓는지는 모르지만 언제나 시들지 않은 꽃이 놓여있다는 것을 알 수 있겠더군요. 그리고 그 옆에선 수학여행 온 학생들이 선생님으로부터 율리우스 카이사르가 공화주의자들에 의해 살해되던 장면을 듣는 광경도 목격할 수 있었습니다. 유럽인에게 역사상 가장 큰 영향을 끼친 인물을 한 사람만 꼽으라면 아마도 율리우스 카이사르라고 대답할 겁니다. 카이사르는 로마 역사상 가장 위대한 인물이었고 사랑받는 사람이었습니다. 이번 편에서는 카이사르와 그가 쓴 『갈리아 전쟁기』를 이야기해볼까 합니다.

포로 로마노 한가운데 누군가 가져다 둔 꽃이 있는 장소 ⓒ안계환

서양인의 문명을 읽는다, 역사고전

포에니 전쟁을 승리로 이끈 로마는 동부 지중해로 눈을 돌렸습니다. 그곳에는 알렉산드로스의 후예들이 만든 헬라스의 국가들이 있었죠. 헬라스 문명권을 제압하고 로마공화국 영토로 삼기 위해선 뭄미우스, 술라 같은 인물이 필요했습니다. 기원전 60년이 되자 로마는 동서 지중해 연안 지역까지 모두 차지한 강국이 되었는데요. 역설적이게도 로마 영토가 이탈리아에서 지중해 전역으로 넓어지자 기존의 공화국 정치체제가 내부에서부터 무력해지기 시작했습니다.

기존의 정치체제는 원로원 주도 하에 2명의 집정관이 1년 임기로 선출되어 리더가 되었습니다. 집정관 1명은 내정을 담당하고, 1명은 군단 사령관이 되어 활약했죠. 문제는 영토가 넓어지면서 1년 임기 집정관으론 전쟁 수행이 불가능해졌다는데 있었습니다. 영토가 넓어져 전쟁은 장기화하는데 임기가 끝났다고 중도에 전쟁을 그만두고 복귀할 순 없었죠. 시민 위주의 자원병 제도도 이런 상황에 적합하지 않았습니다. 로마공화국은 이런 변화에 맞춰 정치체제와 병력구조의 전환이 필요했습니다. 로마가 2,000년의 장구한 역사를 유지할 수 있었던 데는 변화를 두려워하지 않고 제때 혁신을 감행했기 때문인데요. 왕정에서 공화정으로, 작은 도시에서 이탈리아의 강국으로, 마침내 지중해를 아우르는 팍스 로마나를 구축할 수 있었던 데는 이러한 혁신이 주요했습니다.

변화에는 언제나 고통이 뒤따릅니다. 귀족과 평민 간의 다툼이, 권력자 간에는 내전이 벌어지기도 했습니다. 하지만 나라가 분리될 정도로 확대되지는 않았고 언제나 긍정적 방향으로 새 제도가 정착되었습니다. 지중해 전체로 세력이 커진 로마는 점차 강력한 인물에게 힘이 쏠리는 시대로 변하고 있었습니다. 북아프리카를 평정한 마리우스에 의해 자발적 시민군에서 차츰 직업군으로 대체되었는데요. 그러다 보니 군인들이 국가보다 장군에게 충성하는 경향을 띠었습니다. 마리우스와 술라가 군대를 자신들의 세력 확대에 사용하면서 내전이 벌어지기도 했습니다. 시민의 피로는 커질 수밖에 없었는데요. 내전에서 승리 후 독재 권력을 행사한 술라가 죽자 로마 시민은 특정인에게 권력이 쏠리는 것을 경계했고 율리우스 카이사르, 폼페이우스, 크라수스의 세력 균형이 이루어졌습니다.

가장 이상적인 인간, 율리우스 카이사르

18세기의 사상가 몽테스키외는 『로마제국 쇠망사』를 쓴 에드워드 기번과 함께 로마역사에 관한 통찰력을 보인 작가로 손꼽히는데요. 그는 카이사르를 이렇게 평했습니다.

"흔히 사람들은 카이사르가 여러 가지 면에서 운이 좋았다고 말한다. 그러나 좋은 자질을 많이 갖고 있던 이 비범한 인물도 악덕은 지니고 있기 마련이다. 하지만 그는 어떤 군대를 지휘했어도 승리자가 됐을 것이고, 어떤 나라에서 태어났더라도 지도자가 됐을 것이다"

이탈리아의 고등학교 역사 교과서는 이렇게 기록합니다.

"지도자에게 요구되는 자질은 다음 다섯 가지다. '지성, 설득력, 지구력, 자제력, 지속적인 의지'. 역사 인물 가운데 카이사르만이 이 모든 자질을 두루 갖추고 있었다."

그에게 부족한 것은 머리숱뿐이었다는 우스갯소리가 있는 것처럼 그는 모든 면에서 뛰어난 인물이었습니다. 시대변화를 읽어 새 정치를 열었고, 전쟁에선 언제나 승리했습니다. 거의 모든 로마 병사로부터 사랑받는 장수이기도 했습니다. 심지어 정적인 폼페이우스 편에 속했던 병사도 그를 만나자 싸우지 않고 항복하는 일도 있었죠.

저는 인류사를 이끈 인물 중 문무를 겸한 이를 높이 평가하는데요. 무력으로 경쟁자를 물리치고 새 시대를 여는 이는 많지만, 문을 사랑하고 글솜씨까지 갖춘 이는 드물기 때문입니다. 중국사에선 삼국시대 조조와 북송의 조광윤을 들 수 있고, 한국사에선 이순신 장군을 들 수 있습니다. 서양사에선 프로이센의 프리드리히 2세와 나폴레옹 보나파르트도 문무를 겸비한 장수였지만 카이사르를 따를 자는 없을 거라고 봅니다. 종신 제사장이기도 했던 카이사르는 방대한 독서량을 바탕으로 대중연설도 능했고 문장력도 우수했습니다. 당대 최고 지식인이었던 키케로가 인정했을 정도였죠. 정치가로 지낼 때야 책 읽고 글 쓸 여유가 있었을 테지만, 치열한 전투를 치르던 와중에도 글을 써서 여러 책을 출간했다니! 알프스를 넘으며 썼던『유추론』를 비롯해서 시, 산문, 편지 등 많은 작품을 썼습니다.

그러나 카이사르의 저술 가운데 연설문, 편지, 소책자는 모두 사라지고 현재까지 전해지는 건 8년간의 갈리아 전쟁을 기록한『갈리아 전쟁기』와 원로원 명령을 거부하고 루비콘 강을 건너며 시작된 내전을 기록한『내전기』뿐입니다. 상당수 저술이 로마제국의 문을 연 아우구스투스 황제의 명령으로 사라졌습니다. 자신은 한 편의 책도 남기지 못했으면서 양아버지가 남긴 글이 자기 명예에 먹칠할까 봐서 그랬을까요?

갈리아 원정의 배경

크라수스, 폼페이우스, 카이사르 셋이서 공화국 정치를 좌지우지하던 '삼두정치'에서 두 사람의 지원에 힘입어 카이사르는 집정관이 되었습니다. 크라수스는 당대의 갑부로서 영향력이 있었고, 폼페이우스는 젊어서 군대를 이끌고 활약했던 덕분에 제대군인이라는 지지 세력이 있었으며, 나이는 가장 어렸지만 서른일곱에 최고 사제직[27]에 오른 카이사르에겐 정치력이 있었습니다.

---

27 국가 사제단의 최고 사제로 폰티펙스 막시무스(Pontifex Maximus)라 불렸으며 훗날 로마교황의 직책이 되었다.

집정관 임기를 마친 카이사르는 42세가 되자 전임 집정관 자격으로 임기 5년 속주 총독으로 부임했습니다. 로마공화국 북쪽 변경은 이탈리아 북부와 오스트리아의 경계인 일리리아 지역, 그리고 알프스산맥에서 피레네산맥까지 이어진 지금의 프랑스 남부였죠. 이곳은 본토가 아닌 '갈리아 속주'라 불렀는데 갈리아 키살피나와 갈리아 트란살피나로 나뉘어 통치되었습니다. 이미 평정된 속주를 다스리는 것이지만 카이사르에겐 조금 다른 생각이 있었는데요. 그것은 공화국 리더로서 확고하게 자리 잡을 수 있는 군사적 업적이었습니다. 경쟁자 폼페이우스는 지중해의 해적을 소탕한 후 5년간 동방을 정벌함으로써 시민의 칭송을 받던 상태였습니다. 그를 능가하기 위해선 군사적 업적도 있어야 했고, 전리품 획득을 통한 경제적 이득도 고려 대상이었습니다.

많은 역사가가 카이사르의 갈리아 원정 이유를 정치적 목적으로만 해석하지만 저는 전리품 획득 목적도 따져야 한다고 봅니다. 로마의 리더들이 적극적으로 국외 원정을 떠났던 이유도 정치권력 획득 수단으로써 경제력 확보였습니다. 전리품을 확보해 돌아와야 정치를 계속할 수 있었고 수로나 도로를 국가에 기부해 시민의 지지를 얻을 수 있었죠. 카이사르는 크라수스에게 엄청난 빚을 진 상태였습니다. 해결할 방법은 새로운 땅을 확보하는 전쟁이었습니다. 갈리아 속주는 가난한 땅이었고 세금 수입도 많지 않았습니다. 따라서 속주 북쪽 미지의 땅을 정벌하는 것이 정치자금 확보를 위한 필수 과정이었을 겁니다. 그는 원로원의 승인도 받지 않고 일을 벌였습니다. 플루타르코스는 『비교영웅전』에서 다음과 같이 기록합니다.

그는 갈리아 지방에서 크고 작은 전쟁을 치르면서 10년 동안 무려 800개의 도시를 점령하였으며 300개의 나라를 무찔렀다. 그래서 300만 명의 적과 싸워 100만 명을 죽이고 100만 명을 포로로 잡았다.[28]

갈리아에 살던 성인 남자 3분의 1이 죽고, 3분의 1이 포로가 되었다는 것인데요. 전쟁포로는 군대를 뒤따르는 상인에게 곧바로 팔려 광산이나 농장 등의 노동력이 됩니다. 갈리아는 가난한 땅이었기에 빼앗을 만한 재물이 없었지만 카이사르와 그의 군단은 갈리아인 100만 명을 노예로 팔아 엄청난 돈을 확보했다는 이야기죠.

사실적인 묘사가 돋보이는 이유

『갈리아 전쟁기』는 카이사르가 기원전 58년부터 기원전 51년까지 8년 동안 치렀던 전쟁에 관해 매년 1권씩 기록한 것인데요. 1권부터 7년째 일어난 알레시아 공방전까지는 직접 썼지만, 마지막 8권은 비서였던 아울루스 히르티우스가 서술했습니다. 기록을 읽다 보면 특이한 점을 발견하게 되는데, 카이사르가 스스로를 3인칭으로 부른다는 점입니다. 이에 대해 두 가지 해석이 존재합니다.

28　플루타르코스, 비교 영웅전, p.337, 이성규 옮김, 현대지성, 2000

첫째, 기록의 목적이 본토 시민에게 자신의 업적을 홍보하기 위해서였다는 것. 둘째, 읽는 사람에게 최대한 객관적으로 느껴지도록 3인칭을 사용했다는 것. 아마도 특정 사람에게 읽히려는 게 아니라 광장에서 사람들에게 낭독될 것을 가정하고 쓴 게 아닐까 싶습니다. 그의 글이 본래 로마로 보낸 편지였다는 점에서 사람들에게 잘 들려줄 수 있도록 이런 형태의 글을 썼다고 볼 수 있죠. 전쟁 과정을 나열하고 있기에 읽는데 상당한 끈기가 필요하지만, 전쟁을 지휘한 이가 직접 쓴 기록인 만큼 사실적 묘사가 특징이라고 할 수 있습니다. 흡사 펠로폰네소스 전쟁을 기록한 투퀴디데스 같다고 할까요? 읽는 재미가 크지는 않지만, 문장력은 뛰어난 것으로 정평이 나 있고 재미있는 부분도 있습니다. 전쟁 이야기뿐 아니라 갈리아의 지리와 민족에 관한 이야기도 많기 때문입니다. 갈리아족과 게르만족, 브리튼 섬에 관한 최초의 문화해설서라고 해도 틀리지 않습니다.

갈리아전쟁은 지금의 스위스 지역에 거주하던 헬베티족이 거주지를 벗어나 이동하면서 생긴 힘의 불균형을 시정하는 것부터 시작합니다. 훈련되지 않은 헬베티족을 제압하고 본래의 땅으로 돌려보내는 일은 로마군에겐 아주 쉬운 일이었는데요. 그로부터 7년 동안 카이사르와 그의 군단은 갈리아의 모든 부족을 물리쳤고 갈리아인을 사로잡고 노예로 팔아 경제적 이득을 취했습니다.

첫해에는 강력한 군사력을 가졌던 게르만 용병 아리오비투스를 격

파했고, 이듬해에는 가장 세력이 컸던 벨가이족을 정복했습니다. 세 번째 해에는 베르티족이 일으킨 반란을 진압했고 라인 강 건너 게르만의 땅을 공격하기도 했습니다. 이때 카이사르는 라인 강을 배로 건너는 것은 위험하다고 판단해 다리를 놓기로 하는데요. 당시 로마군의 공병 기술이 얼마나 뛰어났던지 폭 350미터가 넘는 강에 나무다리를 건설합니다. 카이사르는 다리 건설법을 자세히 기록했는데 참으로 대단하다고 말할 수밖에 없습니다. 다음에는 두 번에 걸쳐 도버 해협 건너 브리튼 섬오늘날의 영국 정벌로 이어졌습니다. 그는 7년 동안 갈리아 지역 전체를 복속시켰고 여러 민족을 로마의 지배하에 두었습니다. 그리고 매년 겨울이면 군단 숙영지를 편성해 지키도록 하고 자신은 알프스를 넘어와 기존 속주의 통치도 게을리하지 않았죠.

갈리아 전쟁 발발 7년째인 기원전 52년 봄, 이제 안심하고 속주 통치에 전념할 수 있겠다고 할 때 갈리아에서 강력한 움직임이 포착되었는데요. 자유롭게 살던 갈리아인 입장에서 로마인에게 한번 패했다고 그냥 굴복할 수는 없었습니다. 카라누테스족이 반란을 일으켜 오를레앙의 로마인을 학살하는 사건이 벌어졌는데요. 아르베니족의 새 족장 베르킨게토릭스는 로마에 저항해서 싸우자며 모든 갈리아 부족에게 봉기를 호소하기에 이릅니다. 오랫동안 자유롭게 살다가 로마 속국이 되어 로마군에게 끊임없이 식량을 제공해야 했던 그들로선 새로운 리더의 등장에 반가울 수밖에 없었습니다.

베르킨게토릭스의 반란

적장 베르킨게토릭스는 어떤 인물이었을까요? 후세 사람들은 그의 활약상을 상상해서 키가 엄청나게 크고, 금발에 윤기 있는 피부, 장발에 콧수염을 기른 모습으로 그렸습니다. 현대 프랑스에서는 그를 역사적 인물로 추앙합니다. 역사가 카밀 줄리앙은 카르타고의 한니발이나 폰투스의 미트리다테스[29]에 필적할 만한 인물로 평가했고, 20세기 프랑스에선 히틀러에 맞선 레지스탕스의 상징으로 격상되었습니다. 그러나 직접 베르킨게토릭스를 대면한 카이사르는 '그의 부친 켄틸루스가 갈리아의 지배권을 가졌었는데 살해되었고, 탁월한 선동 능력을 갖춘 젊은이'라는 정도만 기술합니다. 적의 용모나 신체적 특징에 대해선 아무것도 기술하지 않았죠.

베르킨게토릭스는 그때까지의 다른 갈리아 부족장들과는 분명 달랐습니다. 로마군에게 각개격파 되었던 사례를 알기에, 갈리아 전체가 단합해야 로마군을 이길 수 있다고 생각했죠. 로마군의 전략을 이해했고 로마군의 약점인 식량 보급을 끊기 위해 도시를 불태우고 초토화했습니다. 로마군에 종속되었던 기존 부족장을 무시하고 지방을 다니며 소외된 사람과 피지배층을 끌어 모아 세력을 키웠습니다. 세력이 커지자 모든 부족에게 일정 수의 병사를 보내도록 강제했습니다. 엄격한 군기

---

29 미트리다테스 6세. 아나톨리아 북부 폰투스의 왕으로 로마 공화정 말기의 유명한 장군(술라, 루쿨루스, 폼페이우스)와 차례로 대적한 것으로 유명하다.

를 유지하여 동요를 일으키는 자에겐 엄벌을 내리고, 가벼운 잘못을 저지른 자는 귀를 자르거나 눈을 파낸 후 고향으로 돌려보내 처벌의 엄혹함을 일깨웠습니다. 로마군에 필적할 만한 힘을 키웠고 대등한 전투를 치를 수 있게 되었습니다.

로마군의 창의적 전략, 이중 포위망

카이사르는 겨울 동안 이탈리아 북부에 머물며 속주를 통치하고 있었습니다. 봄이 되어 불온한 소식을 듣자마자 알프스를 넘어 저항군과 대결에 나섰습니다. 여름이 되자 베르킨게토릭스는 군사 8만 명을 이끌고 알레시아 요새로 들어가 농성전을 준비했습니다. 알레시아는 현재 프랑스 중부의 구릉지대 인데요. 베르킨게토릭스는 왜 작은 언덕에 불과한 알레시아에서 스스로 포위되는 결과를 자초한 걸까요?

갈리아 군대의 약점은 느슨하게 결합 된 부족 집합체이기에 부족장들이 어떤 변심을 할지 몰랐다는 겁니다. 전쟁이 길어지면 부족장들의 인내심이 바닥나리라고 짐작한 베르킨게토릭스는 8만여 군사를 이끌고 갈리아인의 성지였던 알레시아로 올랐습니다. 그리고 모든 기병에게 각자의 부족으로 달려가 구원을 요청하게 했죠. 구원해 주지 않으면 자신들은 성지와 함께 전멸할 거라는 소식과 함께.

카이사르는 사로잡은 포로를 통해 알레시아에 30일 치 식량만 저장되어 있다는 것, 갈리아 부족들이 지원병을 끌고 몰려올 것이라는 사실을 알게 되었습니다. 낮은 성벽으로 둘러쳐진 알레시아 요새 안의 적들은 포위망으로 쉽게 가둘 수 있지만, 곧 몰려올 주변 부족도 고려해야 했습니다. 성벽 안 베르킨게토릭스를 포위하면서도 바깥쪽 갈리아 부족도 막아야 했고요. 이런 상황에 대한 적극적 대응은 카이사르의 창의적 능력뿐 아니라 로마군이 가졌던 뛰어난 공병기술이 있었기에 가능했습니다.

카이사르는 한 달 동안 알레시아 언덕을 따라 진지 16km를 구축하는 한편, 주변 고지대 능선을 따라 외곽진지 21km를 완성했습니다. 참호를 파고 물을 끌어들여 해자를 만든 다음, 흙 둔덕 위에 나무 방책을 만들고 방어선 곳곳에 23개의 보루를 세웠습니다. 참호 바깥을 따라 함정을 만들고 그 안에 뾰족하게 자르고 불에 그을린 꼬챙이를 세웠습니다. 안쪽 성벽은 요새 안 농성군의 공격을 막기 위한 것이었고, 바깥쪽 성벽외벽은 갈리아 구원군을 방어하기 위한 것이었죠. 두 성벽 사이 120m 중간 지대에 로마군이 위치했는데요. 어느 역사학자는 이를 '전쟁 역사상 가장 현명한 포위공격 책략'이라고 평했습니다.

5만 명의 로마군, 34만의 적에 포위되다

9월 말이 되자 구원을 요청하러 떠났던 갈리아 기병이 지원군과 함께 로마군 앞에 속속들이 도착했습니다. 그들은 26만 명에 달했는데 카이사르는 5만 병력으로 안팎을 합쳐 34만의 적과 싸우게 됐던 거죠. 갈리아 지원군은 기병이 첫 전투를 치르게 했는데요. 로마군은 잘 준비된 설비와 전략을 갖고 싸웠고, 질적 우위의 게르만 기병을 내세워 적을 물리쳤습니다. 바깥쪽 지원군에 호응해 안쪽에서 공격에 나섰던 농성군은 카이사르의 포위망을 뚫지 못하고 요새로 물러났습니다. 다음날 갈리아 지원군은 로마군의 성벽을 넘기 위해 공성 기구로 공격했지만, 포위망을 뚫지 못하고 엄청난 사상자를 낸 채 물러났습니다. 카이사르가 만든 뛰어난 요새는 한 군데도 접근을 허락하지 않았습니다.

10월에 들어서 갈리아 지원군은 로마군의 약점을 발견했는데, 그곳은 북쪽의 진지였습니다. 그곳은 산지라 방어설비를 설치할 수 없는 곳이었습니다. 갈리아 지원군과 요새 안의 군대는 이곳을 향해 동시다발적으로 파상적인 총공격을 감행했습니다. 전투가 진행되는 동안 카이사르는 망루에서 전황을 살폈는데요. 안팎에서 협공하는 갈리아군의 총공세에 로마군의 포위망 몇 군데가 뚫리는 걸 봤습니다. 이대로 두면 위험하다고 판단한 카이사르는 가장 믿을 만한 부장 라비에누스와 6개 대대를 보내 열세에 몰린 병사들을 지원했습니다.

기병대장 라비에누스는 6개 대대와 함께 치열하게 싸웠지만, 부실하게 축조된 토루와 참호로는 갈리아군의 공격을 막아낼 수 없다고 판단했습니다. 그는 카이사르에게 전령을 보내 적극적으로 공격해야 한다고 요청했습니다. 결국 카이사르는 결정적 순간이 임박했음을 느끼고 휴식 중이던 11개 대대 병력을 모았고요. 그리고 직접 병력을 이끌고 요새 밖으로 나갔고, 로마군 특유의 집단 보병 전술을 펼쳤습니다. 훈련이 부족한 갈리아군은 로마군에 맞서지 못하고 허둥댔고 로마 기병들은 패주하는 적을 추격했습니다. 요새 밖으로 나왔던 농성군 다시 안으로 들어가면서 갈리아 지원군은 급격히 무너져 버렸습니다.

리오넬 로이어, 〈카이사르에게 항복하는 베르킨게토릭스〉, 프랑스 크로자티에 박물관 소장

8년간 지속된 전쟁은 기원전 52년 9월과 10월에 걸쳐 진행된 알레시아 공방전을 끝으로 종료됩니다. 카이사르의 5만 병력이 베르킨게토릭스가 이끄는 8만 농성군과 26만 지원군을 상대로 승리한 전투였습니다. 카이사르의 천재적 군사능력이 발휘된 전투이자, 전쟁 역사상 전대미문의 이중 포위망 구축 사례로 거론됩니다. 전투 결과 로마군 1만 2,800명이 전사했고, 갈리아군 상당수가 사망하거나 도망쳤습니다. 5만 병력이 34만 대군을 물리친 셈이었죠. 하지만 평소답지 않게 로마군도 30%가까이 사망했다는 건 전투가 얼마나 치열했는지 말해 줍니다. 전투가 끝난 후 베르킨게토릭스는 다른 부족장들과 말을 타고 카이사르를 찾아와 무릎을 꿇었습니다.

"내가 전쟁을 일으킨 것은 내 사리사욕 때문이 아니라 갈리아 전체의 자유를 위해서였다. 이제 내가 모든 책임을 지겠으니 산 채로 넘기든 말든 너희들 원하는 대로 하라."[30]

라고 부족장들에게 말한 후였습니다. 이런 이야기를 들은 카이사르는 베르킨게토릭스를 포로로 삼았을 뿐 부족장들은 모두 살려 주었습니다. 베르킨게토릭스는 로마에 압송되어 6년 동안 감옥 생활을 한 후 카이사르의 승리 개선식 때 사형에 처해 졌습니다.

30 갈리아 전쟁기, p348

주사위는 던져졌다!

『갈리아 전쟁기』는 8권에서 끝을 맺습니다. 갈리아 전쟁의 승리로 카이사르는 로마 시민에게서 엄청난 인기를 얻게 되었습니다. 전쟁 진행 상황을 써서 수도로 보낸 것도 영향이 컸죠. 그는 미디어를 제대로 활용할 줄 아는 천재이기도 했습니다. 대중의 지지를 받아야 공화국 지도자가 될 수 있다는 건 오늘날에도 상식입니다. 최고 제사장이던 카이사르는 기사 계급과 민중의 지지를 받고 있었는데요. 여기에 군사적 업적까지 더했으니 임기를 마치고 돌아가면 권력 확보는 확고했습니다. 이를 두려워한 폼페이우스와 원로원은 카이사르에게 군단을 모두 내려놓고, 한 명의 시민으로서 로마에 돌아오라는 '원로원 권고'를 내립니다.

"카이사르는 정해진 날짜 이전에 군대를 해산해야 한다. 그러지 않을 시에는 반역을 꾀하는 것으로 간주하겠다."[31]

로마공화국의 관행은 전쟁터에서 군단을 이끌던 장수가 임기를 마치면 국경에서 군대를 해산하고 맨몸으로 입국해야 했습니다. 과거 폼페이우스와 마리우스는 이를 지켰지만 술라가 관행을 깨는 바람에 내전으로 이어졌던 전례가 있었죠. 이제 카이사르 차례입니다. 과연 그는 군단의 지휘권을 모두 내려놓고 홀몸으로 로마로 들어올 것인가?

31　내전기, 박석일 옮김, 동서문화사, p244

카이사르는 『내전기』에서 왜 국경선 루비콘 강[32]을 군단과 함께 건넜는지 구구절절 설명합니다. 독재관에 오른 폼페이우스와 원로원 일당의 공작 때문에 어쩔 수 없었다면서요. 결심한 그는 강을 건너 이탈리아로 진군했고 허를 찔린 폼페이우스와 키케로 등 원로원파는 도망칠 수밖에 없었습니다. 이후 카이사르와 폼페이우스 간의 일전으로 이어집니다. 여기서 카이사르는 갈리아 전쟁과 다르게 꽤 고전하는데요. 폼페이우스도 젊어서 지중해 해적을 소탕하는 등 전공을 세운 명장이었고요. 더구나 갈리아처럼 훈련되지 않은 사람들과는 다른, 정예병사로 구성된 로마군 간의 싸움은 쉽지 않았습니다. 그럼에도 카이사르는 최후의 결전 장소 파르살루스[33]에서 특유의 임기응변으로 폼페이우스를 물리칩니다.

이후 도망친 폼페이우스를 쫓아 이집트로 간 카이사르는 그곳에서 클레오파트라 7세 여왕과 만납니다. 로마역사를 사랑하는 후대 유럽인들이 희화화를 했던 프톨레마이오스 왕조의 마지막 인물이었죠. 프랑스의 수학자인 파스칼이 "클레오파트라의 코가 조금만 낮았더라면 지구의 표면이 달라졌을 것이다."라고 말했다던 그 유명한 여인 말입니다. 여기서 클레오파트라의 코가 의미하는 건, 지구역사를 바꿀 만큼 대단했을 그녀의 미모를 말합니다. 그녀가 절세미인이었을지 아닐지는 모르지만

---

32 로마 본토와 갈리아 속주를 구분하는 경계에 있는 작은 하천으로 오늘날 이탈리아 북부 도시 리미니 부근에 있다.
33 오늘날 그리스 테살리아에 있었으며 이곳에서 기원전 48년 8월 9일 전투가 있었고 카이사르의 완승으로 끝났다.

카이사르와 그의 부장이었던 안토니우스 두 사람이 그녀를 사랑했던 것은 분명하고요. 역사에 가정은 없다지만 만약 두 사람이 권력을 놓치지 않았더라면 그녀도 프톨레마이오스 왕조의 왕위를 계속 이어갈 수 있었을까요?[34]

앞서 포로 로마노의 꽃다발 이야기를 했었죠? 카이사르를 추모하는 사람들이 가져다 놓았을 거라는, 꽃다발 말입니다. 카이사르는 왜 살해당했을까요? 그는 내전을 끝낸 후 과감한 개혁 조치로 나라를 안정시켰습니다. 원로원 정원을 늘리고 원로원이 가진 사법권을 민회에 돌려주었으며 빈민을 위한 곡물 배급제를 시행했습니다. 또한 로마의 속주 체제와 중앙관제를 개편하고, 계절의 불합리를 해소하는 '율리우스력'을 도입했는데요. 이런 개혁 조치로 그는 시민에게 높은 인기를 얻을 수밖에 없었습니다. 종신 독재관으로 취임했으니 이제 그를 무너뜨릴 사람은 존재하지 않았습니다. 로마인 일부는 '카이사르가 왕이 되려 한다.'라고 여겼는데 과연 카이사르는 공화국 체제를 무너뜨리고 왕이 될 생각이었을까요?

기원전 44년 봄. 카시우스, 브루투스, 트레보니우스 포함 14명은 토가에 숨겨온 칼을 원로원으로 출근하던 카이사르에게 휘둘렀습니다. 그가 남겼다는 마지막 말은 "브루투스, 너도냐?"인데요.[35] 자신과 20년

---

34 클레오파트라는 카이사르와의 사이에 카이사리온이란 아들을 낳았고, 카이사르 암살 이후에는 안토니우스와 함께 권력을 유지했다. 하지만 안토니우스가 악티움해전에서 패한 후 자살한다.

35 이 말은 카이사르가 한 게 아니라 영국의 셰익스피어가 『줄리어스 시저』에서 사용한 말이다.

동안이나 연인 사이였던 세르빌리아의 아들 브루투스도 암살범의 일원 이라는 사실에 실망했을까요? 카이사르가 살해되었다는 건 아무리 능 력과 인기를 겸비한 인물이라도 아직 황제가 되기엔 이른 때였다는 걸 알려줍니다. 우리는 카이사르의 후계자 아우구스투스를 황제라 번역하 지만, 실제로는 프린켑스원로원의 제일인자이며 시민 가운데 제일인자를 표방했는 데요. 로마군단 사령관이자 제1시민이라는 정도지, 절대 권력자는 아니 라는 거죠. 로마에서 황제다운 황제가[36] 등장하려면 200년이나 더 지나 야 했습니다.

참고도서
카이사르, 갈리아 전쟁기, 김한영 옮김, 사이, 2005
카이사르, 내전기, 박석일 옮김, 동서문화사, 2005

---

36 절대권력을 갖고 있고 종신직이며 세습이 가능한 동양식 군주를 말한다.

PART

3

서양인의 종교를 읽는다,
종교고전

1

유대인에게 가장 중요한 가르침
모세오경

하느님께서 태초에 하늘과 땅을 창조하셨습니다. 땅은 형체가 없고 비어

있었으며 어둠이 깊은 물 위에 있었고 하느님의 영은 수면 위에 움직이

고 계셨습니다.

- 구약성서 「창세기」-

가장 많이 팔린 책, 성서

서양 문화를 이해하기 위한 고전 목록에 반드시 들어가야 할 책은

『성서Bible』입니다. 성서는 유대교의 경전일 뿐만 아니라 동방정교회,

로마가톨릭교회, 콥트교회, 시리아교회, 개신교 등 지구상에 존재하는

모든 그리스도 교회에서 사용하는 경전인데요. 인류 역사상 가장 많이

팔린 책으로 현재까지 70억 부 정도 판매되었다고 알려져 있습니다. 선

교 목적으로 무료 배포본도 상당하다는 걸 고려하면 인쇄되고 읽힌 성서의 수는 훨씬 더 많을 겁니다.

그리스도인이 아닌데 성서를 읽어야 할 필요가 있나? 라고 물을 수 있겠지만, 성서는 서양 문화의 근간입니다. 그리스로마신화와 더불어 서양 문화를 만들어 낸 두 모체 중 하나라고 말할 수 있죠. 만약 루브르 박물관을 처음 방문한다고 가정하면 보통 2개 예술작품을 보려고 할 겁니다. 하나는 밀로의 비너스 조각상이고 또 하나는 레오나르도 다빈치의 모나리자 그림이겠죠. 그런데 모나리자 그림을 보러가는 그 통로에는 수없이 많은 성화들이 존재합니다. 만약 성서에 등장하는 유명 장면을 조금이라도 알고 있다면? 그 그림들이 눈에 들어올 것이고 여행의 재미가 배가될 겁니다. 중세 이후 서양의 역사는 그리스도교와 함께한 역사라 해도 틀리지 않은데요. 그만큼 많은 문화유산이 남아 있는 겁니다.

과거에 비해 주일 예배 참석자가 줄었다고 하지만 서양인에게 여전히 종교란 선택이 아니라 삶의 일부입니다. 중세부터 근대까지 어린아이가 태어나면 교회로 가서 출생신고를 했고, 결혼했고, 장례를 치렀습니다. 교회에서 헨델과 바흐의 곡이 연주되었고, 교회 벽과 천정을 미켈란젤로와 카라바지오의 종교화가 장식했습니다. 성서 속 인물 이름을 따서 아이 이름을 지었고, 성서 속 사건을 기념하는 부활절과 성탄절은 생활의 일부로서 오랫동안 서양인의 삶을 지배했습니다. 오늘날에도 부활절, 성령강림절, 성탄절이 유럽의 최대 명절인 것처럼 종교문화는 이어집니다.

20세기 전까지 한국인은 고유의 전통문화를 갖고 살았지만, 유럽인이 지구촌의 패권자가 된 후에는 어쩔 수 없이 서양문화를 받아들였습니다. 19세기 말부터 선교사들에 의해 그리스도교가 들어왔고, 근대 교육기관이 만들어지면서 서양학문이 정규 교과과정에 포함되었죠. 18세기 이후 계몽주의가 부상하면서 그리스도교의 영향력은 조금씩 줄었지만, 성서의 영향력은 배제되지 않았습니다. 아랍에서 탄생한 이슬람 문화에서도 성서의 영향력이 매우 큰데, 이슬람교가 유대교를 모태로 탄생했기 때문입니다. 이슬람 경전 『꾸란』도 성서를 참고해 만들어졌다고 말할 정도로 유사한 부분이 많습니다. 무신론자의 저서에서도 성서가 인용되거나 성서 속 일화나 지명, 인명이 자주 거론됩니다. 성서를 읽는 건, 인류가 만들어 낸 풍부한 문화유산을 섭취하는 것이라고 말할 수 있죠.

물론 그리스도인이 아니라면 성서를 읽지 않아도 무방합니다. 제대로 완독하기 어려운 것도 현실입니다. 기본적으로 성서는 호메로스의 서사시처럼 하나의 주제로 꿰어진 것이 아니라 역사서, 율법서, 문학서 등으로 구성되었고 다양한 저자에 의해 다양한 형식으로 쓰였습니다. 성서는 본래 구전되고 낭독을 통해 알려졌던 책들의 모음이기에 읽기 어려운 건 당연합니다. 성서를 혼자서 읽을 수 없는 사람들을 위해

교회에선 별도의 교육과정을 운영하기도 하죠. 이 책에서는 성서 중 비교적 읽기 쉬운 역사서를 중심으로 내용을 정리해 볼까 합니다. 종교적 관점이 아닌 '서양인의 생각을 만든 고전'을 읽는다는 의미로 이해해 주셨으면 합니다.

토라는 어떻게 만들어졌나

나일 강 삼각주와 메소포타미아를 잇는 문명의 통로, 팔레스타인에는 오래전부터 가나안 족속이 살고 있었습니다. 본래 열두 개의 지파로 나뉘어 있었다고 알려진 이들은 다윗부터 솔로몬까지 통일왕조를 이뤘습니다. 그리고 솔로몬 자식 대에 이르러 남쪽의 '유다'와 북쪽의 '이스라엘'로 분열되었는데요. 기원전 721년 이스라엘은 수도 사마리아가 아시리아의 공격을 받아 패망했고, 사람들은 상당수가 살해되거나 다른 곳으로 피난을 갔습니다. 이 때문에 북 이스라엘에 살던 10개 지파 사람들은 존재감이 없어졌습니다. 기원전 601년이 되면 신바빌로니아 왕 네부카드네자르 2세가 이집트를 공략하러 가던 길에 이 지역을 침입했고, 예루살렘을 포함한 유대지방 대부분이 파괴되었습니다. 열두 족속 중 그때까지 살아남았던 '벤야민지파'와 '유다지파'여기서 유대인이 유래한다 다수가 바빌론으로 끌려갔죠. 이들 유다 족속이 기원전 538년 팔레스타인으로 귀환할 때까지의 시기를 '바빌론 유수Babylonian Captivity'[1]

1 '유수'란 유배되어 갇히다 라는 뜻이다.

라 부릅니다.

바빌론에서 노예 생활하던 유대인은 지구라트[2] 건설에 주로 동원되었는데요. 이들에게 율법낭독과 기도 모임 등 종교의 자유는 주어졌으나 신전에서 집회는 허용되지 않았습니다. 유대인은 고유문화를 보존할 종교적 구심점이 필요했습니다. 지도자들은 구전으로 전해지던 모세부터 당시까지 이야기를 「출애굽기」부터 「열왕기」로 편찬합니다. 모세에 의해 정립된 '일신론'에 바빌론 지역에 전파됐던 조로아스터교의 '이신론'[3] 개념을 흡수했고, 인류 창조 설화와 아담과 하와가 살았던 에덴동산 이야기를 수집했습니다. 19세기 영국인 오스틴 리어드와 프랑스인 에밀 보타가 발굴했던 점토판은 유대인이 '노아의 방주와 홍수 설화'를 메소포타미아에서 수집했다는 것을 추측하게 합니다.[4] 아브라함의 행적과 이집트 탈출기가 정리되었고, 모세가 시내산에서 받았다는 '십계명'도 문서로 만들어 집니다. 바빌론에 유배된 유대인은 유대교의 기본 경전이 되는 모세오경[5]을 완성합니다.

기원전 6세기 초반에 이르면 바빌론에 살던 유대인 상당수가 팔레스타인에 돌아올 수 있었는데요. 이는 페르시아를 통일하고 바빌론까지

---

2 고대 메소포타미아 각지에서 건설되었던 거대한 계단형 탑을 말하며 일종의 신전이었다.
3 세상은 선과 악, 빛과 어둠, 성과 속이 대립하여 구성된다는 주장이다.
4 기원전 2100년에 기록된 수메르의 신화 '길가메시 이야기'에 홍수가 등장한다.
5 구약성서가 시작되는 창세기, 출애굽기, 레위기, 민수기, 신명기를 말하며, 또한 그러한 것들에 포함되어 있는 유대교의 종교와 도덕 그리고 사회생활을 규정한다.

점령했던 아케메네스 왕조 키루스 2세의 관용 정책에 의해서였습니다. 거대제국을 통치하는 키루스 입장에선 이들이 정복당했다는 이유로 고향 떠나 살게 할 이유가 없었습니다. 덕분에 유대인뿐 아니라 바빌론에 잡혀 와 있던 다른 민족도 고향으로 돌아갈 수 있었죠. 이때 돌아온 느헤미야, 에즈라 등 지도자들에 의해 유대 민족의 성전이 재건되었습니다.[6] 바빌론에 끌려갔던 시간은 그들에게는 시련이었지만 한편으론 풍요로운 바빌론 문화를 접할 수 있는 행운이기도 했는데요. 이 시기를 통해 성서를 이루는 여러 문서를 만들어 냈고, 팔레스타인으로 돌아온 후 민족 공동체를 이루는 뼈대가 되었습니다.

유대교 경전의 완성

팔레스타인은 문명의 통로에 있는 지리적 특성 때문에 외부 세력의 침입에 자주 노출되었고, 이 때문에 변화될 수밖에 없었습니다. 키루스의 후계자들이 다스리던 아케메네스 왕조가 마케도니아의 알렉산드로스에게 무너진 후기원전 334년 팔레스타인은 헬레니즘의 영향권에 놓였습니다. 동지중해 바닷가에는 티레, 시돈, 가자, 필라델피아, 트리폴리스 등 도시국가가 세워졌는데요. 헬라 문화가 유대인의 땅에 침투했고 헬라어가 기록언어로 채택되었습니다. 헬레니즘 문명권은 흑해부터 이집

---

6 성서에 의하면 4만 2,360명의 유대인이 돌아왔는데 이들 이외에 대부분은 남는 것을 선택했고 소수만이 '약속의 땅'에서 살게 되었다. 이때부터 디아스포라 유대인이 생겼다.

트까지 걸쳐 있었으니 상업 활동을 위해 헬라어는 필수였습니다. 기원전 63년 폼페이우스의 정벌 이후 팔레스타인이 로마 속주가 된 후에도 헬라 문화의 영향력은 강력했습니다. 지중해 전체를 정복한 로마인조차 자신들의 빈약한 문화를 보완하려고 헬라 문화를 받아들이기 바빴던 겁니다.

로마제국의 동쪽이 헬라 문화권이었기에 헬라어는 디아스포라 유대인에게도 공통의 문자로 유용했습니다. 더구나 민중들은 고대 히브리어로 기록된 경전을 읽지 못하는 이가 많았는데요. 이 때문에 대규모 유대인 거주지가 있었던 알렉산드리아에서 히브리어 성서를 헬라어로 번역한 70인 역 성서[7]가 탄생했습니다. 이는 '메소포타미아 문화를 기반으로 형성된 유대교'와 '헬라 문화의 영향력'이 결합해 이전과는 다른 종교가 태동하는데 기여했습니다.

이때 유대인은 여러 기록들을 정리합니다. 율법서 외에 우선시되는 책은 '신에게서 영감을 받았다.'라고 여겨지는 예언서였습니다. 「여호수아」, 「사사기」, 「사무엘」, 「열왕기」, 「이사야」, 「예레미야」, 「에스겔」로 구성되었습니다. 두 번째는 성스러운 문학으로 인정받는 책들인데요. 「시편」, 「잠언」과 더불어 「욥기」, 「전도서」, 「아가」, 「역대상」과 「역대하」, 「에스라」, 「느헤미야」, 「에스더」, 「다니엘」 등이 있습니다. 이렇게 해서

---

7 셉투아진트(Septuagint, 70인 역)는 기원전 3세기 중엽부터 기원전 1세기까지 조금씩 헬라어로 번역되었으며 현재 존재하는 구약성경 번역판 중 가장 오래된 판본이다.

율법서Torah, 예언서Nevi'im, 성문서Kethuvim로 구성된 총 24권의 유대교 경전 '타나크TANAKH'가 만들어집니다.

이 문헌들이 유대교 경전으로 확립된 건 서기 90년경 얌니아 종교회의에서였습니다. 당시에는 66년부터 7년간 유대전쟁을 겪고 난 후라서 상황이 좋지 않았습니다. 성전이 있던 예루살렘은 파괴되었고, 많은 이들이 죽거나 로마로 끌려가 노예가 되었으며, 살아남은 이들은 고통 속에 살아가야 했습니다. 예루살렘 성전이라는 구심점이 사라진 상황에서 삶과 종교의 지침이 될 통일 경전의 필요성이 제기되었습니다. 바빌론 유수의 어려운 상황에서 구전 이야기가 문서로 기록된 것과 비슷한 상황이었죠.

그리스도교 경전

그렇다면 현재 우리가 읽는 그리스도교 성서는 어떤 과정을 거쳐 만들어졌을까요? 초기 그리스도교인은 유대교의 일파였습니다. 그들은 헬라어로 번역된 유대교 경전을 그대로 사용했죠. 여기에 더해 복음서와 사도 바울이 여러 교회에 보낸 편지가 종교 생활에 큰 영향을 주었습니다. 그러다 서기 397년에 열린 카르타고 공의회에서 24권의 유대 경전을 39권의 '구약성서Old Testament'로 분류하고, 예수와 관련한 책들은 '신약성서New Testament'로 정의했습니다. 유대경전 24권이 구약성서

39권으로 된 건 히브리어 문서를 헬라어로 번역하는 과정에서 상, 하권 등으로 나뉘었기 때문입니다.

유대인 사이에 널리 읽힌 책 중 경전으로 인정되지 못한 것도 있었는데요. 이들을 '숨겨진'이라는 뜻의 '외경Apocrypha'이라 부릅니다. 이는 히브리어 원본이 없고 헬라어만으로 기록되었다는 특징이 있습니다. '구약성서'의 기록 시기는 고대부터 기원전 150년경까지고 '신약성서'는 서기 50년 이후입니다. 외경의 제작 시기는 구약과 신약 사이로 「마카베오 상하」, 「도빗」, 「유디트」, 「솔로몬 지혜서」, 「바루크」, 「에스더」, 「다니엘 부록」 등 7권이 만들어집니다.

서기 400년경, 달마티아 출신 히에로니무스는 헬라어 성서를 라틴어로 번역하면서 외경도 구약에 포함시켰습니다. 이로써 로마가톨릭에선 구약성서가 46권이 되었습니다. 그러다 16세기 유럽의 종교 개혁가들은 히브리어 원본이 없다는 이유로 외경들을 경전에서 제외했고, 그래서 개신교의 구약성서는 39권이 되었습니다. 동방정교회에서는 1672년 외경들 중 네 권지혜서, 집회서, 도빗, 유디트만을 받아들여 구약성서를 43권으로 정했는데요. 그렇게 해서 현재 개신교는 39권, 동방정교는 43권, 로마가톨릭은 46권의 구약성서를 갖게 됩니다.

창세기, 천지창조에서 요셉까지

이제 구약성서 첫 페이지부터 열어 보겠습니다. 그 시작은 「창세기」
인데 제목처럼 "하느님께서 태초에 하늘과 땅을 창조하셨습니다."로 시작
합니다. 창조는 아담이라는 이름의 남자와 하와라는 이름의 여자로 이
어집니다. 구약성서에는 유대인이 조상으로 삼은 이들이 여럿 등장합
니다. 그런데 첫 인간 '아담'부터 아브라함의 아버지 '데라'까지는 개
인이라기보다 부족의 은유적 이름으로 보입니다. 수명이 지나치게 길
기 때문이죠. 아담은 930년, 에녹은 365년, 므두셀라는 969년, 노아는
950년을 살았던 것으로 기록되어 있습니다. 어느 창조론자가 지구 역
사를 천지창조부터 창세기에 등장하는 인물들의 나이를 포함해 계산했
는데요.[8] 구전으로 내려온 신화이기에 개인의 수명이 그렇게 길었다고
생각할 필요는 없을 겁니다. 아브라함에 이르면 수명이 조금씩 현실적
으로 변합니다. 지역적으로도 바빌로니아에서 시리아를 거쳐 가나안으
로 이동하는데, 그래서 그가 유대 민족의 첫 조상이라 여겨집니다.

아브라함의 부모는 메소포타미아 남부 갈대아 우르에 살다가 가나안
으로 향했습니다. 오늘날 튀르키예 남부에 해당하는 메소포타미아 북
부 하란에 머물 즈음 아브라함의 아버지 데라가 죽었고 그곳에서 태어
난 아브라함은 야훼의 명을 받았습니다.

---

8   1650년 영국의 제임스 어셔 대주교는 신이 천지를 창조한 건 기원전 4004년 10월 23일이라고 밝혔
    다. 성서의 인물들을 토대로 역산한 결과라고 한다.

"네 고향, 네 친척, 네 아버지의 집을 떠나 내가 네게 보여주는 땅으로 가거라. 내가 너를 큰 민족으로 만들고 네게 복을 주어 네 이름을 크게 할 것이니 네가 복의 근원이 될 것이다."[9]

야훼의 명을 받은 아브라함은 족속을 데리고 하란에서 가나안으로 이동했습니다. 이 과정이 갈등 없이 이뤄지지는 않았겠지요. 이미 가나안에 사람들이 살고 있었을 테니 아브라함이 이끄는 사람들은 거기서 투쟁할 수밖에 없었을 겁니다. 가축도 함께였을 테니 물과 목초지를 두고 다퉈야 했겠죠. 이스라엘 사람들이 가나안을 차지하기 위한 첫 번째 투쟁과 이주라 할 수 있겠습니다. 아브라함이 99세 되던 해, 야훼가 그를 민족의 조상으로 삼는 계약을 맺었는데 그 증표가 할례입니다. 이때부터 유대인 남자는 태어난 지 8일째 되는 날 할례를 받는 풍습을 갖게 되었습니다. 유대인을 계약의 민족이라 부르는 계기였습니다. 아브라함의 정실부인 사라에게서 태어난 아들 이삭은 유대인의 조상이 되었고, 하녀 하갈에게서 태어난 이스마일은 아랍인의 조상이라고 불리는데요. 이때부터 '같은 조상을 둔 형제 사이'의 악연이란 말이 생겼습니다.

아브라함에 관한 가장 유명한 에피소드는 야훼에게 아들 이삭을 바치는 장면입니다. 당시엔 첫 수확물과 첫아들을 신에게 바치는 풍습이 있었는데요. 아브라함은 관례대로 아들을 번제물로 바치려 했습니다. 산에 올라가 아들을 제단 위에 올려놓고 죽이려 했을 때 천사가 찾아와

9 창세기 12: 1~2

이를 중지시키고 양을 바치라고 말합니다. 이때부터 인간 대신 동물을 제물로 바치는 풍습으로 바뀌었다는 걸 알 수 있습니다. 사람을 번제물로 바친다는 개념은 예수가 자기 몸을 제물로 인간의 죄를 씻는다는 생각으로 이어집니다. 그리스도교를 이해하는 가장 중요한 개념의 하나이기도 하죠.

이스라엘이라는 국가명은 아브라함의 손자 야곱으로부터 시작되었습니다. 야곱이 어느 날 광야에서 돌베개를 베고 잠이 들었을 때 이런 목소리가 들렸습니다.

> "나는 야훼, 네 할아버지 아브라함의 하느님이요, 네 아버지 이삭의 하느님이다. 나는 네가 지금 누워 있는 이 땅을 너와 네 후손에게 주리라. (중략) 너의 이름은 이제 더 이상 야곱이 아니라 이스라엘이라 불릴 것이다.[10]

이스라엘이란 '하느님과 씨름하다.'는 뜻인데요. 꿈에서 야곱이 하느님과 씨름했다고 해서 얻은 이름이었다고 하죠. 이 외에도 '하느님과 겨룬 사람'이란 뜻도 있답니다. 이름에 '싸우다', '겨루다'는 의미가 있어 이스라엘은 늘 주변 세력과 싸우고 겨루도록 운명 지어진 것처럼 보입니다. 싸워야만 스스로를 유지할 수 있었던 역사를 보면 말입니다.

10 창세기 28:13

이집트를 떠나는 출이집트기

창세기 다음은 「출이집트기」인데요. 예전 성서에는 「출애굽기」라고
도 했습니다. 이집트의 노예 생활에서 벗어났다고 해서 '탈출기'라고
도 부릅니다. 이스라엘인이 이집트에 살게 된 계기는 야곱의 아들 요셉
부터입니다. 야곱은 열두 명의 아들을 두었는데 열한 번째 아들 요셉은
형들로부터 미움을 받아 은 스무 냥에 이집트로 팔려 갔습니다. 그런데
요셉은 명석한 두뇌를 발판 삼아 노예에서 파라오의 일급 참모로 변신
합니다. 파라오의 꿈을 해석해 주었기 때문이었는데요. 그 꿈은 이집트
에 7년의 풍년과 7년의 흉년이 올 거라는 예언이었습니다. 나일 강이
적당히 범람할 때와 심하게 가물 때를 예측했다고 할 수 있습니다. 요
셉의 해석을 듣게 된 파라오는 풍년일 때 곡식을 싼값에 사들여 저장하
고 다가올 흉년을 대비했지요. 요셉의 해석대로 풍년과 기근이 발생했
고, 미리 대비한 이집트와 달리 가나안에 있던 요셉의 형제들은 기근을
견디지 못했습니다. 그들은 이집트로 이주했고 이때부터 이스라엘인이
대규모로 정착하게 되었는데요. 나일 강의 정기적 범람으로 풍부한 식
량을 생산할 수 있었던 이집트는 피난처가 되었습니다. 요셉의 형제뿐
아니라 다른 이스라엘인에게도 마찬가지였습니다.

구약성서 중 사람들에게 가장 널리 알려진 장면은 이스라엘인이 이
집트를 떠나는 장면일 겁니다. 야훼에 의해서 이집트에 열 가지 재앙이
내린다는 이야기, 처음 태어나는 장남들이 죽게 되고, 이스라엘인을 구

별하기 위해 문지방에 양의 피를 바르는 사람들, 바다가 갈라지고 이집트 병사들이 몰살당하는 장면 등. 크리스마스 시즌만 되면 상영되었던 찰턴 헤스턴과 율 브리너가 출연했던 〈십계〉같은 영화들을 통해 한 번쯤은 만나봤을 이야기들입니다.

　이집트를 탈출하는 이야기의 진행은 이렇습니다. 이스라엘인이 이주해 이집트에 살게 되자 민족분쟁이 발생했습니다. 이스라엘인이 아이를 많이 낳아 강성해지자 토착 이집트인의 불안감이 높아졌고요. 그래서 박해가 벌어지면서 일어난 사건이 이집트 탈출이었습니다. 이를 통해 이스라엘인은 정체성을 확립하게 되는데요. 탈출을 주도한 이는 '모세'였습니다. 이스라엘인에게 모세는 가장 위대한 선지자로 불립니다. 왜냐면 유대인의 여러 선지자들 중 야훼와 직접 대화한 거의 유일한 인물이니까요. 다른 이는 천사를 통하거나 야훼의 목소리만 들었지만 모세는 달랐습니다. 학자들의 주장에 따르면 그는 람세스 2세 때기원전 1279년 ~ 기원전 1213년 사람이거나 메르엔 프타하 왕조시대기원전 13세기 후반의 사람이라고도 합니다. 유대인의 선지자로 인정받지만, 역사라기보다 신화에 가까운 인물입니다.

　이스라엘인의 아들로 태어난 그는 히브리 아이들을 모두 죽이라는 파라오의 명으로 인해 바구니에 넣어져 강물에 버려집니다. 파라오가 이 명을 내린 이유는 이스라엘인 노동자 집단의 증가가 두려웠기 때문인데요. 그런데 이 바구니가 강물을 타고 흐르다 왕녀의 손에 들어가고 아이는 궁정에서 자라게 됩니다. 모세는 지혜가 뛰어난 젊은이로 성장했습니다. 40세가 된 모세는[11] 공사장에서 이집트인 감독관이 유대인 노예를 매질하는 것을 보고 분개하여 감독관을 죽이고 시체를 감추었습니다. 이 사건으로 인해 궁정을 나와 떠돌던 모세는 유목민 족장 이드로에게서 이스라엘인의 역사를 들었고 그의 딸 십보라와 결혼했는데요. 80세가 되던 해, 모세는 호렙산 근처에서 이스라엘인을 구출하라는 야훼의 계시를 듣습니다.

"내가 네게 모든 기사를 행할 수 있는 능력을 주었으니 너는 이집트로 돌아가 파라오 앞에서 그 기적들을 다 보이도록 하여라."[12]

모세는 파라오를 찾아가 이스라엘인의 자유를 요구하지만, 파라오는 이스라엘인의 고통을 더욱 가중하는 조처를 하죠. 파라오의 고집이 꺾일 기미가 보이지 않자, 야훼는 10가지 재앙[13]을 내립니다. 태양신보다 야훼가 더 강력하다는 것을 강조했다고 할 수 있죠. 열 번째 재앙은 다른 재앙보다 더욱 강력한데요. 가축이든 사람이든 처음 태어나는 것들을 죽이는 재앙을 내립니다. 다만 이스라엘인의 장남을 살리기 위해 문설주현관문에 어린 양의 피를 바르게 합니다. 양의 피를 바르지 않은 이집트인 가정에서는 파라오의 장자까지 모두 죽었습니다. 야훼는 또한 이스라엘인이 서둘러 이집트를 떠나도록 누룩 넣지 않은 빵을 양고기

11 40세는 이제 준비가 된 나이를 의미한다.
12 출이집트기 4:21
13 나일강이 피로 변하고 메뚜기 떼가 온 세상을 덮고 온갖 질병이 창궐했다고 이해할 수 있다.

와 함께 준비하라고 지시했습니다. 이것은 훗날 유대인의 축제 파스카무교절, 無酵節의 기원이 됩니다.

그렇게 이스라엘인은 모세를 따라 바다를 건너는데요. 홍해가 갈라지고 뒤쫓던 이집트 병사들이 모두 죽는 사건으로 모세는 이스라엘인에게 큰 신뢰를 얻게 됩니다. 모세가 호렙산에서 십계명을 받는 장면과 히브리 백성의 금송아지 숭배사건, 성막을 만드는 것으로 탈출기는 끝이 납니다.

야훼의 율법을 담은 레위기

이집트 탈출 이야기는 다이내믹하고 재미있습니다. 하지만 20장 이후엔 성전 건설, 제사장 규격, 유대인의 법에 관한 내용이 계속되어 읽으려면 상당한 집중력을 요구합니다. 이것이 율법을 안내해 주는 「레위기」, 광야에서의 삶을 보여주는 「민수기」와 모세의 마지막 설교를 알려주는 「신명기」로 이어집니다. 모세오경이라 일컫는 '토라'를 역사서가 아닌 율법서로 규정하는 이유도 바로 「레위기」 때문이라 할 수 있습니다. 한국인이라면 굳이 「레위기」를 읽을 필요는 없겠지만 율법을 지키며 살아야 하는 유대인에게는 매우 중요한 문서로 꼽힙니다. 간단히 정리하면 이렇습니다.

1. **희생제물**: 다양한 유형의 제물 번제, 소제, 화목제, 속죄제, 속건제에 관해 지시한다. 희생될 동물이나 제물과 구체적인 의식 절차를 포함한다.

2. **제사장의 역할**: 모세의 형 아론의 자손은 대대로 제사장을 맡고 이들을 훗날 레위족속이라 부른다.

3. **속죄일** 욤 키푸르: 욤 키푸르는 유대력에서 가장 거룩한 날을 말하는데 이날은 금식, 기도 및 희생을 통해 사람들의 죄를 속하기 위한 날이다.

4. **정결식사법** 카슈루트: 유대인의 코셔 음식에 관한 법을 포함, 정결하게 도축된 동물을 먹어야 하며 어떤 동물은 먹지 않아야 하는지를 말한다.

5. **도덕 및 윤리적 법칙**: 도난, 거짓말, 불공정 행위 금지 등 도덕적이고 윤리적인 행동에 관련된 여러 계명이 포함된다. 성서의 교훈 "네 이웃을 네 몸처럼 사랑하라."가 나온다.

6. **성결의 법칙**: 공동체의 성결을 유지하기 위한 법을 제공한다. 성관계 및 다양한 사회적, 경제적 규정에 관한 법이 포함된다.

7. **축제와 성일**: 유대인의 연례 축제와 성일을 정하는데 유월절, 무교절, 칠칠절, 나팔절, 속죄일, 초막절이 포함된다.

8. **희년과 안식년**: 안식년 매 7년마다과 희년 매 50년마다 준수에 대한 지시가 주어진다. 이 기간에 땅은 쉬고, 빚은 용서되며, 노예는 자유를 얻는다.

오늘날 정통파 유대인이 금요일 저녁부터 안식일을 지키고, 남자아

이는 할례를 하고, 정결한 식사를 하는 이유도 「레위기」에 등장합니다. 무슬림의 정결 식사라는 의미의 '할랄'도 「레위기」에 등장하는 식사법에서 유래했다고 볼 수 있는데요. 할랄이란 아랍어로 '허용된 것'으로 이슬람 율법에서 허용된 것을 의미합니다. 반대되는 것은 허용되지 않은 것을 의미하는 '하람'입니다. 이슬람 율법에서 말하는 음식 규정은 반드시 규정을 지켜서 도축한 것을 먹어야 하고, 동물의 피와 돼지고기는 먹어선 안 되고, 지느러미와 비늘 없는 생선은 먹을 수 없다는 것 등입니다. 사우디아라비아의 메디나에서 유대인을 만난 무함마드가 유대인의 율법을 참고하여 무슬림이 지켜야 할 것을 규정했다고 할 수 있습니다.

「민수기」는 이집트에서 탈출한 이스라엘인의 광야 생활을 다루고 있습니다. 그들이 약속의 땅 가나안으로 향하는 여정은 이집트 탈출 때와 마찬가지로 순탄하지 않았습니다. 그들은 생존을 위한 여러 일을 하죠. 살아남기 위해 군대 편성을 위한 인구조사를 하고 성막을 봉헌하여 예배 준비합니다. 이스라엘인은 광야에서 만나는 어려움을 겪으며 야훼에 대한 원망을 쏟아냈습니다. 그들은 감사할 줄 모르고 야훼를 온전히 신뢰하지 않았습니다. 결과적으로 당대 이스라엘인은 한 사람도 약속의 땅을 밟을 수 없었는데요. 모세조차 '젖과 꿀이 흐르는 땅'에 들어가는 것이 허락되지 않았습니다. 그래도 모세는 끝까지 의지를 놓지 않는데요. 모압의 평원에 이르러 모세는 이스라엘인에게 지혜의 조언을 전하고 야훼의 교훈을 다시 세세히 설명하였습니다. 토라의 마지막 책 「신명기」는 모세가 죽기 전 이스라엘인에게 전한 마지막 말들이었습니다.

2

여호수아에서 솔로몬까지
이스라엘의 역사

여호와의 종 모세가 죽은 후에 여호와께서 모세를 보좌하던 눈의 아들 여호수아에게 말씀하셨습니다. "내 종 모세가 죽었으니 너와 이 모든 백성들은 이제 일어나 이 강을 건너 내가 이스라엘 백성들에게 주는 땅으로 가거라. 내가 모세에게 말한 대로 네가 네 발로 밟는 곳마다 네게 줄 것이다. 광야와 레바논에서부터 커다란 유프라테스 강과 헷 사람의 온 땅과 해 지는 서쪽 대해까지 네 영토가 될 것이다."

- 구약성서 「여호수아」-

모세의 후계자 여호수아

모세 이후 이스라엘 백성을 이끈 인물은 여호수아입니다. 모세의 아들은 아니었지만, 그의 뒤를 이어 민족을 지도했는데요. 여호수아는 당시 유대인 중 약속의 땅에 들어가는 것이 허락된 유일한 인물이었습니다. 광야생활 내내 모세 밑에서 장군으로, 스파이로, 조수로 보좌했기에 모세가 죽은 후 후계자가 될 수 있었죠. 예언서의 첫 번째 권인 「여호수아」는 종교 지도자이자 군사령관인 여호수아가 민족을 이끌고 요르단강을 건너 가나안을 침공하는 과정을 보여줍니다. 가나안은 선조인 아브라함이 살았던 땅으로 이스라엘민족이 가나안을 차지하기 위해 공격한 두 번째 사건이었습니다.

가나안에는 여러 강력한 민족이 살고 있었지만, 여호수아는 야훼의 도움으로 이들을 모두 물리치고 가나안을 정복합니다. 정복한 땅을 12지파에게 분배하고, 평화롭게 통치합니다. 이 과정에서 알려진 에피소드가 두 가지인데, 하나는 예리고성이 무너진 사건, 또 하나는 태양이

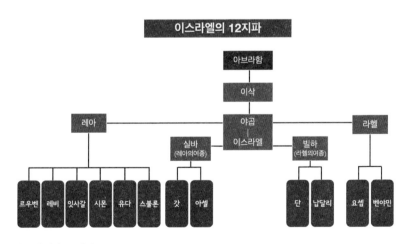

이스라엘의 12지파

이동을 멈추었던 일입니다. 여호수아는 요르단 강 건너 가나안의 관문인 예리고성을 침공하는데요. 난공불락의 성으로 명성이 높았는데 여호수아가 성벽 둘레를 엄숙하게 행진하고 7일째 되던 날 일제히 나팔 불며 고함을 지르자 성이 무너져 내렸습니다. 여호수아는 가나안 다섯 왕과의 연합전투에서 승리한 후 추격할 시간을 벌기 위해 이렇게 말했습니다.

"해야, 기브온에 그대로 머물러라. 달아, 아얄론 골짜기에 멈추어라."[14]

그러자 해가 이동을 멈추고 적을 물리칠 때까지 중천에 머물렀다고 합니다. 이를 근거로 중세의 그리스도교 사상가들이 '지구를 중심으로 해와 달이 돈다.'는 천동설을 지지하게 되었다니 조금 황당하긴 합니다. 가나안에 들어간 이스라엘인은 그곳을 자기 영역으로 차지합니다. 다만 몇 백 년 동안 12지파를 하나의 국가로 통치할 지도자는 나오지 않았는데요. 삼손 같은 부족장 수준의 에피소드는 있지만, 이스라엘이 가장 추앙이라는 지도자, 다윗이 등장하기 전까지는 그랬습니다.

통일 이스라엘의 왕 다윗

잘 알려진 인물 다윗은 등장부터 아주 인상적입니다. 작은 물맷돌 하

14 여호수아기 10:12

나로 블레셋의 거인 골리앗을 물리치며 세상에 이름을 알렸으니까요. 당시 블레셋은 이스라엘의 가장 강력한 적수였습니다. 블레셋의 위협은 이에 대항할 수 있는 강력한 지도자의 출현을 필요로 했는데요. 이때 등장한 이가 베냐민지파 사람이었던 사울이었는데 블레셋을 제압하고 전 이스라엘 백성을 이끌기에는 역량이 부족했습니다. 결국 다윗이 블레셋의 거인 골리앗을 물리쳐 영웅이 되었고, 백성의 신망이 두터워져 사울의 딸 미갈과 결혼했습니다. 하지만 자기 자리를 위협한다고 느낀 사울이 제거하려 하자 왕궁을 탈출해 광야를 떠돕니다. 사울이 블레셋과의 전투에서 죽은 후에야 다윗은 헤브론으로 돌아옵니다.

이후 다윗은 유다지파의 왕으로 추대되어 7년 반 동안 나라를 다스렸고, 사울의 아들 이스보셋과 전쟁을 치릅니다. 승리를 거둔 다윗은 이스라엘 12지파의 통합 왕으로 추대되었고 예루살렘을 새 나라의 도읍으로 삼았습니다. 그리고 모세 시절부터 함께했던 언약의 궤를 예루살렘의 성채에 보관했습니다. 이후 33년 동안 주변 지역을 정벌해 영토를 넓혔고 선정을 베풉니다. 한 가지 그가 남긴 좋은 평가를 받지 못하는 에피소드는 히타이트로 알려진 헷 족속 우리야의 아내 밧세바를 아내로 삼은 일입니다. 궁궐 옥상에서 산책하던 다윗은 마당에서 목욕하던 밧세바를 보고 반해 그녀를 침실로 끌어들였죠. 이후 그녀의 남편이자 자기에게 충성하던 군인 우리야를 모략으로 전사하게 만들고 밧세바를 아내로 삼았습니다. 이후 아들 압살롬의 반란, 왕위 계승을 둘러싼 왕자들의 분란 등 안팎으로 시련을 겪게 되었는데요. 결국 밧세바가 낳은 솔로몬에게 제위를 물려주고 죽습니다.

바빌론 유수 시절, 그곳에서 메시아 사상을 받아들였던 유대인은 이스라엘의 영광을 회복할 제왕을 기다렸습니다. 다윗은 유대인이 원하는 메시아의 전형이었는데요. 이로써 '다윗의 혈통을 가진 자'라는 메시아의 이상적 모습이 자리 잡았습니다. 훗날 바리새파 유대인이 예수를 메시아로 보지 않은 이유도 여기에 있었습니다. 그는 다윗처럼 강력한 군사력도 없고 위대한 혈통을 가진 인물도 아니었기 때문입니다. 그로 인해 복음서 기록자들은 예수가 다윗의 후손이라는 걸 증명하기 위한 장치를 성서에 포함시키는데요. 특히 「마태복음」이 다윗과의 관련성을 강조합니다. 첫머리에 아브라함부터 다윗까지, 다윗부터 요셉까지의 족보를 기록했고요. 나사렛 출신 예수의 탄생지를 다윗의 고향이었던 베들레헴이라고 정의하고 있습니다.[15]

현재 예루살렘에는 예수와 제자들이 최후의 만찬을 했다는 마르코의 다락방 기념교회 지하에 다윗의 무덤이 있습니다. 물론 진짜 다윗의 무덤은 아니고 12세기 십자군시대 예루살렘 왕국에서 이 교회 밑에 다윗을 기념하는 무덤을 세웠을 뿐입니다. 그리스도교 십자군이 만든 이 가묘가 아이러니하게도 유대인의 성지가 되었네요. 또한 이슬람의 성지이기도 하기에 두 종교인이 함께 예배를 올리는 몇 안 되는 장소입니다.

---

15 다윗의 고향인 베들레헴에서 메시아가 태어나리라는 미가서와 이사야서의 예언이 있었기 때문이다.

지혜의 왕 솔로몬

통일 이스라엘의 두 번째 왕위는 솔로몬에게 돌아갔는데요. 솔로몬은 유대교나 그리스도교에서 '지혜로운 사람'의 대명사로 쓰이는 이름입니다. 심지어 오스만제국 최전성기 술탄 이름도 '술레이만솔로몬'일 정도로 이슬람 신자들에게도 사랑받고 있는데요. 그는 구약성서의 「시편」과 「잠언」 구절 중 상당수를 집필했고, 「전도서」와 「아가서」의 작자로도 알려져 있습니다.

본래 그는 다윗왕의 자리를 이어받을 가능성이 희박했습니다. 비록 총애 받는 밧세바의 소생이었지만 서출로서 왕위계승 서열은 낮았기 때문입니다. 당시 다윗의 아들 중 서열이 가장 높았던 이는 넷째였던 아도니야였는데요. 장남 암논은 셋째 압살롬에게 살해당했고, 둘째 길르앗은 요절했으며, 압살롬은 무리하게 왕위를 차지하려다가 실패했습니다. 게다가 아도니야의 배후에는 이스라엘의 군사령관 요답과 대제사장 아비아달이 있었습니다. 본처 아들인데다가 가장 강력한 후원 세력까지 둔 아도니야가 다윗의 후계자가 될 가능성이 높았죠. 그리고 실제로 자신이 왕이 되었노라고 선포하기까지 했습니다.

솔로몬이 이런 불리한 상황을 극복할 수 있었던 것은 어머니 밧세바 덕분이었습니다. 병석에 눕게 된 다윗은 여러 대제사장을 불러들인 후 아도니야 일파가 손쓸 틈도 주지 않고 직접 다윗에게 왕위를 넘겨주었

습니다. 본처의 아들을 제치고 사랑하는 후처의 아들을 후계자로 세우
는 늙은 아버지의 모습은 역사상 수없이 등장했던 후계 다툼의 전형적
모습이었습니다. 물론 솔로몬이 제위 계승에 실패했거나 등극 후 무능
했다면 다윗은 '애처의 꾐에 홀려 나라를 망쳤다.'라는 평을 들었겠지만
솔로몬은 명군으로 인정받았기에 그런 일은 일어나지 않았습니다.

솔로몬이 남긴 가장 큰 업적은 예루살렘에 야훼를 위한 성전을 지은
일입니다. 앞서 몇 차례 세웠던 성전이 파괴되었기 때문인데요. 새로 지
어진 성전은 길이 60규빗, 너비 20규빗, 높이 30규빗의 성전은 정방형
의 세 구역으로 구성되었고, 지성소로 알려진 정육면체 방에는 야훼의

예루살렘의 서쪽 성벽(일명 통곡의 벽)은 솔로몬이 아닌 기원전 1세기 헤롯 대왕 이후의
잔재다.

언약궤를 두었습니다. 이 성전을 짓기 위해 7만 명의 짐꾼과 8만 명의 석수를 고용하고 레바논 산 백향목을 사용했습니다. 20년 걸려 성전을 완성한 후 소 2만 2,000마리, 양 12만 마리를 제물로 봉헌했고요.

성전 외에도 자신의 거처인 호화로운 궁을 건축했는데 이런 국력을 가질 수 있었던 이유는 이스라엘이 지역의 패권자였기 때문입니다. 넓은 영토를 여러 개의 지역으로 구분하고 총독을 보내 통치했고, 홍해로 통하는 에시온게벨 등 여러 항구를 지어 무역을 활성화했습니다. 동시에 국방에도 신경을 써 전략적 위치엔 성을 세워 요새 도시로 만들었습니다. 전차용 말을 위한 마구간이 4만 개, 기마병만 1만 2,000명이었다니 어마어마한 군대를 보유했습니다. 심지어 그의 아내와 후궁은 700명이나 되고 첩의 숫자는 300명이었다고 합니다. 「열왕기」에 등장하는 이야기가 맞는다면 말입니다.

그가 남긴 이야기 중 하나는 시바 여왕[16]이 찾아온 사건이었습니다. 여왕은 금 120달란트와 많은 양의 향품과 보석을 솔로몬 왕에게 선물했다고 하는데요. 솔로몬을 영접한 시바 여왕은 이렇게 말합니다.

"내 나라에서 들었던 대로 왕이 이루신 일과 지혜에 대한 소문이 사실이었군요. 왕의 백성들은 참 행복하겠습니다. 왕의 곁에서 계속 그 지혜를

---

16   예멘 지역을 지배했던 여왕이라는 전승과 에티오피아에 세워진 악숨 왕국의 시조였다는 전승이 있다. 악숨 왕국에서는 솔로몬의 아들 메넬리크를 낳았다고 한다.

들을 수 있으니 말입니다."[17]

이 말을 듣고 솔로몬은 시바 여왕이 원하고 구하는 것을 모두 주었습니다. 그리고 여왕은 자기 나라로 돌아갔는데요. 이 에피소드는 훗날 에티오피아 건국 설화에도 나오고 이슬람 경전 『꾸란』에도 등장합니다. 시바 여왕이 조공품을 갖고 찾아왔다는 것은 솔로몬의 영향력이 여왕의 나라까지 미쳤다고 할 수 있겠습니다. 그런데 정말 시바 여왕은 솔로몬의 후손을 낳았을까요? 아니면 솔로몬의 후계자이고 싶은 악숨 왕국 사람들의 희망 사항이었을까요?

솔로몬이 지었던 성전 위치는 오늘날 성전산이라는 이름으로 남아 있는데요. 아브라함이 아들 이삭을 바쳤던 바위가 있던 곳이라고 하죠. 이곳에는 이슬람 3대 성지중 하나인 알아크사 모스크가 서 있습니다. 오늘날 유대인이 기도 올리는 서쪽 벽이 솔로몬 성전의 흔적은 아닙니다. 지금 남아 있는 건 1세기 헤롯왕이 세운 성전과 그 후 증축했던 성벽의 잔해죠. 학자들에 의하면 솔로몬은 유대 민족이 창조한 전설적 인물일 가능성도 있다고 합니다. 그에 관해서 아버지 다윗과 달리 성서 이외 역사 기록이나 유물이 전혀 없고요. 그의 통치영역이 유프라테스강부터 블레셋의 땅 그리고 이집트 경계선까지였다고 하지만[18] 기원전 9세기쯤에 이런 국가가 있었다는 역사적 증거가 전혀 없기 때문입니다.

17 열왕기상 10:6~8
18 열왕기상 4:21

3

예수그리스도의 생애와 가르침
사복음서

세례자 요한이 광야에 나타나서 죄 용서를 위한 회개와 세례를 선포했습니다. 유대 온 지방과 예루살렘 모든 사람들이 요한에게 나아와 자기 죄를 고백하고 요단 강에서 요한에게 세례를 받았습니다. 요한은 낙타털로 만든 옷을 입고 허리에 가죽 띠를 두르고 메뚜기와 들꿀을 먹었습니다. 그리고 요한은 이렇게 선포했습니다.

"나보다 더 능력 있는 분이 내 뒤에 오실 텐데 나는 몸을 굽혀 그분의 신발 끈을 풀 자격도 없다. 나는 너희에게 물로 세례를 주지만 그분은 너희에게 성령으로 세례를 주실 것이다."

– 신약성서「마르코복음」–

　신약성서는 모두 27권으로 구성되어 있습니다. 우선 예수의 행적과 가르침을 기록하고 해석한 4권의 복음서, 예수 승천 후 복음을 전하던 사도들의 이야기를 기록한 「사도행전」, 바울이 각 지방 교회로 보낸 바울 서신과 바울 이외 사람들이 쓴 서신들, 마지막으로 종말론적 내용이 담긴 「요한계시록」이 있습니다. 이 중 종교인이 아닌 사람에게도 많이 알려진 4권의 복음서와 「사도행전」을 읽어보려 합니다. 고전 읽기 관점에서 보면 그리스도교의 본질이라 할 수 있는 예수의 행적과 가르침, 그리고 사도의 활동 이야기가 가장 적당하기 때문입니다.

　신약성서를 펼치면 가장 먼저 등장하는 것은 「마테오복음」입니다.

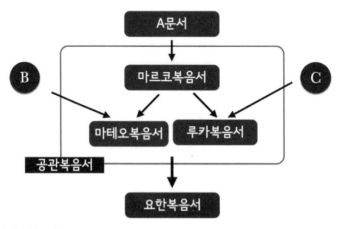

복음서의 기록순서

가장 먼저 쓰인 것으로 전해져 왔기 때문입니다. 그런데 현대 학자들의 연구에 의하면 가장 먼저 등장한 복음서는 「마르코복음」라고 합니다. 「마르코복음」이 완성된 것은 유대인이 로마제국에 저항했다가 패배했던 서기 70년경, 예수 사후 40여 년이 지난 때였죠. 아마도 구전으로 전해오던 예수의 생애와 가르침을 기록할 필요가 생겼기 때문일 겁니다.

학자들의 연구에 따르면 최초의 문서A문서가 있었을 것인데 이를 바탕으로 「마르코복음」이 쓰였다고 합니다. 그리고 「마르코복음」의 내용을 모두 포함하면서 다른 문서B문서의 내용이 첨가되어 「마테오복음」이 만들어졌고, 또 다른 문서C문서, 예수의 어록이 담긴의 내용이 추가된 것이 「루카복음」입니다. 따라서 「마르코복음서」의 내용은 「마테오복음서」와 「루카복음서」에 모두 등장하며, 다른 에피소드는 일부만 발견할 수 있습니다. 세 복음서는 비슷한 스토리를 갖고, 예수 생애에 관한 같은 관점을 갖고 있기에 공관복음서라고 부릅니다.

「요한복음」은 앞선 세 복음서와는 상당히 다른 내용과 형식을 가지고 서기 100년에서 120년 사이에 기록되었습니다. 복음서의 제목은 제자들의 이름을 따르고 있지만, 입으로 전해진 전승을 무명의 작가들이 정리하고 후대에 이름을 붙였을 가능성이 큽니다. 고대에 등장한 상당수 고전은 본래 제목이 없는 경우가 많았고, 무명 저자가 쓴 작품에 유명인의 이름을 붙이는 경우가 꽤 흔했는데요. 호메로스 저작물 같은 게 대표적입니다. 가장 마지막에 등장한 「요한복음」은 공관복음서와는 다

가톨릭식 이름 (개신교)	마테오복음서 (마태복음)	마르코복음서 (마가복음)	루카복음서 (누가복음)	요한복음서 (요한복음)
상징	사람	사자	황소	독수리
저자의 직업	불명	불명	의사	성직자
그리스도관	제왕적 선지자	선지자	가장 완벽한 인간	인류의 구원자
예상 독자층	유대계 그리스도인	유대인	그리스계 그리스도인	그리스계 그리스도인
서술상의 특징	돈에 관련해 구체적, 구약 인용이 적극적	언어, 환율, 전문용어 등을 배려 예수의 인간적 면모 강조	대상에 대한 묘사가 자세함 인용이 문학적이고 잘 교육받은 문체	예수란 누구인가에 치중 그리스 철학에 정통

른 필체로 신격화가 완성된 예수 이야기를 전합니다.

선지자로 등장하는 「마르코복음」

우선 분량이 적고 가장 먼저 쓰였다는 마르코 복음서부터 읽어보겠습니다. 첫머리에 '세례자 요한'이라고 불리는 이가 등장합니다. 그는 광야에 나타나 이렇게 말하며 사람들에게 죄의 용서를 위한 세례를 베풀었습니다.

"나보다 더 능력 있는 분이 내 뒤에 오실 것이며, 나는 물로 세례를 주지만 그분은 성령으로 세례를 주실 것이다."

세례자 요한은 그리스도의 등장을 위해 길을 준비한 사람이었습니다. 그로 인해 사람들은 메시아가 곧 나타날 것이라고 기대했죠. 메시아란 히브리어로 '기름 부음을 받은 자'란 뜻으로 헬라어 '크리스토스그리스도'라는 말과 같습니다. 본래 유대인에게 메시아란 특별한 왕이나 대제사장에게 붙여진 이름이었는데요. 페르시아의 키루스 2세에게도 붙여졌고 선지자 이사야, 통일왕국을 세웠던 다윗이 대표적인 인물이었습니다. 야훼의 명령으로 제사장이자 예언자였던 사무엘이 다윗에게 기름을 부었습니다.

세례자 요한이 등장할 당시 팔레스타인은 로마제국의 속주로 수탈에 신음하고 있었습니다. 허울뿐인 왕 헤롯의 폭력적 통치도 고통을 더했고요. 바빌론 포로 시절이나 로마제국 시절이나 이스라엘 백성의 삶은 곤궁했습니다. 그러니 메시아가 나타나 질곡의 삶에서 해방 시켜주길 바라며, 그가 강력한 힘을 가진 다윗 같은 모습이길 원했습니다. 팔레스타인 땅을 폭력적으로 점유하고 있는 로마제국을 물리치고 이스라엘 스스로 나라를 건설하기를 원했습니다.

「마르코복음서」에서 전하는 예수의 모습은 우리의 예상과는 조금 다릅니다. 동정녀 마리아가 천사로부터 예수를 잉태할 거라고 듣는 장면도, 예수 탄생을 알리거나 찬양하는 장면도 없습니다. 아기 예수가 마구간에 누워 동방박사의 경배를 받는 장면도 등장하지 않습니다. 성인이 된 예수가 갑자기 등장해 세례자 요한에게 세례를 받은 후 곧바로 활동을 시작하는데요. 그리고 하느님의 아들이라는 소리를 듣습니다.

"너는 내가 사랑하는 아들이다. 내가 너를 무척 기뻐한다."

본래 유대인에게 '하느님의 아들'이라는 개념은 없었습니다. 사막의 신 야훼는 아버지로 부르기에는 너무 엄격하고 무서운 신이었습니다. 이름조차 함부로 불러서는 안 되었을 정도죠. 그러다 주변 문화권의 영향을 받아 이사야나 다윗 같은 위대한 이를 '야훼의 아들'로 부르는 관습이 생겨났습니다. 예수는 세례 받은 후 성령이 비둘기처럼 내려왔기에 하느님의 아들이 되었습니다. 이때부터 위대한 선지자와 동급이 되었다는 의미죠.

이후 예수는 아픈 사람을 낫게 하고 제자들을 모아 가르쳤습니다. 비유를 들어 진리를 말했고, 갈릴리 호수 위를 걸었으며, '오병이어떡 다섯 개와 물고기 두 마리'의 기적을 만들기도 했죠. 이를 통해 자신이 예언자이며 메시아라는 것을 증명하려는 의도였을 겁니다. 그는 여자, 가난한 이들, 세리들과 함께 먹고 마시며 그들의 고충을 들었습니다. 죄지은 사람도 하느님께 진심으로 회개하면 구원받을 수 있다고 말했습니다. 신의 은총을 기다리며 이웃을 사랑하라고 가르쳤습니다. 그는 유대인이면서도 배타적 선민사상과 형식화된 율법주의를 지켜야 한다고 생각하지 않았습니다.

예수라는 이름을 가진 이가 촌구석 갈릴리에서 메시아임을 은근히 알리며 활동하는 상황이 예루살렘 중심의 바리새파 사람들에게 알려졌습니다. 이스라엘 12지파 중 살아남은 그들은 스스로를 선택된 사람들이라고 생각했습니다. 메시아의 존재, 영혼불멸, 천국과 천사의 존재를 받아들였던 다수파였고, 헬라 문화를 가까이했습니다. 반면 소수파면서 바리새파와 대립하던 사두개파는 모세오경에 근거하지 않는다는 이유로 바리새파의 주장에 동의하지 않았습니다. 하지만 예수는 두 지파 모두에게 위험한 인물이었습니다. 그들이 보기에 예수는 메시아도 아니었고, 기존 체제를 무너뜨릴 수 있는 이단아일 뿐이었습니다.

예수를 따르는 이들이 점점 늘었고 한편으론 위험한 시간이 다가오고 있었습니다. 추종자가 늘면 공공의 적이 될 가능성이 커지는데, 정치적 지배자 로마인에게나 종교적 지도자 바리새파에게나 해당하였습니다. 그러나 예수는 목숨을 구걸하지 않았습니다. 자신은 '사람들에 의해 죽을 것이며, 3일 만에 다시 살아날 것을 알고 있다.'라고 제자들에게 말했습니다. 오히려 더 많은 사람들에게 복음을 전파하기 위해 갈릴리를 떠나 유대의 중심지 예루살렘으로 이동했습니다. 그곳에는 유월절을 맞아 많은 이들이 모여 있었는데, 예수에 관한 소문이 퍼져 따르는 사람이 많았고, 환대받았습니다. 바리새파의 관점에서 보면 본거지가 위태로워져 더 이상 두고 볼 수 없는 상황으로 전개되고 있었습니다.

십자가에서 죽었고 부활했다

예수는 죽음이 임박한 것을 알고, 제자들과 최후의 만찬을 나누었습니다. 빵과 포도주를 함께하며 자신의 죽음이 뜻하는 바를 제자들에게 설명했습니다. 저녁이 되자 예수는 12제자와 식탁 앞에 앉았습니다. 그리고 빵과 포도주를 들어 감사기도를 올린 후 이렇게 말합니다.

"이것을 받으라, 이것은 내 몸이니라."
"이것은 많은 사람들을 위해 흘리는 내 피, 곧 언약의 피다."

다음날 새벽 예수는 가룻 사람 유다의 밀고로 체포되었고, 유대인 자치기구 산헤드린의 재판을 거쳐 로마총독 빌라도에 의해 사형에 처해집니다. 예수의 죽음은 바리새파에게도 빌라도에게도 필요한 일이었는데요. 바리새파 제사장에게도, 로마 총독에게도 위험인물이었기 때문이었죠. 정확히 말하면 그들에게 예수는 정치범이었습니다. 당시 로마인은 쉽게 융화되지 않는 유대인에게 신경을 곤두세워야 했습니다. 특히 예수가 활동했던 갈릴리는 로마에 저항하는 열심당의 본거지였으며 민란이 잦은 곳이었습니다. 예수는 그런 곳에서 사람들을 모아 대규모 집회를 인도했고, 민중의 환호를 받으며 예루살렘에 입성하는 등 반란 지도자가 될 가능성이 농후해 보였죠.

예수가 빌라도에게 심문받을 때, 바리새파 대제사장들은 예수를 풀어주지 말고 십자가에 못 박으라고 강력히 요구했습니다. 빌라도는 예수에게 묻습니다.

"네가 유대 사람의 왕이냐?"

예수가 그렇다고 답했고, 로마 군인들은 '해골'이라는 뜻의 골고다까지 그를 끌고 갔습니다. 예수는 머리에 가시관을 쓰고, 무거운 십자가를 지고 언덕을 올라야 했습니다. 사람들에게 공개적으로 조롱당했고 곧 두 명의 강도와 함께 십자가형에 처해졌습니다. 아침 아홉 시 십자가에 못 박힌 예수는 오후 세 시쯤 되자 이렇게 외친 후 숨을 거둡니다.

"엘리 엘리 라마 사박다니!"[19]

"내 하느님, 내 하느님, 어째서 나를 버리셨습니까!"라고 하소연합니다. 평소 스스로 죽음을 예견했고 태연하게 활동했지만 죽음이 임박하자 그도 어쩔 수 없었던 모양일까요? 이것으로 끝났다면 세상을 바꾼 종교는 탄생하지 않았을 것입니다. 안식일이 지난 뒤 막달라 마리아와 살로메는 예수의 시신에 향료를 바르려고 갔다가 무덤이 빈 것을 알게 됩니다. 그리고 흰옷 입은 청년을 만나게 되는데요. 그 청년이 말하길 예수께서 살아나셨다고 합니다. 그리고 예수께서 갈릴리로 가실 것이며 거기서 제자들을 볼 것이라 말합니다. 여인들은 깜짝 놀라 벌벌 떨면서

19 당시 이스라엘에서 일상적으로 사용되던 아람어로 외친 말이다.

무덤에서 도망쳐 나왔습니다. 금요일 늦은 오후부터 일요일 동틀 무렵까지 예수의 영혼은 저승에 다녀왔던 걸까요? 여기까지가 「마르코복음」의 이야기입니다.[20]

위대한 혈통 「마테오복음」

유대인이 기대하는 메시아의 모습은 위대한 왕 다윗의 후손이었습니다. 「마테오복음」의 저자는 이것을 꽤 중요하게 인식했던 듯합니다. 그래서 첫머리에 아브라함부터 다윗, 그리고 다윗부터 예수의 아버지 요셉까지 족보를 기록합니다. 그러니까 「마테오복음」의 저자는 '유대인이 기다리던 메시아가 바로 예수다.'라고 강조하고 싶었던 것 아닐까 합니다. 「마테오복음」은 「마르코복음」을 중심으로 기록하되 별도로 수집한 자료를 추가했습니다. 특히 예수의 탄생 과정을 추가로 이야기하는데요. 결혼 전 임신한 마리아와 결혼을 주저했던 요셉의 꿈에 천사가 나타나 말합니다.

"다윗의 자손 요셉아, 두려워하지 말고 마리아를 아내로 맞아라. 마리아가 가진 아기는 성령으로 임신된 것이다."

---

20 부활에 관한 다른 구절이 조금 더 있지만 이 부분은 다른 판본에는 없기에 후대인에 의한 가필의 의심을 받는 부분이다.

이때 천사는 이름까지 정해 주는데요. '예수'라고 말입니다. 임신한 여인 마리아와 결혼해야 할지 고민하는 요셉에게 신의 아들을 임신했으니 기꺼이 받으라는 말입니다. 그리고 예수의 탄생지도 다윗의 고향 베들레헴이 됩니다. 이곳에 헤롯왕이 보낸 세 명의 동방박사가 찾아와 황금과 유향과 몰약을 예물로 줍니다. 정리해 보면 다윗의 고향 베들레헴에서 태어난 예수는 성령으로 잉태된 다윗의 후손이며, 천사가 이름까지 지어주었고, 동방박사들이 찾아와 탄생 축하 예물을 줄 정도로 대단한 예언자라고 증거하는 겁니다.

「마테오복음」은 「마르코복음」을 기반으로 했기 때문에 전체적으로 비슷한 에피소드로 전개됩니다. 어린 시절은 등장하지 않고, 예수가 성인이 된 후 세례자 요한에게 세례를 받은 후 성령이 내려옵니다. 그리고 광야에서 마귀에게 시험을 받습니다. 베드로를 비롯한 12제자를 만나서 가르쳤고 아픈 이를 고쳐주었습니다. 예언자 이사야의 예언, 다윗의 후손이며 메시아가 등장했다는 것을 증명하기 위한 여러 행위가 진행됩니다. 바리새파 사람들과 논쟁하는 것도 비슷하고 그들로 인해서 십자가에 못 박혀 죽는 것도 같습니다. 빌라도 총독에게서 사형선고 받고 골고다 언덕을 올랐고, 십자가에서 처형되었고, 무덤에 안치되었습니다. 이제 부활의 시간이 되었는데요. 안식일 다음 날 새벽, 무덤을 방문한 사람은 막달라 마리아와 또 다른 마리아였습니다. 「마르코복음」과는 한 명의 이름이 달라졌습니다. 그녀들이 만난 건 하늘에서 내려온 천사였습니다. 눈처럼 흰 옷을 입은 천사가 말했죠.

"예수께서는 이곳에 계시지 않고 말씀하신 대로 살아나셨다. 그러니 빨리 가서 제자들에게 말해라. 예수께서 죽은 자 가운데서 살아나셨고 너희보다 먼저 갈릴리로 가실 것이다."

자살한 유다를 제외한 열한 명의 제자들은 갈릴리에서 부활한 예수를 만났고, 예수는 이런 말을 마지막으로 남겼습니다.

"하늘과 땅의 모든 권세가 내게 주어졌다. 그러므로 너희는 가서 모든 민족을 제자로 삼아 아버지와 아들과 성령의 이름으로 세례를 주고 내가 너희에게 명령한 모든 것을 가르쳐 지키게 하라."

낮은 데로 임하는 「루카복음」

공관복음서의 세 번째 권은 「루카복음」입니다. 이 복음서도 기본적으로 「마르코복음」의 틀을 유지합니다. 신성한 탄생, 갈릴리에서의 활동, 예루살렘으로 와서 십자가에 못 박혀 죽음, 부활의 순서입니다. 앞서 두 복음서 저자가 불명확한 데 비해 헬라인 의사였던 루카루카스가 집필한 것으로 알려져 있죠. 그는 안티오크 출신으로 사도 바울의 동료였으며, 바울과 여러 제자의 선교활동을 기록한 「사도행전」의 저자이기도 합니다. 이 복음서는 시공간적으로 예수로부터 멀리 떨어진 고장 사람들에게 예수의 존재를 알리기 위해 쓰였습니다. 특히 헬라인 중 그리스도인으로 개종한 사람을 대상으로 가정공동체에서 예수의 언행에 따라서 복음적인 삶을 살도록 권장하기 위해 집필되었습니다.

루카는 예수의 신성한 탄생과 아픈 이를 고치고 하늘의 가르침을 전하는 모습을 가장 중요시했던 것 같습니다. 우리가 알고 있는 말구유에서 태어난 그리스도의 이야기를 그리고 있는데요. 우선 천사가 마리아에게 성령으로 잉태하는 존재에 대해 말합니다. 비록 마리아가 처녀이고 남자를 알지 못한다고 해도 하느님은 불가능이 없다고 말하면서요. 또한 성령으로 잉태한 존재는 다윗의 고향 베들레헴에서 태어나야 합니다.

그런데 아우구스투스 황제의 칙령에 따라 호적을 등록하기 위해 요셉과 마리아가 베들레헴으로 갔다는 건 역사적으로 맞는 이야기는 아닙니다. 로마에서는 병력자원을 확보하기 위해 인구조사를 하긴 했지만 젊은 남성 위주로 수를 세었을 뿐이고, 가족을 이동시키지도 않았습니다. 게다가 로마시민도 아닌 속주 백성이 자기 고향이 아닌 조상의 고향으로 가야 했다는 건 조금 무리가 있어 보입니다. 중요한 건 다윗의 고향에서 태어나야 이사야의 예언이 맞아떨어지기 때문이겠지요.

특이한 건 다른 복음서엔 등장하지 않는 어린 시절 예수 이야기가 조금이나마 있습니다. 열두 살의 예수는 부모와 함께 유월절 축제에 참가하러 예루살렘에 갔는데 거기서 특이한 행동을 하는데요. 축제가 끝난 후 부모는 예루살렘을 떠났는데 예수는 함께하지 않았고, 뒤늦게 안 부모가 아들을 찾으러 예루살렘으로 돌아옵니다. 성전 뜰에서 찾아낸 예수는 선생들과 함께 앉아서 이야기하고 무언가를 묻기도 하는데요. 이때 예수가 놀랄만한 말을 했지만 부모는 제대로 깨닫지 못합니다. 이후 예수는 특이 행동을 하지 않은 채 부모에게 순종하며 삽니다.

성인이 된 예수는 세례를 받은 후 공생애를 시작하는데요. 이때 갑자기 아버지 요셉의 족보가 등장합니다. 성령으로 잉태했다면서도 실제는 요셉의 아들인 셈인데, 제우스의 아들로 탄생했다던 그리스 영웅 헤라클레스가 실제는 암피트리온의 아들이던 것과 비슷합니다.[21] 헬라인에게 익숙한 이야기로 예수의 신성함을 말하고자 했던 겁니다. 「루카복음」에선 요셉의 족보가 첫 번째 창조된 인간 아담에 이릅니다. 아담이 하느님의 아들이라면서요. 메시아로서 예수는 위대한 족보를 가진 인물이라는 걸 강조합니다.

「루카복음」에는 공생애 동안 메시아로서 예수의 행적이 자세히 등장합니다.[22] 시공간은 앞선 두 복음서와 같지만, 활동량과 깊이에서는 더욱 자세하고 교훈적 내용이 많습니다. 「루카복음」에서 말하는 가장 중요한 그리스도교의 메시지는 이렇습니다.

---

21 헤라클레스는 제우스의 아들이라 하지만 암피트리온과 알크메네 사이에 태어난 아들이라 할 수 있다.
22 우리에게 알려진 3년의 공생애는 「요한복음」에만 등장한다.

"네 마음을 다하고 목숨을 다하고 힘을 다하고 뜻을 다해 주 하느님을 사랑하라. 그리고 네 이웃을 네 몸같이 사랑하라."

종교와 관련 없이 인류 공통의 메시지로 활용할 만한 문장을 정리해 보면 이렇습니다.

"좁은 문으로 들어가길 힘쓰라."
"자기를 높이는 사람은 낮아지고 자기를 낮추는 사람은 높아질 것이다."
"너희는 스스로 조심하라. 네 형제가 죄를 지으면 꾸짖으라, 그리고 그가 회개하면 용서하라."

메시아 예수의 참 모습을 알려주려 애쓰는 이야기들입니다. 아마도 예수의 어록이 담긴 문서[23]를 참조해 이곳에 많이 기록한 듯합니다. 특히 유대 정치종교 지도자가 주목하지 않았던 부류, 가난한 사람들, 여인들, 소외된 사람들, 문둥병자들, 죄인들을 치유하고 돌본 이야기를 만날 수 있습니다. 하느님의 아들로서 인류에게 구원과 치료를 가져다주는 존재라는 걸 강조하는 한편 선한 목자와 탕자를 기다리는 아버지로도 소개합니다. 「루카복음」이 헬라인을 상대로 쓰였다는 점을 상기하면 예수가 깊은 자비심을 가진 신적인 인간이었다는 것을 알리려 했습니다.

사람의 아들 예수의 마지막 활동은 예루살렘에서입니다. 가룟 유다

---

23 학자들은 이를 Q문서라고 일컫는데, 최근 발견된 외경 도마복음서와 관련이 높다.

는 예수를 대제사장과 성전경비대장에게 팔았고, 제자 베드로는 예수를 세 번이나 모른다고 말합니다. 십자가형이 진행되고 마지막 숨을 거둘 때, 예수는 앞선 복음서와는 다른 말을 남깁니다.

"아버지여, 제 영혼을 아버지 손에 맡깁니다."

죽음을 초월한 모습으로 읽히는 문장으로서 이전 복음서와 다른 여유가 보이는데요. 신의 아들로서 죽음을 두려워하지 않고 아버지께로 가려는 모습을 보여주고 있다고 할 수 있죠. 이제 부활이란 거대한 사명이 남았는데요. 이것도 앞선 복음서와 조금 다릅니다. 이름 알려지지 않은 여인들이 예수의 무덤을 찾았고, 예수의 시신은 사라졌습니다. 이때 빛나는 옷을 입은 두 사람이 등장해선 예수께서 살아나셨다고 말합니다. 예수의 죽음 후 제자들은 갈릴리로 돌아가고 있었는데, 다시 예루살렘으로 돌아가 부활한 예수를 만납니다.

태초부터 있던 신의 존재 「요한복음」

네 번째 권 「요한복음」은 앞선 복음서와 여러 면에서 차이가 납니다. 앞선 복음서가 건조하게 사실만을 전달하려 한다면 「요한복음」은 서사시 형태로 보다 완성된 문학적 글이라 할 수 있습니다. 다른 이에게 저자의 생각을 잘 전달하려는 듯한 의도가 느껴집니다. 이 복음서가 가장 나중 쓰였고[24] 지역적으로도 소아시아의 에페수스에서 쓰였기 때문일 겁니다. 첫 문장부터 헬라스의 철학적 요소가 담겨 매우 강렬합니다.

"태초에 말씀Logos이 계셨습니다. 그 말씀은 하느님과 함께 계셨고 그 말씀이 하느님이셨습니다."

다른 복음서들은 예수가 그리스도라는 것을 강조하기 위해 세례자 요한을 등장시키고, 신성한 탄생과 혈통을 강조합니다, 예언자 이사야가 말했던 메시아가 다윗의 후손 예수라고. 구약성서를 아는 유대인을 상대로 말하고 있는 듯합니다. 하지만 기록자 요한이 말하는 상대는 유대인이 아닌 헬라인이었습니다. 예수가 태초부터 하늘에 있던 존재이기에 신성한 탄생과 위대한 혈통을 구구절절 말할 필요도 없다고 봤습니다. 가장 중요한 의도는 태초에 예수가 하느님의 다른 모습이었다는 것을 말하기 위해서입니다. 결국 로마제국이 선택한 그리스도교에서 가장 중요한 교리인 '삼위일체'[25]의 근거를 「요한복음」은 말하고 있습니다.

요한복음서에는 우리에게 매우 잘 알려진 사건들예수의 신성한 탄생, 세례자 요한에 의한 세례, 마귀의 시험, 최후의 만찬 등이 생략되어있는데요. 공생애 기간도 다른 복음서는 1년 정도인데, 「요한복음」에서는 3년입니다. 왜 다를까

24 서기 100~120년경으로 알려져 있다.
25 성부와 성자와 성령은 위격이 같으며 동일 본질이라는 의미다.

요? 여기에는 두 가지 설이 있는데요. 하나는 예수의 탄생과 행적이 이미 널리 알려져 다시 언급할 필요가 없었다는 것, 또 하나는 「요한복음」이 쓰인 지역이 소아시아였고, 다른 전승을 가진 신앙공동체에서 집필되었다는 겁니다.

그럼에도 예수가 일으킨 기적 이야기는 여전히 등장합니다. 헬라인이라면 누구나 아는, 그리스신화에서 만날 수 있는 이야기가 자주 나옵니다. 첫 번째로 예수가 혼인 잔치에 참석했다가 물동이에 채워진 물을 술로 바꾸는 장면입니다. 이는 헬라인에게 아주 익숙한 장면이었을 겁니다. 제우스가 물동이를 술로 가득 채웠던 신화가 전해지기 때문입니다.[26] 또 하나는 죽은 나사로를 살려놓은 이야기입니다. 「요한복음」이 쓰인 에페수스는 헬레니즘 문화가 흥성했던 대도시로 의학이 발달한 곳이었습니다. 따라서 그리스도라면 죽은 이까지 살려낼 수 있는 능력이 있어야 한다는 생각에서 삽입되지 않았을까 싶습니다. 그리고 「요한복음」에선 예수가 '하느님의 독생자'라는 것을 강조합니다. 예수가 이전 복음서에선 '너희들의 아버지'라는 말을 자주 쓰지만, 요한복음서에선 자신이 하느님의 독생자라는 것을 일관되게 천명하고 있죠.

"하느님께서는 세상을 이처럼 사랑하셔서 독생자를 주셨으니 이는 그를 믿는 사람마다 멸망하지 않고 영생을 얻게 하려는 것이다."[27]

26 필레몬과 바우키스 부부의 설화에는 제우스가 그 집을 방문했을 때 술이 떨어졌는데 물을 술로 바꾼 이야기가 등장한다.
27 요한복음 3:16

하느님의 독생자지만 로마 병사가 창으로 옆구리를 찌르자 피와 물이 쏟아져 나왔습니다. 이는 예수가 '신이었지만 사람의 가면을 쓰고 있었다.'라는 주장에 반박하려는 의도로 설명됩니다. 신으로서 이 땅에 왔지만 완벽한 인간이기도 했다는 거죠. 완전한 신이어야 인간을 구제할 수 있고 완전한 인간이어야 희생제물이 될 수 있었습니다.

예수가 십자가에 못 박혀 죽을 때 마지막 멘트는 복음서마다 조금씩 차이가 있는데 요한 복음서에선 뭐라고 했을까요?

"다 이루었다."

신이자 인간으로서 이 땅에 와서 해야 할 일을 다 이루었고, 이제 하늘로 돌아갈 차례가 되었다는 유언으로 해석할 수 있습니다.

4복음서로 본 예수

4복음서는 여러 면에서 차이가 존재하는데요. 예수의 탄생, 공생애 활동, 십자가 죽음, 부활의 모습이 모두 같지는 않습니다. 뒤에 쓰인 복음서일수록 예수의 탄생과 부활이 상세하고 보다 더 신적인 존재로 그려집니다. 만약 예수와 함께 생활했던 제자들이 기록했다면 이런 불일치는 존재하지 않았을 겁니다. 하지만 전승으로 내려온 것을 누군가가 기록했고, 앞선 기록을 바탕으로 추가하다보니 달라진 것이라 할 수 있겠습니다.

저자들이 예수를 어떤 존재로 보고 있는지가 4복음서의 가장 중요한 차이라 할 수 있는데요. 「마르코복음서」와 「마테오복음서」에 등장하는 예수는 구약성서에서 말하는 다윗과 같은 메시아였습니다. 따라서 그 신분과 탄생이 매우 중요했죠. 마르코 복음서에서는 특별한 탄생기록이 없지만 세례를 받음으로써 성령이 임해 메시아가 되었고, 「마테오복음서」에서는 다윗의 후손으로서의 탄생이 중요했습니다. 그리고 자신이 구약의 선지자들이 말하는 메시아라는 것을 증명하기 위해 끊임없이 말하고 여러 기적을 행했습니다. 그러므로 십자가에서 죽을 때 하느님이 버린 것이라고 여긴 것이죠. 메시아였지만 여전히 인간이었으므로 십자가의 죽음은 받아들이기 어려웠나 봅니다.

「루카복음서」의 저자가 본 예수는 성령으로 잉태되어 낮은 곳에서 태어난 신의 아들이었습니다. 그리고 열두 살 때 그 가능성을 보였지만 부모는 알아보지 못했고 성인이 되어 세례를 받은 후 활동을 시작합니다. 수많은 기적을 행했고 많은 이들의 병을 고쳤습니다. 그리고 죽음을 맞이하는데, 십자가에서의 죽음이 억울하지 않았습니다. 아버지 하느님에게 온전히 자신의 영혼을 맡긴 독생자 아들이었기 때문입니다.

그렇다면 「요한복음서」에서 본 예수는 누구였을까요? 예수는 본래부터 하늘에 있던 존재였습니다. 그러다 독생자로서 인간의 몸을 가지고 땅에 내려왔고 하느님이 주신 사명을 다합니다. 그리고 이승에서의 일을 다 마치자 죽었고 부활한 후 하늘로 돌아갑니다. 그러므로 "다 이루었다."라는 말을 할 수 있는 것입니다.

4

사도들의 전도활동
사도행전

데오빌로 님, 제가 먼저 쓴 글에는 예수께서 일하시고 가르치기 시작하
신 모든 것, 곧 예수께서 선택하신 사도들에게 성령을 통해 명령하신 후
하늘로 들려 올라가신 날까지의 일을 기록했습니다.

― 신약성서「사도행전」―

사도행전과 베드로의 사역

신약성서를 펼치면「마테오복음서」부터 시작해 4복음서가 있고 그
다음「사도행전Acts of the Apostles」이 나오는데요. 예수가 승천한 후 따르
던 여러 사도의 행적을 기록한 책입니다. 초대교회가 어떠했는지 보여
주는 중요한 문서죠.「루카복음서」와「사도행전」은 본래 한 명의 저자
가 쓴 문서였다고 합니다. 기원후 90~100년경에 쓰였다고 알려져 있

는데, 「루카복음서」가 예수의 탄생과 공생애 그리고 사망과 부활을 이야기하고 있다면, 「사도행전」은 사도들의 이야기가 담겼죠. 이곳에서 주로 언급하는 이는 베드로와 바울인데요. 전반부에는 베드로의 행적을, 후반부에는 바울의 전도 여행을 주로 다루고 있습니다.

나사렛 예수가 예루살렘에서 십자가에 죽은 후 부활해 제자들에게 나타나자 사람들은 그를 그리스도라 믿게 되었습니다. 예수는 사도들이 모여 있을 때 이런 말을 남겼습니다.

"성령이 너희에게 오시면 너희는 힘을 받아 예루살렘과 온 유다와 사마리아뿐만 아니라 땅 끝에 이르기까지 어디에서나 나의 증인이 될 것이다."[28]

이 말을 남긴 예수는 40일간 부활의 시간을 끝내고 제자들 눈앞에서 하늘로 들려 올라갔습니다. 오순절에[29] 이르렀을 때 하늘로부터 강한 바람이 일고 불같은 혀가 갈라지는 모습이 나타났습니다. 성령이 임한 것이었죠. 예수에게 성령이 임했듯이 사도들에게도 성령이 내려왔던 겁니다. 이로써 사도들은 그리스도의 복음을 전하고 세례를 베풀어 3,000명의 신자를 만들 게 됩니다. 그리하여 메시아를 기다리는 종교 공동체가 등장하였고, 베드로가 걷지 못하는 이를 걷게 하는 등 기적을

---

28 사도행전 1:8
29 원래는 유대인들이 처음 수확한 농산물을 바치는 날에서 유래했는데 예수의 부활로부터 50일째 날이어서 오순절이라는 이름이 붙었다.

행해 남자만으로도 5,000명으로 신자를 늘렸고요.

그 과정이 순탄하지만은 않았습니다. 통치자들과 율법학자들은 사도들의 행위에 불만이 많았고, 베드로와 요한은 감옥에 갇혀 심문받았습니다. 베드로에 의해 병이 나은 사람 등 여러 사람이 베드로를 찬양했기에 산헤드린 공의회는 어쩔 수 없이 베드로를 풀어줍니다. 이후 베드로는 야파, 가이사랴 등 여러 도시를 다니며 유대인뿐 아니라 이방인에게도 복음을 전했습니다. 이때 율법학자에 의해 살해당한 사람도 있었습니다. 그리스도교 사상 최초로 순교했던 인물로 기록된 스데반인데요. 그는 그리스도의 복음을 말했다는 죄로 고소당했고 돌에 맞아 죽습니다.

이후 큰 핍박이 일었고 사도를 제외한 모든 사람이 유대와 사마리아로 흩어졌습니다. 빌립은 사마리아의 도시에서 그리스도를 전했고 베드로와 요한도 그곳에서 세례를 주었죠. 이후 베드로의 행적은 사도행전에서 사라집니다. 그렇다면 널리 알려진 '로마에서 순교'와 '바티칸 대성당 지하 무덤'은 어떻게 된 걸까요? 이것은 신약성서에 포함되지 않은 다른 문헌과 로마가톨릭 전승에 의해서입니다. 1260년에 도미니크회 수사이자 제노바의 대주교였던 야코부스 데 보라기네가 집필한 『황금 전설』에는 이러한 로마가톨릭의 전승들이 등장합니다.

전승에 따르면 베드로는 이탈리아로 갔고 로마에서 전도 활동을 계속합니다. 그러다 붙잡혀 순교했다고 하죠. 외경으로 분류된 「베드로행전」에 그 유명한 대사 "쿠오 바디스 도미네? *Quo vadis, Domine*", 즉 "주님, 어디로 가십니까?"가 있는데요. 베드로가 박해를 피해 로마를 떠나던 중 아피아 가도에서 예수의 환영을 만나 했던 말입니다. 예수가 "네가 버린 로마로 간다."라고 말하자 베드로도 로마로 다시 가겠다고 말합니다. 결국 베드로는 로마 군사에게 체포되어 십자가에 못 박혀 순교했다죠. 베드로는 예수와 똑같은 방식으로 죽을 수 없다며 십자가에 거꾸로 매달려 처형되었다고 전해집니다. 그래서 베드로의 상징이 거꾸로 된 십자가가 되었죠.

디아스포라 유대인 바울

「사도행전」의 핵심 키워드는 앞에서 소개한 1장 8절입니다. 그리스도교가 유대인에게서 탄생했지만 이방의 세계로 전파되어야 한다는 전도의 메시지가 담겨있는데요. 핵심 역할을 한 사람은 킬리기아 타르수스 출신 바울파울로스이었습니다. 사도 바울로 불리지만 12사도에 포함되지도, 생전의 예수를 만난 적도 없습니다. 유대교 분파에 머물던 그리스도교가 지중해 동부의 주요 종교가 되고, 훗날 로마제국의 국교가 된 데는 바울의 역할이 매우 컸습니다. 유대인이었지만 로마 시민권자로서 헬라 철학에도 정통한 지식인이었기에 그가 남긴 기록이 큰 영향을 주었습니다. 그의 히브리식 이름은 사울인데 사도행전 초반에만 등장하고 13장 중반부터 바울로 바뀝니다. 스스로 기록한 서간에서는 '파울로스'를 사용했기에 아마도 디아스포라 유대인이라는 것을 자각하고 있었던 듯합니다.

젊어서 엄격한 바리새파 유대인이었던 바울은 초기 그리스도교 공동체 박해의 선봉에 섰습니다. 스데반의 순교 당시 유대인 측 증인으로 서기도 했는데요. 바울의 열성적 박해 탓에 예루살렘의 그리스도인이 사방으로 흩어질 수밖에 없었습니다. 그러던 바울은 다메섹[30]으로 가는 길에 예수 그리스도의 목소리를 듣습니다. "사울아, 어찌하여 네가 나를 박해하느냐?" 바울이 "당신은 누구십니까?"라고 묻자 "나는 네가 박해하는 예수이니라."라고 하였습니다. 이후 다메섹으로 들어간 바울은 3일 동안 먹지도 마시지도 않으며 시간을 보냅니다. 거기서 바울은 자신의 소명을 깨닫는데요. 그건 이방인 전도에 삶을 바치는 것이었습니다. 엄밀하게 말하면 자신과 같은 언어를 쓰던 헬라인에게 그리스도의 복음을 전하는 것이었습니다.

바울은 그리스도의 목소리를 진짜 들은 걸까요? '신의 목소리를 듣는 것'을 심리학이나 의학적 맥락에선 '청각 환청'이란 단어를 씁니다. 하지만 종교나 영적 영역에선 '신의 계시' 또는 '신현theophany'이라고 하죠. 예수 사후 십여 년 후 바울이 그리스도인을 박해하던 때, 바울은 '예수가 부활했었다.'는 이야기를 들었을 겁니다. 헬라 문화권에서 태어난

---

30 오늘날 시리아의 수도 다마스커스이며 이곳에 바울이 세례를 받았다는 아나니아 기념교회가 있다.

유대인 바울은 '위대한 자가 죽었다가 다시 살아나는 부활 이야기'도 익히 알았을 테고요. 그러다 예수가 바로 그 위대한 자, 그리스도라는 것을 깨닫는 순간 신의 계시가 환청으로 들렸을 겁니다. 루카스는 바울로부터의 그 이야기를 듣고 기록했던 것이고요.

바울의 전도활동과 순교

바울의 전도 활동은 3차에 걸쳐 소아시아와 헬라스 여러 지역을 돌게 됩니다. 이때부터 사도행전에는 사울이 아닌 헬라어식 이름 바울로 기록됩니다. 첫 번째 선교활동은 키프로스와 소아시아 지역으로 떠났고, 바나바와 함께였습니다. 그때 다녀온 도시는 바보파포스와 루스드라, 이고니온 등이었으며 안티오키아로 귀환했습니다. 두 번째 선교여행에선 디모데오, 루카와 함께합니다. 소아시아의 두로아트로이를 거쳐 마케도니아의 필립피, 테살로니키를 거쳤지요. 여행 중 매 맞고 감옥에 갇히는 등 수많은 고난도 겪었습니다. 이어서 방문한 도시는 다신교의 중심 도시이기도 했던 아테네였습니다. 오늘날 아테네 아레오파고스 언덕에 가면 바울이 연설했다는 동판이 붙어 있지요. 그곳에서 신의 존재론에 대해 토론하기도 했지만 특별한 성과를 얻진 못했고 이웃 도시 코린토스에서 1년여 동안 천막 업자 부부와 일하면서 복음을 전했습니다.

세 번째 선교여행에선 안티오키아를 떠나 갈라디아와 프리기아로 떠

바울의 전도 활동을 알리는 기념 동판, 아테네 ⓒ안계환

낳는데, 이때 이오니아의 중심도시 에베소에서 그리스도에 대해 전하고 사람들에게 세례를 줍니다. 그러자 그들에게 성령이 임해 사람들이 방언을 했습니다. 바울은 제자들을 데리고 두란노 서원에서 2년간 가르쳤고, 이곳에서 수많은 기적을 일으켰습니다. 바울의 몸에 닿은 손수건이나 앞치마를 환자에게 대기만 해도 병이 낫고 마귀들이 떠나갔다고 하죠. 이는 훗날 성물 숭배 사상이 생기는 근거가 되었습니다. 오늘날 유럽 대부분 성당엔 성물이 존재하는데, 그 물건에 성령이 임했고 치유의 은사가 있다고 믿기 때문입니다.

바울의 네 번째 선교여행은 재판받기 위해 로마로 떠난 일이었습니다. 예루살렘에서 바울은 율법을 더럽혔다는 명목으로 고발당했고 로마군에게 체포됩니다. 하지만 로마시민이었기에 그를 함부로 다루진 않았고, 재판받기 위해서 로마로 가야 했습니다. 바울을 태운 배는 몰타 섬을 거쳐 이탈리아에 상륙했습니다. 바울은 로마에서 사람들에게 예수 그리스도에 대해 가르칩니다. 거의 2년 동안 셋집에 머물며 사람들을 만났다고 하지요. 사도행전은 여기서 끝이 납니다. 이후 바울은 그곳에서 순교했다고 전해집니다.

바울이 그리스도교에 끼친 영향은 그가 남긴 편지에 의해서였습니다. 복음서보다도 먼저 사람들에게 그리스도의 복음을 전했기 때문입니다. 에베소에 머물 때 코린토스 교회에 보낸 편지가 「고린도전서」이며, 코린토스에 머물며 로마교회에 보낸 편지가 「로마서」입니다. 전통적 교회의 견해에 따르면 바울의 서신은 13편이라지만, 학자들의 연구에 의하면 직접 쓴 것은 로마서, 고린도서 등 7편뿐입니다. 나머지는 제자들의 글이거나 바울의 이름을 사칭한 것이랍니다. 동서양 막론하고 고대에는 유명인의 이름을 가져다 쓰는 경우가 많았으니까요. 어찌 됐든 서기 50년 데살로니키인에게 보낸 첫 편지부터 64년 디모데오에게 보낸 편지까지, 바울은 예수 그리스도는 누구였으며 구원의 방법과 교회의 의미에 대해 설파했습니다. 편지를 받은 이들은 헬라 문화의 예시들을 통해 그리스도와 신앙의 참 의미를 깨닫고, 그리스도인으로서 안착할 수 있었습니다.

종교인이 아니더라도 서양문명의 근간이 되는 신약성서는 읽을 가치

〈베드로의 순교〉(좌), 〈바울의 회심〉(우), 산타 마리아 델 포폴로 성당 ©안계환

가 충분합니다. 특히 복음서와 함께 「사도행전」은 의미와 재미가 있죠. 베드로와 바울의 행적은 그림으로 그려져 여러 박물관에 전시되고 있는데요. 특히 바로크 예술가 카라바지오가 그린 그림이 유명합니다. 로마의 산타 마리아 델 포폴로 교회에 가면 〈베드로의 십자가형〉과 〈바울의 회심〉이 전시되어 있습니다. 베드로에 관한 그림은 거꾸로 된 십자가에서 처형당하던 장면을 사실적으로 표현했고, 바울에 관한 그림은 회심의 순간을 강렬한 색깔로 묘사했습니다. 같은 공간에 전시된 두 작품 앞에 서면 예술가에 대한 경외심과 두 성인의 신앙심에 경의를 표하게 됩니다.

5

그리스도교와 애증의 관계
꾸란과 이슬람

자비로우시고 자애로우신 하느님의 이름으로 읽으라.

너를 창조하여 주신 주님의 이름으로

그분은 인간을 한 방울의 정액으로 창조하셨느니라.

읽어라! 가장 고귀한 너의 주님은

펜으로 일깨워 주셨으며

인간들에게 그들이 알지 못하는 것도 가르쳐 주셨느니라.

-『꾸란』-

그리스도교와 이슬람의 경쟁

지중해 동부에서 탄생한 그리스도교는 로마제국의 영향으로 전 유럽
에 확산되었습니다. 오늘날 유럽을 방문하는 이들이 가장 쉽게 만나는

명소도 도심 곳곳의 교회죠. 유럽사를 들여다보면 지중해와 발칸반도를 놓고 천년 넘도록 다투던 두 세력을 발견할 수 있습니다. 그리스도교와 이슬람입니다. 두 세력의 접경지에 가면 묘한 긴장감이 흐릅니다. 이슬람이 점령했다가 물러난 스페인 그라나다에는 무어인이 남겨놓은 궁전의 흔적만 있지만, 과거 유고연방이 있던 발칸반도 중부에는 지금도 종교 대결이 이어지고 있으니까요.

'남 슬라브족'을 의미하는 '유고슬라비아'라는 이름대로 같은 슬라브 혈통을 가진 사람들이지만 로마가톨릭, 동방정교회, 이슬람을 믿는 이들이 섞여 살았습니다. 비교적 종교에 관용적이었던 오스만제국의 통치 영향이었습니다. 그러다 구소련이 멸망하고 독재자 티토가 죽은 후 치열한 전쟁을 치르며 세르비아, 크로아티아, 슬로베니아 등 종교에 따라 나라가 갈라졌습니다. 하지만 중부 보스니아-헤르체코비나에는 세 종교인이 섞였고, 지리적 구분도 되지 않기에 내전으로 수많은 피를 흘려야 했습니다. 지금은 전쟁이 멈추었지만, 각 종교 사이 긴장 관계는 여전합니다.

그리스도교의 탄생지 레반트엔 유대인, 그리스도인, 무슬림이 함께 사는데 여기도 만만치 않은 분쟁이 벌어집니다. 이곳에 존재하는 그리스도교 종파만 해도 이집트의 콥트, 레바논의 마로나이트, 시리아의 정교회 등이고 이슬람 종파도 순니, 시아, 알라위, 드르주 등 아주 복잡합니다. 오스만제국 시절에는 종교 관용책으로 인해 종교공동체를 인정하고 평화적 공존이 가능했는데, 19세기 말 이후 민족주의가 대두되면서 분쟁이 증가했습니다.

7세기경 아라비아반도 서쪽에서 이슬람이 탄생한 후 지중해를 두고 그리스도교와 이슬람 세력은 치열한 경쟁을 벌였습니다. 북아프리카와 이베리아반도가 이슬람 땅이었고, 시칠리아도 그들의 영역으로 바뀐 적이 있었죠. 서로마 멸망 후 비잔틴제국은 지중해의 영향력을 점차 이슬람 세력에게 내주고 있었습니다. 지중해는 로마제국을 대신해 이슬람의 바다가 되었고, 남유럽은 이슬람 해적의 침입으로 목숨을 부지하기 어려운 시절로 변했습니다. 이슬람 제국 오스만은 발칸반도에 상륙 후 헝가리를 넘어 합스부르크 왕가의 수도 빈까지 도달해1529년 전 유럽을 공포에 떨게 했는데요. 유럽은 이베리아반도에서 발칸반도 중부까지, 지중해 남쪽을 아우르는 이슬람에 의해 포위되는 지경에 이르렀습니다.

유럽을 위협하던 오스만제국은 1683년, 다시 빈을 포위 공략한 후 더 이상 공세를 취하지 않았습니다. 이때를 기점으로 유럽이 이슬람에 대해 공세적 자세를 가졌는데요. 7세기부터 17세기 중반까지 이슬람이 지중해를 사이에 두고 절대 우위에 있었다면, 18세기부턴 서유럽이 이슬람과의 경쟁에서 승리했다고 볼 수 있습니다. 이어 20세기 중반까지 유럽 열강은 아랍을 포함한 이슬람지역에서 식민 활동을 했죠. 그로 인해 20세기 중반부턴 여러 국가로 독립한 아랍에서 분쟁이 그칠 날이 없었고, 특히 이스라엘과 팔레스타인 간의 문제는 아직도 해결 기미가 없습니다. 북아프리카와 아랍지역의 불안한 정세로 인해 유럽에 발을 들여놓는 무슬림은 점점 늘고, 그로 인한 그리스도인과 무슬림의 분쟁 양상도 다양합니다.

이슬람은 어떤 종교인가

이슬람은 무엇이며 무엇을 지키는 종교일까요? 아랍지역에서 벌어지는 전쟁과 무슬림이 주도한 테러로 인해 이슬람에 대해 부정적 생각을 갖기 쉽습니다. 여성들의 얼굴을 가리는 히잡과 검은 천으로 온몸을 가리는 아바야에 대한 불편한 시선도 있고요. 여성 인권 문제, 명예살인 등 인권을 무시하는 듯한 일도 뉴스에 오르내립니다. 그런데 우리는 종교 '이슬람'과 '중동', 그리고 내부 민족분쟁을 분리해야 합니다. 분명 아랍[31]을 포함한 중동지역에서 종파 분쟁과 민족분쟁이 잦고, 서방에 대한 테러가 자주 발생하며, 이란과 사우디아라비아에선 여성인권을 무시하는 행태들이 존재하고 있습니다.

하지만 이는 이슬람 종교가 가진 고유 특성이 아니라 중동지역 국가 간 분쟁, 또는 민주화되지 못한 부족사회 특성 때문입니다. 이슬람에 대해 비교적 융통성 있는 국가 모로코, 튀니지, 튀르키예, 인도네시아, 말

---

31 아랍은 아랍어를 쓰는 지역을 말하는데 독자적 언어를 갖고 있는 튀르키예와 이란은 아랍이 아니다.

레이시아 같은 경우에는 여성인권 수준도 비교적 높고 테러 지원 같은 행태도 찾아보기 어렵습니다. 파키스탄과 인도네시아에서 여성 대통령이 선출된 사례를 보면 사우디아라비아의 여성 인권과 파키스탄의 여성 인권은 차이가 있습니다.

먼저 '이슬람Islam'과 '무슬림muslim'의 뜻과 차이를 보겠습니다. 이슬람은 '평화'라는 뜻이고 속뜻은 '복종'입니다. 유일신 알라에게 복종하여 얻는 평화로 해석하면 됩니다. 그래서 무슬림이란 '이슬람을 따르는 이, 즉 복종하는 이'로 해석하면 됩니다. 무슬림이 신으로 모시는 '알라'는 이름만 다를 뿐 유대인과 그리스도교인이 모시는 '하느님'과 다르지 않습니다.[32] 유대교에서 파생되었고 그리스도교 영향을 받았다고 여기면 됩니다.

그리스도교에서는 예수를 삼위일체의 신으로 모시는 데 비해, 이슬람에서는 예수를 한 명의 '예언자'로만 인정하는 게 큰 차이입니다. 이슬람에선 모든 신도가 평등하고 성직자가 별도로 존재하지 않습니다. 인간과 신의 중간자인 사제 즉, 로마가톨릭의 주교와 교황도 없습니다. 알라와 무슬림은 직접적으로 대화하는 관계입니다. 물론 시아파엔 '이맘'이라는 종교지도자가 있지만 본질적으론 성직자가 아니라 교육자입니다.

---

32 영어 God를 번역하여 하느님이 되듯이 알라를 번역하면 똑같이 하느님이 된다.

서양인의 종교를 읽는다, 종교고전

이슬람이 그리스도교와 가장 큰 차이는, 창시자무함마드가 신으로 모셔지지 않는다는 점입니다. 무함마드는 스스로를 알라의 계시를 받은 선지자라며 자신을 신으로 추앙 하려는 이들을 강하게 막았습니다. 무슬림이 복종하는 유일한 대상은 알라입니다. 또한 이슬람은 믿는 종교가 아니라 행하는 종교입니다. '하느님의 독생자 예수가 지상에 내려와 인간의 죄를 대속하기 위해 십자가에 못 박혀 죽고 부활했다.'라는 이야기를 믿으면 천국 간다고 하는 그리스도교와는 차이가 있습니다.

이슬람의 다섯 교리와 다섯 기둥

이슬람에 대해 알기 위해 가장 중요한 다섯 가지 핵심 교리를 정리해 보겠습니다.

첫째, 절대적 유일신론입니다. 천지를 창조하고 세상을 주관하는 유일신 '알라'가 있다고 합니다. 알라는 신을 뜻하는 일반명사입니다. 무슬림은 '샤하다'라 불리는 신앙고백을 통해 알라 외 다른 신은 없다고 되새깁니다.

두 번째, 천사[33]와 영혼의 존재를 인정합니다. 최고 천사는 가브리엘이며 타락 천사 사탄Shaitan과 그 수하인 마귀가 있습니다. 천사가 알라의 명을 받고 무함마드에게 찾아와 계시를 전했습니다.

세 번째, 경전으로 꾸란Qu'ran이 있습니다. 알라의 영감으로 기록되었다고 믿는 네 개의 책은 토라Torah, 모세오경, 시편Zabur, 다윗의 시편, 4복음서, 그리고 꾸란입니다. 여기에 무함마드의 언행록인 하디스가 있는데, 꾸란을 보완하는 역할로 쓰입니다.

네 번째, 무함마드는 신이 아니고 가장 위대한 선지자입니다. 알라가 창조한 세상엔 예언자가 25명 존재하는데, 아담, 노아, 아브라함, 이스마일, 모세, 다윗, 예수, 그리고 마지막으로 무함마드가 있습니다. 무함마드가 가장 중요하며 마지막 선지자입니다.

다섯 번째, 종말과 부활을 믿습니다. 알라의 뜻으로 최후 심판이 이루어져 종말이 올 것이며, 죽은 자의 부활을 믿습니다. 그리스도교 초기에 강조되었던 메시아의 재림과 부활을 이슬람에서도 인정합니다.

---

33 천사(angel)는 '하느님의 심부름꾼'을 가리키는 헬라어 앙겔로스(angelos)에서 유래되었다. 천사는 하늘에서 신을 모시는 일을 하고 사람들에게 신의 메시지를 전하는 영적인 존재다. 성서에는 3명의 주요 천사가 나오는데, 이들은 대천사로 불리며 각각 그 역할이 정해져 있다.
1. 미카엘 : 신의 권능과 힘을 드러내며 임종자의 수호자로 알려져 있다.
2. 가브리엘 : 신의 말씀을 전하는 예언자의 역할을 주로 맡고 있다.
3. 라파엘 : 병을 낫게 해주고 치료하는 모습을 갖고 있다.

이슬람은 행하는 종교라는 특징이 있기에 무슬림은 반드시 행해야 할 의무가 있습니다. 다섯 가지 종교적 의무Five Pillars, 다섯 기둥를 이행해야 천국에 갈 수 있죠. 5개 중 4개는 준수하지 않아도 제명되는 수준은 아니며 알라와의 관계에서 스스로 지키는 계율 같은 것이죠. 하지만 첫 번째 기둥인 '샤하다'를 하지 않으면 무슬림으로 인정받지 못합니다.

1. 샤하다Shahada, 신앙고백

"라 일랄라 일라하 무함마드 라스룰라" – "알라 이외 다른 신이 없고, 무함마드는 알라의 마지막 사도다." 무슬림이 기도할 때 항상 외치는 신앙고백입니다.

2. 쌀라Salah, 예배

하루 다섯 번 기도해야 합니다. 해 뜨기 전, 정오, 오후, 해 진 후, 자기 전 몸을 깨끗이 하고 메카를 향해 기도합니다. 근처에 성전이 있으면 방문하며 그렇지 않으면 적당한 자리에서 카펫을 깔고 기도합니다.

3. 자카트zakāt, 구제

가난한 이를 위한 자발적 기부행위를 해야 합니다. 수입 중 최소한 2.5%를 자선금으로 냅니다. 이 돈은 빈민, 장애인, 순례 여행자를 위한 복지와 모스크 보존 수리 등에 사용됩니다.

4. 싸움 Saum, 금식

매년 일정 기간라마단, 이슬람력 9월 절식 또는 금식하며 성생활을 절제합니다. 이 기간 일출에서 일몰까지 의무적으로 지켜야 하며 날마다 다섯 번 기도를 드립니다. 부득이한 경우여행자·병자·임신부 등 면제될 수 있으며 훗날 별도 기간에 금식하면 됩니다.

5. 하즈 hajj, 순례

평생 한 번 메카를 방문해야 합니다. 일부 종파에선 이외 '거룩한 전쟁'을 의미하는 지하드를 여섯 번째 기둥으로 추가하기도 합니다.

히잡은 왜 쓰나?

이슬람 세계에선 여성들이 '히잡'이라 불리는 가리개로 머리를 가립니다. 지역에 따라 몸 전체를 가리는 검은 옷을 입은 여인도 있고, 이란처럼 화려한 색상과 디자인을 가진 히잡을 착용해 아름다움을 과시하기도 합니다. 한국에서도 가끔 히잡을 착용한 여인을 볼 수 있는데요. 대체로 인도네시아, 말레이시아 등 동남아시아에서 관광을 온 무슬림입니다. 히잡은 자신의 종교적 정체성을 확실하게 드러냅니다. 세속주의 정책을 강조하는 프랑스에서는 학교 내에서 종교가 드러나는 옷의 착용을 불법으로 규정하고 있어서 논쟁이 되고 있기도 합니다.

무슬림 여성이 히잡을 쓰는 이유는 이슬람 경전 『꾸란』에 기록되어 있습니다.

"밖으로 나타내는 것 이외에는 유혹하는 어떤 것도 보여서는 아니 되느니라. 즉, 가슴을 가리는 수건을 써서 남편과 자기 부모, 자식, 형제, 형제의 자식, 소유하고 있는 하녀, 성욕을 갖지 못하는 하인, 그리고 성에 대해 부끄러움을 알지 못하는 어린이 외의 자에게는 아름다운 곳을 드러내지 않도록 해야 하느니라"[34]

히잡은 조선시대 외출하던 여성이 외간 남자에게 얼굴을 보이지 않으려 썼던 쓰개치마나 장옷과 유사한 기능을 합니다. 한편으로는 뜨거운 태양과 건조한 기후로 생긴 관습이란 걸 무시할 수 없습니다. 중앙아시아 여인들은 다양한 색상의 스카프로 머리를 가리고 남성들은 '케피야', '이깔' 등 지역 특색의 모자를 씁니다. 사우디아라비아의 지도층이 체크무늬 천 쿠피야를 쓰는 것도 마찬가지입니다.

히잡의 모양과 색깔은 기후, 종교적 성향, 계층, 연령 등에 따라 달라집니다. 『꾸란』에서 특정 모양이나 방식을 지정하지 않았기 때문인데요. 대개 얼굴과 가슴을 가리는 것과 얼굴을 드러내는 두건 형태가 있습니다. 사우디아라비아를 중심으로 걸프 지역에선 '아바야'라 부르는 검은색 옷을 입고 온몸을 가리지만, 북아프리카 지역에서는 얼굴을 드

34 꾸란 24장 31절

러내는 '히잡'을 선호합니다. 튀르키예나 튀니지, 모로코 등 세속화된 국가에선 히잡을 쓰지 않은 여성도 자주 볼 수 있죠. 이란의 젊은 여성은 원색 계통의 화려한 히잡을 좋아하고, 나이 든 여성은 단색 계통을 선호합니다. 히잡도 시대상을 반영하는데요. 이슬람 원리주의로 유명한 이란에선 최근 히잡 강제 착용 반대운동도 일어났습니다.

히잡은 이슬람만의 문화는 아닙니다. 고대 유대 지방에선 결혼한 여성이 외출할 때 반드시 두건을 썼습니다. 팔레스타인과 중동지역의 전통문화였다고 할 수 있습니다. 이슬람뿐 아니라 다른 종교에서도 히잡 착용과 유사한 관습이 이어져 왔는데요. 두건veil을 쓰는 문화는 유럽에도 상당히 많이 남아 있습니다. 로마가톨릭 수녀는 반드시 베일을 착용하고, 일반 성도도 성당에서 예배할 때 베일을 씁니다.[35] 결혼식 때 신부가 쓰는 면사포도 베일에서 출발했습니다. 로마가톨릭의 여성 수도자는 기도하거나 예언할 때 베일을 써야 했지만, 오늘날에는 사치와 허영을 버리겠다는 의미로 받아들여집니다. 이슬람은 사제가 없고 알라와 무슬림이 직접 소통하기에 무슬림 여성의 히잡은 로마가톨릭 수녀의 베일과 같은 개념이라 볼 수 있습니다.

무슬림 여성이 히잡을 착용하는 걸 두고 여성 억압 문화라고 여기기 쉽지만 이슬람에선 그렇게 보지 않습니다. 본래 이슬람은 남녀평등 문

---

35 사도 바울은 신약성서 고린도전서 11장 5절에서 여성들에게 기도할 때 반드시 베일을 쓰도록 강조하고 있다.

화가 다른 전통사회보다 앞서 있었습니다. 『꾸란』에선 혼인, 이혼, 상속권, 재산권에 있어서 여성의 권리를 보장하지요. 전통적으로 남성에겐 경제적 부양 의무, 여성에겐 가정보존과 자녀교육 의무가 주어졌습니다. 그러다 20세기 이후 세계적으로 민주화 바람이 불어 많은 나라에서 여성에게 참정권이 주어지고 여성 인권이 신장 되었습니다. 여성의 사회적 지위와 정체성을 확립하려는 운동도 생겼죠. 특히 서구에서 여성의 권리가 획기적으로 높아졌는데요. 20세기 후반이 되면서 지구촌 대부분 지역에서 남녀평등 개념이 확립되었습니다. 그런데 서구에 비해 상대적으로 변화가 느린 아랍권에선 여성 권리가 상대적으로 낮아 보이기도 합니다. 이는 종교 때문이라기보다는 보수적 전통문화의 영향이라고 할 수 있습니다.

서구에서 시작된 여권신장운동은 이슬람 사회에도 영향을 미쳐 히잡 착용 논쟁이 일어났습니다. 이란에서 '히잡 강제 착용 거부 운동'이 일어난 것도 이런 일환이었죠. 히잡이 여성을 보호하는 수단이냐, 아니면 여성을 억압하는 방안이냐는 논쟁이었죠. 튀르키예 등 개방지역에선 엘리트 여성의 자발적 히잡 착용이 늘어나는 현상이 벌어지기도 했습니다. 이들은 히잡을 무슬림 여성의 정체성을 나타내는 수단이라고 주장하죠.[36]

---

36 이희수, 이슬람, p.309, 청아출판사, 2011

할랄과 하람

이슬람에 대한 상식 중 하나는 '할랄halal'과 '하람haram'입니다. 지구 상에 존재하는 상당 수 종교는 음식에 대한 나름의 기준을 갖고 있습니다. 불교에서 육식을 하지 않거나 힌두교에서 소고기를 먹지 않는 것 등이 대표적이죠. 이슬람에선 먹을 수 있는 음식과 먹지 말아야 할 음식을 율법으로 정하는데요. 무슬림은 『꾸란』에서 허용하지 않는 음식, 즉 '하람'이 아닌 모든 음식을 먹을 수 있습니다. 유대인의 관습을 참고해 선지자 무함마드가 무슬림에 적용한 정결 음식 규정을 강조하면서 생겨난 듯합니다. '할랄'은 아랍어로 '허용할 수 있는'이란 뜻이기에 음식뿐 아니라 화장품, 행동, 옷차림 등 허용할 수 있는 모든 것을 말합니다. 반대 의미 '하람' 또한 '허용할 수 없는'을 의미하죠.

그렇다면 무슬림이 먹으면 안 되는 음식, 하람에는 무엇이 있을까요? 가장 잘 알려진 건 돼지로 만든 모든 음식입니다. 또 동물의 피로 만든 음식도 마찬가지입니다. 알라의 이름으로 도축되지 않은 고기, 죽은 동물, 썩은 고기, 육식하는 야생동물도 먹을 수 없습니다. 개와 고양이 같은 애완동물, 당나귀와 노새, 말 또한 금지 음식입니다. 해산물에 대해선 무슬림 학자 사이에 이견이 있는데요. 대부분 무슬림은 비늘과 지느러미가 있는 물고기는 먹을 수 있는 것으로 정하고 있습니다. 오징어는 먹지 못하지만, 잉어나 붕어는 먹을 수 있다는 이야기죠. 율법에 명시된 게 아니라서 이슬람 학자마다 해석이 다르기 때문에 어떤 생선이든 마음껏 먹는 무슬림도 있습니다. 튀르키예에서 가장 많은 하나피파 해석에 의하면 바다에서 나온 물고기 및 해산물은 전부 먹어도 좋다고 하는데요. 그래선지 튀르키예 음식점에서 파는 문어 요리가 상당히 맛있답니다.

　그렇다면 왜 유대교나 이슬람에선 돼지고기를 먹지 못하게 했을까요? 유대인 학자에게 묻는다면 야훼께서 율법을 지시하셨기 때문이라고 대답할 겁니다. 따져보면 여러 합리적 이유를 생각해볼 수 있는데요. 일부 학자는 돼지의 습성이 불결해서 몸가짐이 엄격했던 당시 사회와 맞지 않기 때문이라고 말합니다. 또 다른 의견은 돼지고기가 무더운 기후에 쉽게 상해 식중독에 걸릴 우려가 있고, 소나 양은 고기 외 우유, 버터, 치즈 등 부산물을 생산하지만 돼지는 그렇지 못하기 때문이랍니다. 최근엔 중동지역의 자연조건과 환경이 돼지 사육에 부적합했기 때문이라는 의견이 다수를 차지하는데요. 소나 양과 달리 돼지는 잡식성으로 곡물을 주로 먹는데, 이는 인간의 식량과 겹칩니다. 물과 식량이 부족한 지대에서 인간이 먹을 식량을 돼지에게 주긴 어려웠을 겁니다. 또 유목민은 목초를 찾아 끊임없이 이동해야 하는데, 돼지는 다리가 짧아 이동에 맞지 않았던 것도 원인일 수 있습니다.

　이런 해석을 보면 이슬람에서 돼지고기를 절대 금하는 건 아니라는 게 설명됩니다. 『꾸란』에선 굶주렸거나 불가항력적인 경우엔 아무 고기라도 먹을 수 있다고 규정하죠. 무슬림은 이런 경우 죄를 지은 것이므로 기도와 선행으로 풀면 된다고 생각합니다. 카자흐스탄이나 우즈베키스탄 등 중앙아시아 국가들은 전 국민의 80% 이상이 무슬림이지만 돼지고기를 먹기도 합니다. 이곳 무슬림은 지역에 의한 문화나 자연조건에 따라 금기가 달라질 수 있다고 해석하는 겁니다.

6

선지자 무함마드의
탄생과 행적

"무함마드는 마지막 예언자이며 메카와 메디나의 지도자였다. 그는 하나
의 신, 알라를 따르고 복종하도록 사람들을 설득했고, 그의 가르침은 이
슬람의 기초를 이루었다."

– 이븐 이스작,『선지자의 전기』–

신이 아닌 선지자 무함마드

일반적으로 무함마드[37]를 이슬람의 창시자라 칭합니다. 그의 전체 이
름은 '아부 알-까심 무함마드 이븐 압드 알라 이븐 압드 알-무탈립 이
븐 하심 빈 압드 마나프 알-꾸라이시'입니다. 여기서 '이븐'이란 말이

---

[37] 무슬림들은 '마호메트'라는 표현에는 그를 악마(Mahound)로 여기는 서구의 경멸적 시각이 담겨있다고
여긴다. 따라서 무함마드라고 부르는 것이 옳다.

자주 나오는데, 첫 번째가 이름이고 이른 다음에는 아버지, 할아버지 이렇게 표기됩니다. 그러니까 '압드 알라의 아들 아부 알-까심 무함마드'란 이름을 가진 셈이죠. 서양에는 이런 식의 이름이 많은데, 트로이 전쟁 영웅 아킬레우스를 부를 때 '펠레우스의 아들 아킬레우스'라고 하는 것과 같습니다. 앞에서 무함마드를 이슬람의 창시자라고 했지만, 이슬람 기준으로 보면 종교를 '창시'한 것은 아닙니다. 그들은 천지를 창조한 하느님 즉, 알라의 진리는 오래전부터 있었으나 사람들이 잘못된 방법으로 전했기에 무함마드가 이를 최종적으로 정리했다고 말합니다. 그러니까 무함마드는 신도 아니고, 이슬람이란 종교를 만든 것도 아니라는 이야기죠.

이슬람의 탄생 계기는 유대교와 그리스도교 때문입니다. 유대교는 야훼라는 유일신을 모시는 유대인만의 종교고, 그리스도교는 비교적 포용적이지만 예수를 신이자 인간이자 성령이라는 삼위일체를 믿어야 한다고 주장합니다. 여기에 이웃 페르시아의 종교였던 조로아스터교의 영향도 빼놓을 수 없습니다. 선한 신과 악한 신의 대결, 최고의 천사 가브리엘과 타락한 천사 사탄 등 이원론적 사상도 영향을 받았는데요. 다신교 사회를 구성하던 아랍인에겐 유대교의 유일신도, 그리스도교의 삼위일체도, 조로아스터교의 이원론적 신도 아닌 절대적 유일신 사상이 요구되었습니다.

무함마드는 서기 570년 4월에 태어난 것으로 알려져 있습니다. 워낙 궁벽한 곳에서 탄생했기에 어린 시절이 어땠는지 자세히 전해지진 않습니다. 그의 아버지는 결혼한 지 3개월 만에 무함마드가 태어나기도 전에 죽었고, 어머니는 그를 베두인족 외가에 보냈습니다. 여자 혼자 아이를 키우기 어려운 환경이었을 겁니다. 6세 되던 해 어머니마저 죽고 무함마드는 외할아버지 슬하에서 성장했습니다. 그가 태어난 메카는 동서 교역로에 자리했는데, 비잔틴제국과 사산조 페르시아가 치열한 영토분쟁을 치르던 6세기 말이었지요. 그로 인해 인도와 지중해를 잇는 무역로가 단절되었고, 지중해 무역상들은 안전한 홍해를 통해 인도와 길을 이으려고 했습니다. 따라서 그 대상로에 있던 메카에선 중계무역이 활발하게 일어났죠.

고아인 무함마드가 구할 수 있는 가장 좋은 일은 상단에 들어가는 거였습니다. 25세 때 상단 주인이었던 카디자와 결혼하는데요. 카디자는 부유한 미망인으로 15살 많은 연상이었습니다. 금실이 좋았는지 둘 사이에 6남매를 두었습니다. 마흔 살에 결혼한 여인으로선 믿기 힘들 정도로 많은 아이를 낳았죠.[38] 이후 무함마드는 여유 있는 삶을 삽니다. 딴 생각에 몰두하지 않았다면 부유한 상인 카디자의 3번째 남편으로 잘 살았을 겁니다.

무함마드가 마흔 살완전한 때가 되었다는 의미일 듯 되던 서기 610년, 그는

---

38 이렇게 보면 40이란 숫자가 완전성을 의미하기에 카디자의 나이가 이렇게 전해졌다는 설이 신빙성이 있다.

뜬금없이 바위가 자기에게 인사를 했다는 등 이상한 말을 하기 시작합니다. 그는 상업에서 손을 떼고 메카 북쪽 동굴에 머물며 기도하고 명상하는 생활에 접어듭니다. 라마단[39]의 어느 날 밤, 명상하던 무함마드에게 누군가 나타나 말했습니다. "이크라!" 즉 '읽어라!'는 말이었는데요. 무함마드는 문맹이었습니다. 그러니 대답했겠지요. "저는 글을 읽지 못합니다. 그런데 어떻게 읽으란 말씀이십니까?"

무함마드 앞에 나타난 이는 지브릴[40] 즉, 알라가 보낸 천사였습니다. 이슬람이 유대교와 그리스도교의 영향을 받았다는 근거가 천사의 존재입니다. 그러니까 「마테오복음서」에서 요셉에게 말을 건 천사가 무함마드에게도 나타났다는 건데요. 이를 통해 그는 선지자로서의 권위를 가집니다. 이때부터 23년 동안 지브릴은 신의 계시를 무함마드에게 전해 줬는데요. 이것이 '읽기' 또는 '낭독'이란 뜻의 꾸란Qu'ran이 되었습니다.

613년부터 무함마드는 포교를 시작했는데 아내와 양아들, 친구 등 주변 인물을 끌어들였습니다. 그가 외친 가장 중요한 말은 "유일신 알라에게 복종하라."였습니다. 메카에 있던 카아바 신전은 360여 개 수호신 및 자연신을 섬기는 만신전이었습니다. 이 신전에서 정기적으로 거행하는 의식에 참여하기 위해 여러 지역에서 온 순례객이 있었는데요. 알라Allah는 그곳에 모셔진 여러 신 중 하나로 아랍 토속종교 신들 가운데

---

39 이슬람력으로 아홉 번째 달을 의미한다.
40 천사 가브리엘의 아랍어식 이름이다.

높은 위치에 있었을 뿐이었죠. 그런데 어느 날 갑자기 무함마드가 자신이 알라가 보낸 선지자이며, 알라를 유일신으로 모시라고 설교했습니다. 그 누가 무함마드의 주장에 쉽게 동조할 수 있을까요?

새 종교의 탄생이란 쉽게 이루어질 수 없는 법입니다. 온갖 신을 모시던 사회에서 알라 이외 다른 신을 멀리하라고 외치는 건 미친놈 취급받기에 십상이었죠. 사람들에게 비난받는 처지에 몰렸고, 설교하는 무함마드에게 사람들은 침을 뱉고 흙을 뿌리며 욕했습니다. 유일신 사상을 외친 대가는 친족으로부터의 따돌림과 사업의 파산으로 이어졌는데요. 무함마드가 50세 되던 해, 65세의 아내 카디자는 가난과 영양실조로 죽었습니다.

무함마드는 스스로를 알라가 보낸 마지막 선지자로 표방했습니다. 예수처럼 메시아로서 기적을 행한다거나 신성시하는 주장을 하지 않았습니다. 그의 말 중에 딱 한 번의 신성한 행동을 빼고는 말입니다. 그의 주장에 의하면, 무함마드는 한밤중 알라가 보낸 지브릴 천사에 이끌려 천상의 말을 타고 어느 바위로 옮겨진 후 하늘에 오르게 됩니다. 그리고 하늘에서 아브라함, 모세, 예수와 다른 선지자들과 인사 나누고 알라로부터 명령받은 후 다시 바위로 내려와 지브릴의 인도로 메카의 잠자리로 돌아옵니다. 이것이 무함마드의 승천과 복귀이스라와 미라즈 사건입니다. 스스로 선지자일 뿐 순수한 인간임을 강조했던 그에게 남겨진 유일한 신적 전승이었죠. 그의 후계자들은 그가 승천하고 내려왔던 바위

예루살렘에 있는 알 아크사 모스크와 바위의 돔, 왼쪽에는 유대인의 성지 '통곡의 벽'이 있다.

는 위대한 조상 아브라함이 아들 이삭을 제물로 바치려 했던 곳이자 솔로몬이 성전을 세웠던 장소라고 추정했습니다. 후대 무슬림은 이 자리에 알 아크사 모스크를 세웠고, 예루살렘은 이슬람 3대 성지 중 하나가 되었답니다.

헤지라와 지하드

메카 북쪽에 '야스립'이라 불리는 땅이 있었습니다. 사막에선 보기

드물게 비옥하고 기름진 땅엔 유대인과 유목 생활하는 아랍 부족이 살고 있었죠. 제대로 된 통치조직이 없어 부족끼리 쟁투가 일어나는 등 늘 불안정한 상태였습니다. 메카에서 쫓겨나다시피한 무함마드는 이 땅으로 이주했는데요. 이 고장 이름은 나중에 '마디나트 안 나비선지자의 성읍', 영어론 '메디나'라고 불리게 됩니다. 무함마드가 메카에서 쫓겨 메디나로 이주한 사건이 '헤지라'입니다. 무함마드가 메디나에 도착한 날을 기준으로 하는데 서기로는 622년 7월 16일입니다. 예수 탄생을 기준으로 서기가 시작된 것처럼, 이슬람력에선 헤지라를 기준으로 원년이 됩니다.[41]

메디나로 이주 후 무함마드는 아랍인의 지도자가 되었습니다. 뛰어난 지략과 강력한 무력으로 혼란했던 사회 질서를 바로잡았습니다. 메디나는 사막 가운데 있어서 경제기반이 취약했는데요. 이런 곳에서 살아남는 길은 주변 지역을 약탈하는 수밖에 없었습니다. 무함마드는 알라를 따르는 신앙을 통해 사람들의 정신적 통일을 이뤘고, 빠른 기동성으로 강력한 군대를 조직했습니다. 이후 이슬람 100년을 좌우하는 강력한 무력의 기반이 되었죠. '성스러운 전쟁'이라 일컬어지는 '지하드'의 시작이었습니다. 메디나의 세력이 커지자 625년 봄, 병력 3,000명을 거느린 메카인이 습격해왔습니다. 이때 무함마드는 패했지만, 유대인의 재산을 압류하는 방식으로 힘을 회복합니다. 2년 후 다시 쳐들어

---

41 이슬람력은 태음력으로 일 년은 354일이다. 서기 2024년은 이슬람력 1446~1447년이며 상당수의 이슬람국가에서는 이슬람력을 쓰지만 아랍국이 아닌 이란과 아프가니스탄에서는 이란력(태양력, 페르시아력)을 쓴다.

온 메카인 부대 1만 명과 무함마드의 3,000명이 싸웠는데, 모래바람 덕분에 이기게 되었습니다. 전승에 의하면 알라의 도움 때문이었다고 하는데요. 이 승리를 바탕으로 무함마드는 점차 지역의 패권을 장악했습니다. 630년 드디어 무함마드가 메카에 무혈 입성하는데, 이때 그가 외쳤던 유명한 말이 있습니다.

"진리가 이제 왔으니 거짓은 무너졌도다!"

이때부터 메카는 무함마드와 유일신 알라가 지배하는 세계의 중심이 되었습니다. 카아바 신전에선 우상들이 모두 제거되고 이슬람의 가장 중요한 성소가 되었고, 무함마드는 최고 지도자가 됩니다. 그가 위대한 선지자가 된 것은 메카 정복 후 신의 사도라는 지위를 이용해 민중 위에 군림하는 존재나 절대군주가 되지 않았다는 점도 큰 영향을 주었습니다. 그는 늘 검소한 생활을 했던 것으로 알려져 있습니다. 거친 깔개 위에서 잠을 청했고, 한 되도 안 되는 보리와 물, 약간의 대추야자로 끼니를 때웠습니다. 왕관을 쓰거나 거대한 옥좌에 앉지도 않았고 마룻바닥에 앉아 통치했으며 옷과 신발을 스스로 고쳐 입고 신었습니다. 선지자로서 역할에 충실하려 했죠.

무함마드는 선지자로 추앙받았지만, 순한 사람은 아니었습니다. 법집행에 있어선 독선적이고 이율배반적 행동을 하는 경우도 많았습니다. 좋아하는 사람이면 적당히 사면해 주고, 이롭지 않은 사람이면 가혹하게 대하는 봉건시대 지도자와 다르지 않았죠. 유대인과는 긴장 관계를 유지했는데, 유대교 영향을 받았기에 그들에게 호의적이었으나 점차 유대인 율법학자의 질시를 받게 됩니다. 유대교에서 변형된 신앙을 주장하니 좋게 볼 리 없었을 겁니다. 『꾸란』에선 유대인과 이교도를 사악한 자라고 서술하며 투쟁을 명령합니다. 유일신 사상의 특성상 이웃 종파와 평화적 관계는 어려운 법입니다. 내가 믿는 신앙 이외 다른 신앙은 모두 이단으로 볼 수밖에 없으니까요.

서기 632년, 62세의 무함마드는 메카 순례를 마치고 메디나로 돌아온 뒤 고열에 시달리며 목숨이 위태로워졌습니다. 사랑하는 아내 아이샤의 품에서 조용히 숨을 거두었는데요. 그가 죽은 후 남긴 건 생전에 끌고 다니던 당나귀 한 마리와 약간의 땅 뿐이었고 이마저도 가난한 이에게 기부하라고 유언을 남겼습니다. 가난한 이를 돌봐야 한다는 이슬람 사명은 무함마드의 이런 행적 때문입니다. 사람들은 사흘 만에 예수처럼 그가 부활할지 모른다고 기대했지만, 그런 일은 일어나지 않았고 시신을 아이샤의 집에 봉안했습니다. 오늘날 메디나에 있는 예언자의 모스크 초록색 돔 아래입니다. 훗날 1대, 2대 칼리파이자 무함마드의 동료였던 아부 바크르와 우마르의 관도 이곳에 안치되었습니다. 특이한 건, 무슬림이 '언젠가 예수가 다시 온 뒤 이곳에 안치된다.'라고 믿는 것입니다. 과연 그렇게 될까요?

정통 칼리파 시대와 이슬람의 분열

무함마드가 죽은 후 그가 이끌던 집단에 혼란이 생겼습니다. 무함마드가 정복했던 아라비아반도에선 반란도 일어났는데요. 군사 조직 수장과 다름없던 무함마드가 후계자를 남기지 않고 죽은 게 문제였죠. 만약 무함마드에게 장성한 아들이 있었다면 어떻게 되었을까요? 뭇 권력자들은 자신의 혈통을 가진 후계자에게 정권을 물려주려 했습니다. 무함마드는 정략결혼을 통해 여러 부인을 두었고 자식도 많았지만 험한 환경 속에서 대부분 죽었습니다. 딸 한 명, 파티마가 살아남아 사촌 알리 이븐 아비 탈리브와 결혼했는데요. 알리는 비록 무함마드의 아들은 아니었지만 최초의 남자 무슬림이었으며 무함마드가 어려울 때 충성을 다해 보호하는 등 후계자가 될 자질은 충분히 갖춘 상태였습니다.

이때 그의 동료이자 공동체의 존경을 받던 아부 바크르, 우마르, 우바이다는 합의를 통해 초대 칼리파Khalifa[42]로 아부 바크르를 세움으로써 조직의 새로운 전기를 마련합니다. 유목사회였던 아랍에선 세습 문화가 강력하지 않았고, 능력 있고 존경받는 사람이 리더가 되어야 한다고 생각하는 이들이 많았기 때문입니다. 꾸라이시 가문의 일원으로 후계자가 될 가능성이 있던 알리는 30세로 아직 어리다는 것도 이유의 하나였습니다. 이로 인해 분열의 씨앗이 뿌려졌지만 초기에는 묵인되

---

42 아랍어로는 칼리파라고 하며 '신의 사도의 대리인'이라는 뜻이다. 신의 사도가 무함마드를 의미하므로 무함마드의 대리인이라는 의미다.

어 아부 바크르부터 칼리파의 시대가 시작되었습니다.632~634년 이어서 우마르634~644년와 우스만644~656년까지 차례로 칼리파로 세워지게 됩니다.

그런데 우스만이 갑작스럽게 살해되는 일이 벌어졌고 드디어 알리가 칼리파로 세워집니다. 알리는 본인이 그렇게 원하던 칼리파가 되었지만, 그의 자리도 불안했습니다. 지도부는 두 파로 분열되었습니다. 알리 지지자는 혈통의 고귀함을 내세워 알리의 정통성을 옹호했고, 반대파는 인품과 능력이 중요하며 전임 칼리프 우스만 암살 배후에 알리가 있다고 의심했습니다. 급기야 옴미아드 가문은 시리아 총독이던 무아위야를 앞세워 세력을 모았고, 자객을 보내 알리를 암살하기에 이릅니다. 이 사건으로 알리의 혈통과 정통성을 중시했던 '시아'[43]와 능력 있는 지도자를 중시했던 '순니'의 대립이 시작되었습니다.

순니와 시아

모든 종교는 분파를 갖게 마련입니다. 초기엔 창시자의 생각을 따르고 실천 방법론을 공유하지만, 시간이 흐르면 점차 교리해석이 달라집니다. 넓은 곳으로 퍼지면 퍼질수록 포교를 위해 그 지역 문화를 흡수하면서 분파가 더욱 많아집니다. 이슬람도 초기엔 무함마드를 따르던

---

43 시아(Shīah)의 의미는 '무리' 또는 '당파'이다. 이는 시아트 알리(shīat, Alī, '알리의 무리')에서 생긴 말이다.

이들 중심으로 아랍지역의 확고한 종교로 자리 잡았지만, 알리 때에 이르면 주도권을 놓고 경쟁하는 분파가 생겨나기 시작했습니다. 칼리파후계자 중심의 '순니'는 정치권력을 독점하며 넓은 지역으로 퍼져나갔던 반면, 새로 생긴 '시아'는 숨죽이며 조금씩 신도를 늘려갔죠.

두 종파의 근본적 차이는 무함마드가 어떤 인간이었는가에 대한 인식이었습니다. 순니에서 볼 때 무함마드는 알라의 계시를 받은 선지자이지만, 인간이었고 본인의 주장도 그랬습니다. 하지만 시아는 그가 신격을 가진 선지자라 생각했는데요. 천사의 인도에 따라 천상에 올라 알라의 계시를 듣고 내려온부활한 존재이므로, 충분히 그렇게 생각할 여지가 있었죠. 그리스도교의 탄생처럼 저승에 다녀온 것부활은 신이 될 수 있는 기본적 조건을 갖춘 것이었습니다. 무함마드가 가진 신격은 고귀한 혈통을 가진 후손에게 이어지고, 알리와 파티마의 자손이 선지자의 후계를 이었다고 본 것입니다. 순니는 개인이 알라라는 유일신에 직접 다가가려 하고, 시아는 무함마드와 그 후계자 알리를 신격으로 추종하는 종파라고 할 수 있습니다. 시아파가 주로 이란에 집중 분포한다는 점도 아랍과 페르시아의 문화차이에 기인한다고 볼 수 있습니다. 이란에는 고대 페르시아에서 탄생한 조로아스터교가 있었고, 그 영향을 강하게 받아 시아가 탄생하지 않았을까 생각할 수 있습니다.

시리아의 다마스쿠스에 수도를 두었던 우마이야 왕조 말기에 이르러 알리 추종자들은 점차 세력을 넓혀갔습니다. 그들은 알리와 그의 아들

하산과 후세인의 자손이 중심이 되어야 한다는 믿음을 이어갔습니다. 오늘날 무슬림 중 85%에 이르는 순니Sunni는 '수나길 또는 관습를 따르는 사람들'이라는 말에서 유래되었습니다. 『꾸란』과 예언자와 정통 칼리파의 선례를 따르는 사람들입니다. 대략 15% 정도를 차지하는 시아Shi'a는 알리와 그 자손을 정통으로 여깁니다. 시아는 순니 왕조의 압제 속에서도 세력을 점차 키웠습니다. 이때 시아를 이끌던 지도자들이 있었는데 알리의 자손들로 알려진 '이맘'이었습니다. 알리에서 시작하여 12대까지 이맘이 이어졌는데, 12번째 이맘이 서기 940년에 어딘가로 사라졌다지요. 시아파는 말세가 찾아오면 인류를 구원할 구세주로 12번째 이맘이 재림할 거라고 믿습니다. 이 교단을 12번째 이맘파라 부르는데요. 이맘이 부재한 상태이므로 아야툴라종교 지도자를 신의 대리인으로 봅니다. 오늘날 이란에서 종교 지도자의 지위가 대통령보다 높은 이유죠. 중세 로마가톨릭에서 교황의 위치와 비슷한 셈입니다. 시아는 오늘날 이란 중심으로 이라크 남부에 많이 살고, 쿠웨이트, 레바논 남부, 바레인, 사우디아라비아 일부 지역에도 존재합니다.

오랫동안 순니와 시아는 대립했지만 큰 사건은 없었습니다. 17세기 유럽에서 그리스도교 종파가 전쟁을 벌여 엄청난 인명을 잃었던 유럽에서 있었던 '30년 전쟁' 같은 극단적 충돌은 없었다는 겁니다. 그 이유는 시아의 규모가 워낙 작았기에 순니에 대항할 능력을 갖지 못했기 때문이기도 합니다. 그래서 시아는 이슬람의 가장자리 즉, 북아프리카나 아라비아반도 맨 아래쪽 예맨 지역에서 명맥을 유지했고 페르시아어를 쓰는 이란고원에서 번성했습니다.

이슬람은 제정일치 특성을 갖기 때문에 정치는 주도권을 쥔 종파 위주로 운영됩니다. 그 때문에 소수파가 불만을 가지면서 시리아, 예맨 등 종파의 경계지역에서 분쟁지역이 늘고 있습니다. 시아가 과거에 비해 힘을 얻은 것과도 무관하지 않습니다. 과거 사담 후세인이 다스리던 이라크는 순니가 정치 주도권을 쥐고 있었는데, 미국의 침공 이후 힘을 잃었습니다. 이라크에는 시아가 더 많은 인구수를 갖고 있어서 시아가 정치 주도권을 쥐게 되었죠. 시리아 내전은 소수파인 시아가 여러 소수 정파와 손잡고 다수파 순니를 억압하는 정치를 폈기 때문에 발발했습니다. 한편 시아의 맹주 이란과 순니의 맹주격인 사우디아라비아가 레바논, 시리아, 예멘에서 간접 대결을 하는 중인데요. 17세기 유럽에선 기독교 종파 간 세력 대결이 있었다면, 21세기 중동지역에선 이슬람 종파 간 대결이 이어지고 있습니다. 물론 종교적 대결처럼 보이는 이면에는 정치적 이권획득을 위한 대결이라고 보는 게 옳겠습니다.

챗GPT 시대 더욱 중요해진 '질문하는 능력'

 '쌍둥이'를 의미하는 라틴어 'Geminus'에서 유래한 제미니Gemini는 구글에서 내놓은 생성형 인공지능의 이름입니다. 하늘의 쌍둥이좌 별자리로 알려진 쌍둥이 '카스토르'와 '폴룩스'는 그리스로마신화에 등장하는 인물이지요. 그들은 제우스와 레다의 아들로서 용기와 힘으로 유명했는데 오늘날 이탈리아 수도 로마의 카피톨리노 광장에 가면 그 둘의 조각상을 발견할 수 있습니다. 실리콘밸리에서 일하는 사람들은 그리스로마신화에 아주 친숙한가 봅니다. 모니터, 소프트웨어 뿐 아니라 생성형 인공지능 이름에도 그리스로마신화나 로마제국역사에서 배운 것들을 붙이기를 즐겨하니까요.

 요즘 제미니를 비롯해서 챗GPT 등 생성형 인공지능을 활용해 업무능력을 향상시키려는 분위기가 매우 활발하게 일어나고 있습니다. 인공지능은 질문에 답해주고, 글쓰기에 도움을 주고, 그림을 그려주고, 영상을 만들어주고, 때로는 프레젠테이션용 자료도 만들어줍니다. 잘만 쓴다면 업무생산성을 높이는데 크게 기여할 것입니다.

변화가 빠른 시대에 고리타분한 고전을 읽어서 무엇을 하겠냐는 의견도 있습니다. 물론 고전읽기가 곧바로 우리가 원하는 답을 주지는 않습니다. 그런데 언어모델 기반인 생성형 인공지능에게서 좋은 답을 얻으려면 좋은 질문을 해야 합니다. 단답형 대신 구체적이고 의미 있는 질문을 해야 원하는 결과물을 얻을 수 있죠. 또한 인공지능은 진실이 아닌 답변을 천연덕스럽게 답하기도 합니다. 그것이 거짓인지 진실인지 가려내는 것은 질문자의 몫이고요.

결국 아무리 세상이 빠르게 바뀌고 인공지능이 우리 삶을 바꾼다고 해도 사람이 기본적으로 갖추어야 할 교양의 중요성은 사라지지 않습니다. 어쩌면 인공지능을 얼마나 잘 활용하는가는 그가 가진 교양의 수준에 달려 있는지도 모릅니다.

'인문교양Liberal arts'은 로마시대 귀족의 자제들이 기초과목으로 학습하던 것을 의미했는데 오늘날에는 누구나 배우는 기초교양이 되었습니다. 알프스 넘어 이탈리아로 그랜드 투어를 떠난 괴테가 얻고 싶었던 것도 인문교양이었습니다. 챗GTP가 일상화되는 시대가 온다 해도 인문교양의 기초, 고전의 가치는 더욱 빛을 발할 것입니다. 이 책의 통해 고전의 맛을 보셨다면, 제가 띄워놓은 부표를 이정표 삼아 고전의 바다로 나아가기를 바라 봅니다.

최소한의 서양 고전

초판 1쇄 인쇄 2024년 6월 6일
초판 1쇄 발행 2024년 6월 12일

지은이 안계환

펴낸이 김명숙
펴낸곳 나무발전소

주소 03900 서울시 마포구 독막로 8길 31, 701호
이메일 tpowerstation@hanmail.net
전화 02)333-1967
팩스 02)6499-1967

ISBN 979-11-86536-97-1 03800